Les Héritiers

Du même auteur

John et Jackie, un couple impossible, Éditions du Rocher, 2023.
Christophe, mon père inconnu (avec Romain Vidal)
Robert-Laffont, 2023.
Belmondo, entre deux vies, Robert-Laffont, 2021 ; Litos, 2023.
Didier Deschamps, la victoire et rien d'autre, Éditions du Rocher, 2021 ;Litos, 2022.
La Dernière vie de Serge Gainsbourg, Le Cherche-Midi, 2021.
La Dernière Vie de Romy Schneider, Éditions du Rocher, 2018 ; Le Rocher poche, 2022.
Les politiques aussi ont une mère, avec Olivier Biscaye, Albin Michel, 2017.
Football, la mauvaise passe, First Document, 2016.
Sempé, le rêve dessiné, À dos d'âne, 2014.
La Face cachée de Didier Deschamps, First Document, 2013.
Morts étranges 2, L'Archipel, 2012.
Annie Girardot, une vie dérangée, Flammarion, 2011 ; Archipoche, 2012.
Morts étranges, L'Archipel, 2010 ; Archipoche, 2011.
Dalida, une vie brûlée, L'Archipel, 2007 ; Archipoche, 2013.
Coluche, toujours vivant, Payot, 2006 ; Archipoche, 2015.
Ces maladies créées par l'homme, avec Dominique Belpomme, Albin Michel, 2004.
La Double Mort de Romy, Albin Michel, 2002 ; Pocket, 2010.
Mouna Ayoub, l'autre vérité, Presses du Châtelet, 2001.
Je dis tout – Les secrets de l'OM sous Tapie, avec Jean-Pierre Bernès, Albin Michel, 1995.
J'irai plaider sur vos tombes, entretiens avec Gilbert Collard, Michel Lafon, 1993.
McEnroe, champion rebelle, Calmann-Lévy, 1981.
Borg, Connors, Vilas, les Cannibales, avec Francis Haedens, Calmann-Lévy, 1978.

LIVRES ILLUSTRÉS
Johnny, photographies de Daniel Angeli, Gründ, 2017.
Inventaire amoureux de l'Euro, avec Eugène Saccomano, Gründ, 2016.
Vies privées : Daniel Angeli, 40 ans de photographies, Gründ, 2015.
Coluche, le livre du souvenir, Sand, 1993.
Montand, le livre du souvenir, Sand, 1992 ; J'ai lu, 2011.
Gainsbourg, le livre du souvenir, Sand, 1991.

Bernard Pascuito

LES HÉRITIERS

LITOS

Pour la présente édition mise à jour et augmentée :

Éditions du Rocher – Litos
28, rue Comte Félix Gastaldi – BP 521 – 98015 Monaco
www.editionslitos.fr

ISBN : 978-2-38506-064-0

À mon père, à ma mère qui ont su tout
nous donner avant, pour qu'il ne reste plus
en héritage que l'amour et, pour toujours,
le souvenir de l'amour.

« Une succession est bien souvent douloureuse, c'est le moment où rejaillissent des sentiments de frustration, d'abandon, qu'on croyait avoir surmontés alors qu'ils n'étaient qu'enfouis. »

Jean-Michel Jarre

« Jamais l'oubli ne l'emportera sur l'or du sang et l'héritage du chagrin. »

Jean Vautrin

Introduction

La vie après la mort

Le *Boléro* de Ravel restait, jusqu'en 2016[1] et soixante-dix ans après la mort de son auteur, l'œuvre qui rapportait le plus de droits à la Sacem[2].

À sa mort en 1937, le compositeur français Maurice Ravel ne laisse pas de testament. Célibataire, il n'a pas d'enfant. Son unique frère, Édouard, hérite.

En 1954, Édouard Ravel et sa femme sont victimes d'un accident de la route. Contraints à une longue rééducation, ils s'attachent les services d'une kinésithérapeute, Jeanne Taverne. Elle s'installe avec son mari, Alexandre, un coiffeur, dans leur villa de Saint-Jean-de-Luz. Deux ans plus tard, l'épouse d'Édouard Ravel meurt. Resté seul, éploré, le veuf songe à faire de Jeanne sa légataire universelle. Il pousse la générosité jusqu'à lui proposer de l'épouser afin d'éviter de trop lourds droits de succession… Jeanne Taverne accepte et divorce

1. Année où les droits sont tombés dans le domaine public. Les droits du compositeur se sont élevés à 46 millions d'euros entre 1970 et 2006. Le *Boléro* représentait la plus grande part de ce décompte.
2. Société des auteurs, compositeurs et éditeurs de musique.

de son mari – avec son consentement, bien sûr. Tout le monde est très content. Hélas, les belles histoires ont une fin parfois brutale. Huit jours avant le mariage, Édouard Ravel, 82 ans, meurt. Qu'à cela ne tienne, la fiancée, meurtrie mais vaillante, obtient d'hériter en totalité du défunt. Toute à son soulagement, elle se remarie avec celui qui n'a cessé d'être son mari que quelques semaines. Pour la bonne cause, il faut bien le reconnaître. Jeanne meurt à son tour. Alexandre, rivé à son chagrin, ne manque pas de remarquer qu'il vient d'hériter d'une fortune. Cela ne lui remonte pas le moral, certes, et pour fuir une solitude éprouvante, il se remarie, sans craindre la malédiction des veufs. En 1964, il épouse Georgette Lerga, manucure et mère d'un enfant d'un premier mariage, Évelyne Pen de Castel. Il résistera neuf ans à ce mariage et au mauvais sort. Après la mort d'Alexandre, Georgette décide de ne pas se remarier. Elle a hérité d'une fortune et épuisé les charmes de la vie conjugale. Pourquoi tenter le mauvais sort ? Son abstinence lui vaut une longévité très inattendue dans cette histoire. En 2012, trente-neuf ans plus tard, Georgette meurt à son tour, au désespoir de sa fille et unique héritière, Évelyne.

Pour résumer : c'est la fille d'un premier mariage de la deuxième épouse du coiffeur dont la première épouse avait été la masseuse de la femme du frère de Maurice Ravel qui détenait les droits du *Boléro*, et du reste de l'œuvre, jusqu'au 30 avril 2016. À cette date, l'œuvre tombe dans le domaine public à la demande de la Sacem. Évidemment, la dernière héritière du compositeur a tenté, en vain, de faire prolonger ses droits. Car le droit patrimonial, qui touche à l'exploitation économique de l'œuvre, est limité dans le temps. Il s'étend sur soixante-dix ans après la mort de l'auteur, auxquels il faut ajouter les « prorogations de guerre », la diffusion d'une œuvre étant considérée comme bloquée pendant un conflit.

Si l'œuvre est donc tombée dans le domaine public en Europe, l'ultime héritière de Maurice Ravel peut espérer toucher des droits d'auteur jusqu'en 2024, aux États-Unis où les règles sont différentes.

Elle détient aussi le droit moral, inaliénable et perpétuel, qui lui permet d'attaquer en justice un interprète dont elle estimerait qu'il dénature l'esprit de la partition. Ou encore toute personne qui voudrait utiliser le *Boléro* à des fins mercantiles, vulgaires ou autres…

La succession pourrait d'ailleurs survivre à sa propre fin. Cinq jours avant le fameux 30 avril, un bataillon d'avocats a débarqué à la Sacem, armés de nouveaux arguments. Le *Boléro* serait le fruit d'une œuvre collective. À sa création, en 1928 au palais Garnier, il s'agissait d'un ballet, auquel a collaboré le décorateur Alexandre Benois, mort en 1960, ce qui pourrait prolonger la protection de l'œuvre jusqu'en 2038. Le bonus s'élèverait à 20 millions d'euros que les (désormais) deux héritiers se partageraient. La Sacem a mis son veto mais on ne va pas en rester là, l'affaire ira devant les tribunaux. Ce n'est pas fini.

C'est d'ailleurs l'édifiante leçon de ce livre : en matière d'héritage, rien n'est jamais fini.

Jarre, Cousteau, Trenet, Ventura, Bashung, Delarue, et on ne vous parle pas des Hallyday, pour lesquels ce n'est qu'un début ! Les successions durent parfois depuis plus de trente ans et ça continuera jusqu'à la fin des temps car il y aura des héritiers pour se déchirer, des vieux qui auront été jeunes, et des jeunes qui deviendront vieux.

C'est cela le drame de l'héritage. Il peut consoler de ne pas être richissime.

Il engendre des situations étranges, comme l'exemple cocasse du *Boléro*. D'autres cas peuvent prêter à rire : le philosophe Arthur Schopenhauer léguant tous ses biens à son chien. Exemple qu'a suivi le couturier Karl Lagerfeld. En désignant sa chatte, Choupette, parmi ses héritiers. Impossible ? En France, oui, mais il suffit de s'adapter aux règles et de désigner comme légataire une personne ou une société de confiance qui, riche d'un revenu délivré mensuellement, aura pour mission d'entretenir Choupette dans le meilleur des conforts jusqu'à la fin de sa vie.

Chaque fois que se pose une question nouvelle, un problème qui n'avait jamais été étudié jusque-là, la loi doit répondre. Et ce n'est pas toujours aussi souriant que les cas de Ravel, Schopenhauer, Lagerfeld.

Un assassin peut-il hériter de sa victime[3] ? Est-il concevable qu'un organisme de charité aille devant les tribunaux pour tenter de récupérer l'héritage d'un mafieux[4] ? Comment le legs d'un homme honorablement connu tout au long de sa vie peut-il faire exploser sa famille trente ans après sa mort[5] ?

---

3. Voir le chapitre VI : « À se retourner dans sa tombe ».
4. *Ibid.*
5. *Ibid.*

Profitant de la solitude et de la dégradation d'un grand artiste au bout du rouleau, une inconnue s'est fait passer pour une compagne attentionnée[6]. Est-elle allée jusqu'à l'empoisonner ? Peut-on craindre un abus de faiblesse quand un homme à tout faire devient l'héritier unique de son employeur[7] ?

La justice doit dénouer le vrai du faux. Les apparences souvent émouvantes et trompeuses de la réalité glacée. C'est d'autant plus difficile quand les protagonistes sont célèbres.

Les médias s'emparent du feuilleton, chacun d'entre nous prend parti. Les cas cités ci-dessus concernent des célébrités ou au moins vedettes de l'actualité. Il arrive un moment où leur histoire ne leur appartient plus. « Après moi le déluge », ont pu penser certains à l'heure de mourir. Et tant pis pour ceux qui restent, auraient-ils pu ajouter.

Se réunir pour ouvrir un testament, en admettant qu'il y en ait un, c'est un moment comparable à un jour de Noël. Il y a là aussi les cadeaux à ouvrir, la famille réunie, ce qui n'arrive pas si souvent, la chaleur des retrouvailles. On rit à fleur de peau, on échange de furtives caresses, on s'embrasse, un peu, beaucoup, on se raconte tout ce qui s'est passé depuis qu'on ne s'est pas vus. On a enterré, croit-on, les vieilles rancunes qui remontent parfois à l'enfance, les incompréhensions, les frustrations rassies mais qui bougent encore. Dans l'émotion de Noël, on évoque les disparus comme on le fait chez le notaire ou chez l'avocat pour se remémorer

6. Voir le chapitre I : « Une dernière guerre avant de mourir ».
7. Voir le chapitre IV : « Morts sous influence ? ».

le défunt. Tout est amour, amitié, tendresse, en apparence. Jusqu'à ce que, un soir de réveillon, un verre de trop, un mot mal venu, un reproche mal déguisé viennent tout faire exploser, comme au cœur d'un testament, la phrase qui semble nous léser, l'oubli au profit d'un autre, une injustice qui crève le cœur, et c'est fini. Ou plutôt c'est parti avec une violence qui fait éclater les non-dits, rugir les belligérants, pâlir les hommes de loi. Les reproches fusent, remontent les vieilles histoires, ressortent les jalousies impérissables. Les uns vocifèrent, les autres tremblent. C'est toujours un peu triste, un soir de réveillon, un lendemain de deuil, quand toute la famille est réunie, de s'apercevoir que personne n'est guéri.

Ces scènes, ces visions déprimées, appartiennent à toutes les familles, grandes ou petites, modestes ou glorieuses. Seul le ton change, le vocabulaire parfois. Et encore…

Les questions qui reviennent nous harcèlent même si des spécialistes tentent d'aider à comprendre et à répondre[8].

Dans une famille recomposée la belle-mère aura-t-elle tendance à privilégier ses propres enfants ? Oui, cela arrive et c'est dommage car ça va finir par poser un problème dans la fratrie, avec des mésententes lourdes, de la jalousie et une détestation de la belle-mère.

8. Maître Stéphane Valory, spécialiste du droit de la famille, a permis de clarifier certains points. Entretien avec l'auteur à Paris le 29 janvier 2019.

L'enfant qui se retrouve dans une famille recomposée va-t-il se poser la question de l'amour que lui porte son père ? Cela dépend du comportement du père. Il doit se montrer beaucoup plus démonstratif, surtout si un nouvel enfant arrive dans la famille recomposée.

Aujourd'hui, les gens vivent plus vieux et on hérite donc de plus en plus tard. Souvent quand on a déjà fait sa vie. Est-ce un bien pour apaiser les tensions entre héritiers ? Non, ce n'est ni mieux ni pire, car s'il y a frustration, jalousie, sentiment d'injustice, voire haine, ce sera pareil à 50 ans ou à 70 ans.

L'enfant, dans une famille recomposée, va-t-il s'interroger sur l'amour que lui porte son père ? ou sa mère ?

L'héritage est-il une façon de solder des comptes ? Pas forcément pour celui qui donne. Presque toujours pour ceux qui héritent, qui y voient une façon de régler des comptes entre eux. Pour certains parents, ça peut être aussi l'occasion de récompenser l'enfant qui s'est le mieux occupé d'eux. Ou une façon de compenser en aidant un enfant qui a moins bien réussi que les autres.

Un testament peut-il tenter de réparer une injustice ? Oui, à condition que celui qui le rédige ait conscience de cette injustice.

Est-il utile de préparer l'après de son vivant ? Oui, cela permet de ne pas laisser le doute l'emporter et les questions sans réponse. Il peut y avoir des problèmes, certes, mais on peut les régler, répondre aux contestations.

Le plus terrible, c'est la frustration qui peut naître quand l'autre n'est plus là pour s'expliquer.

Selon les cycles les questions peuvent changer, les écueils aussi et les erreurs, les frustrations, les ratés. Ce qui ne change pas, ce sont les guerres – parfois de cent ans – qu'on se livre pour un peu d'amour ou beaucoup d'argent – et inversement parfois.

C'est une hystérie de tout temps qui creuse son chemin dans notre époque de familles recomposées, d'enfants perdus, de belles-mères qui ne sont pas toujours jolies et de beaux-enfants fracassés, de gendres inassouvis, de pères crucifiés ou indignes, de mères froissées.

C'est l'histoire de tous. C'est la vôtre, c'est la nôtre et il n'est même pas réconfortant de savoir que les plus célèbres ne sont pas épargnés. Surtout pas eux. Et ne croyons pas qu'ils souffrent plus ou moins que nous « parce qu'après tout, n'est-ce pas, tout cela ne serait qu'une histoire de gros sous »... L'argent est un alibi, une manière, croit-on, de guérir une fois pour toutes des malaises de notre enfance et du malheur que nous avons endossé depuis. L'amour ne s'achète pas, sauf à tout confondre, et l'argent ne rachète pas le manque d'amour. Nous courons tous, éperdus et les yeux grands fermés, vers un rêve dans lequel ceux que nous aimons au-delà de tout, et depuis l'origine, nous diraient enfin les mots jamais prononcés. Ils seraient à nous, à l'abri des autres qui nous les arrachent.

Les rêves ne durent pas. Ils ne sont pas faits pour ça.

Et c'est la même chose pour tous, célèbres ou anonymes.

« J'aurais préféré que tout cela reste en famille, malheureusement, dans notre famille c'est comme ça… », écrit Laura Smet[9] pour terminer une lettre à son père. Contrairement à ce qu'elle croit, il n'y a pas que dans sa famille que c'est comme ça… Et sa plainte appartient à tous.

Dans toutes les couches de la société, quel que soit l'enjeu, et même s'il est surtout symbolique, il est fréquent de mettre les morts en scène. Et parfois bien longtemps après qu'ils ont disparu. Nous le faisons dans nos familles, régulièrement, et ce n'est jamais bien méchant. C'est une manière de continuer à les aimer, les faire vivre malgré tout, nier leur absence. C'est humain. En revanche, il n'y a rien d'humain à faire parler un mort que l'on s'est, en général, ingénié à faire taire lorsqu'il était vivant.

De l'autre côté du malheur, on s'incline, écrasé par le poids de l'apparent reniement, ou on décide de se révolter. Souffrir à voix haute, d'autres s'y sont résignés, d'autres s'y résigneront. C'est ainsi que cela se passe désormais. Comme un dernier recours. Celui qui fait appel à « l'assistance publique » pour l'aider dans son intime combat a le sentiment qu'il est en train de tout perdre – bien plus que la fortune – et qu'il lui faut exposer sa détresse aux yeux de tous sans doute pour qu'elle soit moins cruelle. Pour l'aider aussi à tenter de renverser le cours des évènements.

On est dans l'absurde teinté de dramaturgie. Imaginez un journal intime qui serait publié au fur et à mesure de son écriture… Au jour le jour. En quelques lignes sont enterrés les silences et les

9. Voir le chapitre III : « Le syndrome de la belle-mère ».

non-dits des dernières années, déterrées les questions qui blessent et les rancœurs qui laminent les âmes. On est au cœur du drame. C'est un mal vieux comme le monde, l'héritage. Avec son arme terrifiante, le testament. C'est une maladie que l'on tait le plus souvent. Quand on en parle, c'est surtout pour évoquer celle des autres. De vicissitudes assumées en coups bas déguisés, de règles contournées en affronts cinglants, le monde de la succession s'ouvre devant nous. Froid comme la mort. Indifférent. Cynique. Brutal. Le strict contraire de l'amour qu'il est censé contenir.

Nous voudrions que le testament soit un don. Une autre manière de dire je t'aime à un enfant, un époux, un ami… Nous aimerions, en héritant, recevoir de plein fouet cet aveu d'affection, de reconnaissance ou de gratitude.

Et on découvre vite qu'il n'en est rien. Seules les règles comptent, y compris celles qu'on détourne ou que l'on retourne contre l'autre. C'est le moment fatidique où, pour de bon, l'enfer prend le visage des autres.

Fourbe, la vie se prolonge, au-delà de la mort. Sans joie et sans beauté. Pour beaucoup, l'héritage, c'est une manière de réparer une injustice. Pour la plupart des enfants, c'est un dû.

C'est aussi le risque de faire des malheureux, quelle que soit la façon dont on s'y prend. La compensation n'est jamais une solution.

Parce qu'un héritage est d'abord fait de cela : de règles, d'obligations, de contraintes. Mille questions se posent. Des notaires apparaissent. Des avocats aussi, lorsqu'il y a désaccord. On présente des factures qui défient l'entendement. On est prêt à vous reprendre ce que vous n'avez pas encore reçu, et que d'autres vous disputent déjà. Des jalousies naissent, des rancœurs, les souvenirs s'estompent, les disparus disparaissent pour de bon, ils ne sont plus qu'un nom, une signature derrière laquelle on cherche une vérité.

À ce moment de l'histoire, et c'est parfois des années plus tard, même l'amour est mort.

Plus fort que le deuil, plus glacé que la mémoire, l'héritage, c'est la vie en pire. C'est aussi un éclairage effrayant. Une histoire qui se raconte sous nos yeux.

À travers son testament, le défunt se dévoile, mieux que de son vivant. La faiblesse de Johnny Hallyday, d'Alain Bashung ou de Jacques Brel. La cruelle indifférence de Maurice Jarre envers ses deux premiers enfants. La duplicité du si merveilleux commandant Cousteau. Les égarements du virevoltant Yves Montand. La désespérance hallucinée de Jean-Luc Delarue. Le dénuement de Françoise Sagan. La solitude de Charles Trenet, de Liliane Bettencourt ou de Raymond Devos, le testament volé de Claude François.

Ces moments uniques nous en disent presque aussi long sur les héritiers comblés ou frustrés, les héritiers à venir ou ceux qui ne verront jamais rien venir.

On examine leurs comportements souvent dérangeants, leurs lubies, leurs passions et leurs ressentiments, leur cupidité inassouvie et leur cruauté. Il y a bien quelques exemples de générosité, d'amour désintéressé, mais ils sont rares. Après tout, les héritiers ne sont pas plus beaux que ceux dont ils héritent, ce qui n'est pas si anormal. Il leur arrive même d'être pires quand ils ont hérité aussi des défauts, et pas du génie.

L'acharnement pathétique de Françoise, la fille de Liliane Bettencourt, la dureté de Sylvie, la fille du dessinateur Uderzo, l'élégance héroïque de Denis, le fils de Françoise Sagan, ou la sagesse des quatre enfants de Serge Gainsbourg, pourtant nés de trois lits différents, la monstruosité de Maurice Agnelet, cherchant jusqu'au bout à hériter de la jeune femme qu'il a assassinée, la folie de l'épouse virtuelle de Raymond Devos, l'inépuisable combat de France Brel pour que ne cesse jamais de vivre son père dans tout son génie…

Que nous racontent les histoires qui suivent ? Que nous disent-elles des personnages – de l'un ou l'autre côté de la barrière – qui en sont les héros souvent pitoyables ?

Nous avons écouté des avocats, comparé des témoignages, essayé de comprendre des donateurs, compati avec des donataires frustrés, touché à la folie des hommes et des femmes, à la mesquinerie et à la haine qui les frappent comme une malédiction.

Toutes ces histoires se ressemblent, et elles sont si différentes les unes des autres. Les mots sont toujours les mêmes et ne veulent jamais dire la même chose. Qui aurait cru que « Amour » et « Argent » puissent se confondre ? Le calcul naît de la passion, le ressentiment suit l'amour, la famille devient haïssable – et au fond ne l'a-t-elle pas toujours été ?

L'argent est un faux problème. Et les biens matériels. Et tout ce pour quoi on se bat au grand jour. Ce qui compte vraiment n'est jamais écrit dans les dossiers des notaires, sur les pages des testaments.

Ce qui compte, c'est la preuve qu'on a existé pour celui qui n'est plus. Et même qu'il nous a aimés. L'enjeu est là. Être éjecté du testament d'un défunt, ou simplement oublié, ou encore désavantagé, c'est lire noir sur blanc que nous ne comptions pas ou moins que d'autres. Cette troisième possibilité est peut-être la plus cruelle. Ce n'est pas tant ce que l'on reçoit qui compte, c'est surtout ce que les autres reçoivent en plus ou en moins. Ou pas du tout.

Dans ce domaine, les plus riches et les plus pauvres sont sur le même pied d'égalité. Que ce soit pour 100 millions d'euros ou pour trois lampes, une table et deux chaises, on est prêt à s'arracher les yeux.

Au bout du compte, c'est quand il n'y a rien à donner ni à recevoir que la guerre n'éclate pas.

Quelles que soient les histoires, on y retrouve les mêmes ingrédients. C'est ce que nous enseignent les récits qui suivent. Un peu plus de folie par-ci, de mesquinerie par-là. Des enfants sont victimes, parfois ce sont des parents, des gendres durcissent le ton, des belles-mères abusent de leur pouvoir, un fils dégaine sa colère, une belle-fille se lamente.

Certes, les histoires auxquelles nous nous sommes attachés et qui sont disséquées, analysées, ont pour héros et héroïnes des personnages célèbres. Elles racontent, chacune à leur façon, les débordements, les coups de théâtre, les émotions, les trahisons, le ressentiment, l'amour, souvent blessé ou enfui, la haine et la violence parfois. Mais elles ont la force de l'universalité car, toutes proportions gardées, elles ne sont en rien différentes de ce qui surgit un jour dans notre vie ou dans la vie de ceux qui nous entourent. Un ami, un collègue, un cousin, un voisin.

La loi est complexe, notaires, avocats, magistrats ont eux-mêmes parfois du mal à s'y retrouver. On entend des mots de juristes, des expressions savantes, c'est tout un monde qui s'ouvre. Très fermé, parfois incompréhensible pour chacun d'entre nous.

Il arrive que des affaires de succession dépassent les frontières, comme ce fut le cas pour la succession Maurice Jarre, compositeur français de nationalité américaine qui vivait aux États-Unis depuis plus de quarante ans, comme c'est aujourd'hui le cas pour la succession Johnny Hallyday.

Dès que l'on touche aux affaires d'héritage, le trouble prend le pouvoir. Rien n'est simple, déjà, et très vite tout se complique, dirait Sempé, qui s'y connaît.

Il est donc bienvenu d'apporter en préambule un éclairage froid et professionnel sur ce monde étrange de la vie après la mort, qui constitue un passage également périlleux pour ceux qui restent.

L'héritage, vérités et misères

Avec l'expertise de Pierre-Yves Lesage, armé de toute l'expérience d'une vie de notaire, nous allons mieux comprendre les règles qui s'appliquent selon les situations, et certains termes familiers aux juristes, moins au public.

Il ne s'agit pas d'établir un dictionnaire complet de la succession ou d'écrire en quelques pages un ouvrage qui pourrait s'intituler *L'Héritage en dix leçons*, mais d'éclairer le lecteur suffisamment pour qu'il ait certaines bases qui lui permettront de ne pas être désorienté à la lecture de certains des récits qui suivent. Les arguments juridiques ou références au droit, même lorsqu'il s'agit de cas d'exception, doivent être clairement compris par le lecteur sans qu'il soit nécessaire de placer des notes en bas de page tout au long du livre, au risque d'en polluer la lecture. Car, encore une fois, il s'agit là d'aventures humaines, souvent tragiques, désespérées rarement généreuses, trop souvent misérables. Elles comportent tout autant d'amour que de ressentiment, de folie, et de frustration qui peut aller jusqu'à la haine.

Les notaires ont affaire chaque jour à des familles confrontées aux affres de la succession, et qui sont rarement millionnaires. Leurs problèmes et leurs déchirements ne feront jamais la couverture des magazines mais ils sont les mêmes que ceux des stars.

Ils connaissent tous les cas de figure possibles, les entourloupes, les drames qui peuvent en découler, les réactions humaines disproportionnées, les excès, les moments de rage et les heures de joie, les coups de théâtre, les belles histoires et les sordides. Ces milliers d'histoires on ne peut plus populaires sont exactement pareilles à celles des puissants, des milliardaires ou autres célébrités. Il n'y a, au fond, que le montant de l'héritage qui change.

Expérience et longévité permettent de garder une grande mesure à l'approche de chaque situation et de décrypter avec clarté l'arsenal juridique qui accompagne le monde désenchanté de la succession.

Existe-t-il des cas où il y a trop de testaments ?

P.-YL. : C'est le cas bien souvent en France. Il est aussi très facile d'y remédier. Quand on rédige un testament chez un notaire, ce qui est toujours préférable, une information est envoyée à Venelles, dans les Bouches-du-Rhône, où se trouve l'ADSN (Association pour le développement du service notarial). Une personne peut très bien refaire son testament autant de fois qu'il lui plaira, changer d'avis, décider de favoriser désormais un héritier au détriment d'un autre ; quoi qu'il en soit, elle se doit de rédiger un autre testament.

Dans le cas de testaments multiples[1], lequel doit s'appliquer ?

C'est le dernier testament au niveau chronologique qui doit s'appliquer. Et quand il n'est pas déposé chez un notaire justement, ça peut être compliqué de trouver le dernier. On peut être confronté, pour plusieurs raisons, à un trop-plein de testaments. Par exemple, quand le donateur[2] possède plusieurs résidences. Autre cas fréquent : la personne en fin de vie ne se souvient pas toujours d'avoir rédigé un autre testament. Elle en rédige un autre ou d'autres, qui peuvent être très différents.

Dans certaines situations, on peut aussi se trouver face à des personnes âgées, fatiguées voire malades, qui n'ont plus toute leur lucidité et peuvent être influencées par leur entourage. Là encore, un testament déjà validé par un notaire auparavant pourrait être utile en cas de conflit, et même devenir un argument. Ce qui est primordial, c'est qu'un testament précise : « Je révoque toutes dispositions antérieures. »

1. Voir les cas de Johnny Hallyday et Françoise Sagan.
2. Le donateur est la personne qui organise sa succession. À ne pas confondre avec le donataire qui bénéficie, lui, des dispositions prises dans le testament.

Lorsqu'on a affaire, en quelques années, à la rédaction de nombreux testaments, peut-on tirer des conclusions ?

Et quelles conclusions ? Tout dépend d'un contexte, d'un climat. Après tout, chacun a le droit de changer d'avis, et même plusieurs fois, sans même avoir à s'expliquer. Tant que le nouveau testament reste inscrit dans la légalité. Dans le cas de Johnny Hallyday, on s'aperçoit que son premier testament remonte à 2007 et que c'est un testament tout à fait raisonnable : un tiers à Laeticia, sa femme, un tiers à ses deux filles mineures, Jade et Joy, un tiers à ses deux aînés, David et Laura. Cela représente, pour Laeticia, 66 % à gérer tant que ses filles sont mineures. C'est logique, personne n'a rien à y redire. Puis on voit surgir d'autres testaments, 2, 3, 4, 5… qui arrivent au fil des années pour aboutir au dernier qui attribue 100 % à Laeticia. Destiné à être placé dans un trust aux États-Unis. Ce que le grand public n'a pas l'air de savoir, c'est qu'en agissant ainsi, il n'a pas déshérité que ses grands enfants, les deux plus jeunes filles le sont aussi. On nous dit qu'il a choisi de protéger les petites plutôt que les grands. Il a surtout choisi de protéger sa femme. Ça sent les avocats et la magouille, il y a un abus de droit évident. Avec de la malchance on peut être amené à plaider pendant des années.

Comment est-ce possible ?

En France, c'est officiellement impossible. Déjà, nous n'acceptons pas un testament dactylographié.

Surtout, il existe chez nous ce que l'on appelle la réserve héréditaire. On ne peut pas déshériter un enfant.

La loi française sur la réserve héréditaire est-elle vraiment une exception française, comme l'a dit à plusieurs reprises le premier avocat de Laeticia Hallyday ?

Pas du tout. C'est même le contraire. La réserve héréditaire qui garantit aux enfants une part de l'héritage de leurs parents est une tradition inscrite dans la loi de la plupart des pays occidentaux. En Allemagne, en Italie, en Espagne, en Suisse, en Grèce... À peu près dans la moitié des pays du monde. Bien sûr, les pourcentages appliqués ainsi que les modalités peuvent varier selon les pays.

L'originalité de notre droit c'est l'importance de la quotité disponible en France. Chez les Espagnols, par exemple, elle est plus faible que chez nous. En Grande-Bretagne et aux États-Unis, elle n'existe pas. Sauf dans certains états américains.

En vérité, la réserve héréditaire telle qu'elle existe en France, est unique parce qu'elle résulte du droit napoléonien et que le souci premier de Napoléon était de protéger la famille.

Est-il vraiment impossible, en France, de déshériter ses enfants ?

Non, même si l'on crée une fondation. Il faudra toujours préserver la quotité disponible pour les héritiers réservataires. S'il n'y en a pas, il est possible de donner 100 % de sa fortune à cette fondation…

Il y a une possibilité de favoriser l'un de ses enfants en passant par des assurances vie. Ce peut être légitime – un enfant plus jeune que les autres, par exemple, qui n'a pas bénéficié des mêmes avantages que les aînés depuis sa naissance, ou un enfant handicapé – il y a encore la possibilité de déshériter un enfant sans le déshériter en apparence. En donnant à un enfant en nue-propriété et permettre à son conjoint d'opter pour l'usufruit… C'est le cas d'Arthur, le fils d'Alain Bashung. Il reçoit sa part de la réserve héréditaire en nue-propriété, et sa belle-mère bénéficiera de l'usufruit sur 100 % des biens jusqu'à sa mort. Comme elle a dix ans de plus que son beau-fils…

C'est une technique juridique, rien d'autre.

En fait, il y a des outils pour déshériter mais ce n'est pas simple. Le meilleur moyen, le plus imparable, c'est d'avoir dépensé toute sa fortune avant de mourir ! Peu de personnes s'y résolvent. Il y a aussi, dans cette logique, et pour un bien déterminé – une maison, une propriété – la possibilité de vendre en viager.

Si le défunt semble avoir été influencé, s'il y a des incohérences apparentes dans son testament, des contradictions par rapport à ce que l'on croyait savoir de lui, le notaire peut-il intervenir ?

C'est généralement le rôle des avocats, lorsque l'affaire va en procédure. Ils vont retracer la vie de la personne, quand il y a un doute. Où vivait-elle réellement ? Avec qui ? Comment gérait-elle sa vie et où ? Avec Johnny Hallyday, qui était une personne publique, on pourrait imaginer que les choses sont plus simples : on sait très bien où il se trouvait, où il vivait. Mais il habitait des maisons en France et aux États-Unis, ses revenus professionnels étaient français à plus de 90 % mais ses deux plus jeunes filles, adoptées en France, étaient inscrites à l'école en Californie… Parfois, un notaire peut se retrouver confronté à une situation à peu près similaire dans un cas lambda. La personne avait des revenus confortables sans être extravagants mais on se retrouve avec un testament qui a été largement modifié, trois ou quatre fois, en l'espace de cinq ans. L'explication, c'est que pendant cette période, le défunt a vécu avec une maîtresse, qui lui a donné un enfant. Cet enfant, le défunt l'a reconnu à la naissance, sans forcément communiquer là-dessus, dans son entourage. Dans ce cas il faut enquêter et s'adresser à un généalogiste.

Même des testaments déposés légalement chez un notaire peuvent apparaître fragiles. Nous, notaires, pouvons sentir le danger du testament. Nous avons le devoir de corriger tout de suite ce qui nous paraît suspect.

Dans le cas d'un testament olographe, c'est différent. Aucun notaire n'a pu corriger quoi que ce soit. Résultat, le testament peut être attaqué dès qu'on enclenche le mécanisme. N'oublions pas qu'un testament fait preuve jusqu'à ce qu'on l'annule. S'il y a des incohérences ou des imprécisions dans son contenu, il se trouve menacé.

Un généalogiste peut-il agir sur demande d'un particulier ?

Non, seul un notaire peut le missionner.

Si un testament n'a pas été déposé chez un notaire ?

Cela arrive très souvent. C'est ce qu'on appelle un testament olographe, dont on n'avait pas connaissance et qui va être découvert après la mort de son auteur. Il peut avoir été confié à un proche, ou rangé dans un tiroir, ou encore déposé dans un coffre-fort. Il est parfaitement valable, à condition de respecter certaines formes telle que : « *Je, soussigné… certifie être sain de corps et d'esprit… révoque toutes dispositions antérieures* » qui est vraiment une formule incontournable. Ensuite, à partir du moment où la formule respecte la législation, qu'il est daté, signé de la main du donateur, le testament est parfaitement valable, déposé ou non chez un notaire.

S'il respecte la forme et qu'il révoque toutes les dispositions prises précédemment – dans le cas d'un testament antérieur déposé chez le notaire –, peu importe qu'il soit écrit sur une nappe en papier et que personne n'en ait eu connaissance. C'est celui-là qui compte au détriment de tous les autres. Le passage chez le notaire n'a d'intérêt que pour être certain que le testament ne se perde pas. Il arrive en effet que certains d'entre eux disparaissent plus ou moins mystérieusement[3]… Exemple auquel un notaire peut être confronté : deux frères, dont l'un est désavantagé par testament. S'il peut s'en emparer, le risque est grand qu'il le détruise, afin de pouvoir hériter au moins autant que son frère. Des cas comme celui-là ne sont pas rarissimes. Pour s'en protéger, le mieux est de faire un dépôt chez un notaire. C'est s'assurer que les dispositions prises seront respectées.

Qu'est-ce qu'on appelle la quotité disponible et la part réservataire, dont on a entendu beaucoup parler à propos de la succession de Johnny Hallyday ?

La part réservataire, appelée aussi réserve héréditaire, c'est ce qui constitue la réserve pour l'enfant. Quand il n'y a qu'un enfant, on doit lui réserver 50 % de sa succession, 66 % pour deux enfants et 75 % à partir de trois enfants. Après, ça ne change plus, quel que soit le nombre d'enfants. La quotité disponible, c'est ce qui reste au testateur et dont il peut faire ce qu'il veut. S'il a quatre, cinq ou huit enfants, il lui restera 25 %. C'est ce que l'on appelle la quotité disponible.

Voilà qui paraît juste et équilibré.

Sauf qu'il y a toujours moyen de s'arranger avec les règles et de les contourner. Imaginons qu'il y ait trois enfants qui vont se voir attribuer 75 % de l'héritage, soit 25 % chacun. Il reste au donataire

3. Voir l'histoire de Françoise Sagan, au chapitre v, et celle de Claude François, au chapitre ii.

25 % dont il peut disposer à sa guise, et rien ne l'empêche de donner ces 25 % à l'un de ses enfants… Lequel héritera donc de 50 %, le double de ce que recevront les autres, et sans que quiconque puisse trouver à y redire.

Lorsque le défunt a tout légué à un ou des étrangers, en oubliant sa propre famille, y a-t-il contestation possible[4] ?

S'il s'agit d'un frère, d'une sœur, d'un cousin, d'une nièce ou d'un neveu, ce sont ce qu'on appelle des héritiers non réservataires. Ils n'ont droit à rien de façon obligée. Les seuls héritiers réservataires que l'on ne peut donc pas déshériter, ce sont les enfants et les parents. Celui qui n'a pas d'héritier réservataire dispose effectivement de son patrimoine comme il l'entend. À partir du moment où il a rédigé un testament. Dans le cas de Charles Trenet, s'il n'avait pas fait de testament, sa sœur aurait hérité de tout.

S'il n'existe pas de testament – comme chez Gainsbourg ou Claude François – et qu'il n'y a pas eu de donation, que se passe-t-il ?

La loi s'applique et les héritiers viennent selon un certain ordre. D'abord les héritiers réservataires, puis les frères et sœurs, neveux, nièces, ensuite les cousins… Un cousin ne peut pas hériter en présence d'un frère. Il faut respecter un ordre de priorité

4. Dans le cas de Charles Trenet, il a légué l'ensemble de ses biens, excluant de son héritage sa demi-sœur et son neveu.

quant à la qualité de chaque héritier. Pour ce qui concerne la sœur de Charles Trenet, elle ne pouvait rien envisager, sauf à attaquer le testament, dans sa forme ou dans son fond[5]. Parce que c'est le secrétaire et aussi homme de compagnie qui avait été désigné comme héritier. Or, le Code civil prévoit que l'on ne peut pas – au risque que ce soit jugé invalide – coucher sur son testament une personne qui aurait de l'influence sur vous. L'exemple même, c'est l'infirmière qui a procuré les derniers soins à un malade, le prêtre qui a donné les derniers sacrements à un mourant. Il est illégal de les retrouver sur le testament du défunt. C'est une protection des personnes en état de faiblesse. Afin d'empêcher de coucher sur le testament une personne qui aurait pouvoir sur le malade et l'aurait forcé physiquement ou psychologiquement. C'est un abus de position qui peut devenir ce que l'on appelle de l'abus de faiblesse. À ce titre, certaines personnes peuvent être éliminées, parfois injustement.

Par exemple, l'infirmière qui donne les derniers soins à un grand malade se trouve être aussi une amie d'enfance… Elle n'aura pas le droit de bénéficier des faveurs du testament. Alors que si c'est l'épouse du mourant, il n'y aura pas de problème. Celui-ci s'est marié, en principe pas sous la contrainte, donc sa veuve avait le droit de le soigner et d'hériter…

---

5. Ce qu'elle a fait d'ailleurs. Voir le chapitre IV consacré à l'affaire.

Dans le cas du chauffeur de Trenet, la situation et les relations entre le testateur et l'héritier choisi pouvaient en effet prêter à discussion[6].

Plus encore, on le découvre dans cette nouvelle version des *Héritiers*, dans le cas du jardinier de Gina Lollobrigida.

Reste aussi à savoir quand a été fait un testament. S'il a été rédigé vingt ans plus tôt, alors que la personne n'avait pas besoin de soins, était en parfaite santé et tout à fait autonome, peu importe si elle a déjà désigné quelqu'un qui l'entourera plus tard.

Peut-on refuser un testament ?

Oui, et cela arrive quand on ne veut pas assumer les contraintes qu'il suppose. Accepter un testament, c'est une manière de prendre la place du défunt. On hérite de tout ce qu'il possédait. On hérite aussi d'un certain nombre de charges, fiscales notamment. Les impôts liés à la succession sont très lourds. Lorsque vous héritez d'une maison qui vaut 500 000 euros, que vous devez payer 45 % d'impôts et que vous ne les avez pas, les solutions ne sont pas nombreuses. Autre situation très fréquente : lorsque les dettes du défunt sont plus élevées que ses biens. Vous devez hériter de biens qui représentent, tout compris, 600 000 euros, mais le défunt devait 900 000 euros au fisc. Dans ce cas, soit vous trouvez

6. Voir le chapitre IV : « Mort sous influence ».

un arrangement, soit vous refusez le testament. Vous n'hériterez de rien. Donc pas des dettes.

Quel est le délai accordé avant de prendre la décision d'accepter ou de refuser une succession ?

Il existe deux délais distincts. On accorde trois mois et quarante jours au bénéficiaire pour faire l'inventaire complet de la succession et pouvoir prendre une décision en toute connaissance de cause. Selon les circonstances, on verra que ce délai – très court lorsque la succession est compliquée – peut être allongé. Après, il existe un nouveau délai de six mois pour payer les droits de succession. Là aussi, le délai peut être allongé.

Comment allions-nous classer ces histoires ? Par personnages ? Par chronologie ? Ce n'était pas très satisfaisant. Le risque était de raconter, à quelques dizaines de pages d'écart, des conflits très similaires. Il nous a paru plus intéressant de classer nos héros par familles – si l'on ose dire, dans ce cas – et de les faire naviguer à travers différents thèmes.

Dans cette idée, pourquoi ne pas commencer par ceux ou celles qui ont connu les affres de la succession avant même d'être morts ? Une manière de dire que tant qu'il y a de la vie il y a du désespoir. Et d'ébrécher la vieille théorie selon laquelle une succession bien préparée n'engendre pas de conflit.

I

Une dernière guerre avant de mourir

Liliane Bettencourt avait choisi de son vivant de donner à son unique fille, Françoise, et à son mari 95 % de son incommensurable fortune, et de garder 4 % pour elle[1]*. Elle n'a pas été récompensée de sa générosité, c'est le moins que l'on puisse dire. Pour ce prix, elle s'est offert une fin de vie dérangée, entre psychiatres, enquêtes, faux témoignages, tribunaux, mise sous tutelle et autres délices.*

*Pour d'autres raisons, pas si éloignées, le dessinateur Uderzo, créateur d'*Astérix*, en conflit avec son unique fille, Sylvie, également munie d'un mari encombrant, s'est retrouvé devant un tribunal, bataillant à plus de 80 ans pour ne pas se retrouver à la porte de sa propre entreprise de génie.*

Pour Raymond Devos, génial maître de l'humour absurde, le plus fin des artistes « tripoteurs de mots » du XX*e* *siècle, pas d'enfant, plus d'épouse ni de compagne, mais un immense lot de solitude*

1. Les 4 % restants sont allés à des associations et organismes de charité.

à la fin d'une vie abîmée par la vieillesse, le déclin et la maladie. Et puis, comme dans un film noir, l'arrivée d'une inconnue qui s'incruste, invente un passé commun qu'il n'est pas apte à démentir, un entourage impuissant…

Trois histoires sombres avec une fin de vie sans joie et la solitude pour décor.

Liliane Bettencourt, la liberté de donner

« Il n'est jamais trop tôt pour désespérer. »
Emil Cioran

C'était l'affaire Bettencourt. Sa milliardaire, Liliane, la femme la plus riche du monde, sa fille, Françoise, la seule et unique héritière, le gendre douteux et une foule de seconds rôles, du majordome à la secrétaire et au maître d'hôtel, du notaire aux avocats, les hommes d'affaires, les médecins et psychiatres, les infirmières, les juges, un gestionnaire de fortune, un ministre, et même en guest-star un président de la République, Nicolas Sarkozy. Il serait venu, à l'occasion, le samedi matin chez son amie Liliane, souriant à tout le monde, armé d'un pull-over à col roulé et d'une grande valise vide pour repartir un peu plus tard, la fameuse valise bourrée de milliers d'euros. Le tout pour financer sa campagne de 2007. C'est comme on vous le dit, faux témoignages à l'appui pour garantir les contre-vérités. Après, la fable s'est effondrée, comme souvent.

Exit Sarkozy, l'affaire Bettencourt pouvait continuer avec son lot de micros cachés, de plafonds espions, de téléphones piégés, de faux témoins et de vraies arsouilles, de billets qui circulent, de lettres de dénonciation, de trahisons…

Elle avait pourtant bien préparé l'avenir, Liliane Bettencourt, lorsqu'elle choisit, en 1992, de tout ordonner de son vivant pour que sa succession ne pose pas de souci à son unique héritière, sa fille Françoise Meyers-Bettencourt. Ce n'est pas une petite affaire, cette succession : 35 milliards d'euros, dont le navire amiral, L'Oréal.

Liliane Bettencourt lègue par donation la nue-propriété (en gardant pour elle l'usufruit) de ses actions à sa fille, Françoise (deux tiers), et à ses deux petits-enfants, Jean-Victor et Nicolas Meyers (un tiers). Cela représente 100 % de ses actions L'Oréal au total, et l'ensemble de sa donation équivaut à 92 % de sa fortune.

Liliane Bettencourt conserve 4 % pour les donner à des associations et œuvres de bienfaisance et 4 % pour elle, ce qui représente quelques milliards d'euros, quand même. De ces 4 % poindra la tragédie.

C'était un geste fort et noble. Rien, dans la loi, n'oblige un parent à transmettre, sous une forme ou sous une autre, 92 % de sa fortune à son enfant. Liliane Bettencourt aurait pu se contenter de léguer 50 % et de faire ce qu'elle voulait du reste. Elle a choisi une autre voie, bien mal lui en a pris. Cette inspiration va contribuer à lui gâcher sa fin de vie.

En 2004, une partie de ces titres sont transférés dans la holding Théthys, qui gère les intérêts familiaux, désormais présidée par Françoise Meyers et son mari.

Liliane Bettencourt aime ses petits-enfants, souffre de ne pas les voir assez souvent. Ils sont sa grande joie dans une vie morne. Avec François-Marie Banier, l'artiste charmeur et tellement séduisant qui anime un peu sa vie depuis près de vingt ans. Une vie riche à milliards, certes, mais d'une platitude infinie. Son mari est mort, ses amis ont vieilli, comme elle, mais plus qu'elle, dirait-on. Sa fille unique n'est pas sa meilleure amie, encore moins une confidente. Tout a toujours été difficile. C'est Liliane qui peut être compliquée. Elle a du mal à aimer. Et même à faire semblant. Elle a eu du mal à être mère. Une maman, rarement. Le cœur ne doit pas se soumettre à trop d'émotions. Question d'éducation. Françoise a souffert de cette froideur, de ce désintérêt. Elle a passé une grande partie de sa vie à courir après l'amour de sa mère. En vain. Elle s'est raidie, a adopté elle aussi une distance. Elle n'a pas cessé d'espérer, quand même. Il suffirait d'un geste, d'un regard, d'un mot. Rien ne vient que des silences, des baisers secs.

Quand Jean-Pierre Meyers est entré dans la vie de Françoise, rien ne s'est arrangé, au contraire. Liliane n'a jamais eu de sympathie pour le mari de sa fille, ça, c'était au début. Après, elle l'a détesté.

Ce n'était pas une vie de famille, toutes ces rancœurs, ces non-dits, cette manière de s'ennuyer ensemble, cet art de ne pas s'aimer. Ce n'était pas une vie, tout simplement.

François-Marie Banier était arrivé en 1987. Dans la joie et la bonne humeur. André Bettencourt, le mari de Liliane, était encore vivant et bon vivant à l'époque. Ils ont pris l'habitude de beaucoup s'amuser, tous les trois. Un peu de vie ne fait pas de mal, au milieu de tous ces milliards.

Banier est un artiste, romancier doué à 20 ans, photographe de talent à 30 ans, il navigue dans tous les milieux de l'art avec une aisance magnifique. Il a été le compagnon du décorateur Jacques Grange, du comédien Pascal Gregory, le protégé de grands artistes et même d'Aragon dont il jure n'avoir jamais été l'amant.

L'homme qui plaisait à tout le monde et séduisait qui il voulait a fait la connaissance de Liliane, en 1987, en la photographiant pour le magazine *Égoïste*. Une amitié va naître. Elle va grandir vite, sous le regard bienveillant d'André Bettencourt, lui aussi sensible au charme du jeune homme.

Banier a alors une quarantaine d'années, Liliane, 65 et André va sur ses 70 ans.

Sous l'impulsion de ce jeune homme brillant, drôle, enthousiaste, les Bettencourt ne se ressemblent plus. En vérité, ils ont changé de vie en restant eux-mêmes, délestés de congruences qui pèsent des tonnes.

Ce n'est pas pour déplaire à Françoise et son mari. Eux, ils ont toujours l'air de s'amuser à s'ennuyer. Il n'y a pas grand-chose à faire pour le moment. Il faut patienter, et subir. Parfois la patience n'a pas de limites.

En novembre 2007, c'est André qui abandonne définitivement le trio. Le chagrin est énorme. Plus de cinquante ans d'amour pour Liliane. Vingt ans d'amitié pour François-Marie.

Le temps de sécher leurs larmes, une plainte contre X est déposée, en décembre 2008. Elle fait état d'une somme de 993 millions d'euros que François-Marie Banier aurait soutirée entre 2001 et 2007 à Liliane Bettencourt. Par abus de faiblesse. La plainte est déposée par Françoise Meyers-Bettencourt.

Après la mort de son père, celle-ci aurait découvert l'ampleur des largesses dont a bénéficié le photographe. Pour Françoise, il aurait profité de la fragilité psychologique de sa mère pour se faire offrir tableaux de maîtres, chèques, assurances vie, objets précieux... le tout pour près d'un milliard d'euros de dons.

« Je suis une femme libre, en parfaite possession de mes facultés intellectuelles », dit Liliane Bettencourt au *Journal du dimanche*. Pas d'autre commentaire. Le mépris.

En septembre 2009, le dossier est classé sans suite mais la France entière connaît désormais François-Marie Banier, sa vie, ses œuvres, ses fréquentations, ses liens avec les Bettencourt, son amitié avec Liliane.

Françoise décide de saisir le juge des tutelles, une tentative de remettre Liliane dans le droit chemin sous sa protection. Prévu en juillet 2010, le procès est reporté.

Des années de procédure vont suivre, d'attaques et contre-attaques, d'espionnage et de machinations, et même de tentatives de conciliation, pour un seul résultat : la guerre continue. On va en justice pour faire rendre gorge au photographe, et éventuellement l'argent, bloquer aussi toute velléité de Liliane de mener sa vie librement. À près de 90 ans, il ne manquerait plus que cela ! On espionne encore, on écoute, on envoie Banier en garde à vue, au tribunal, une première fois, où il est condamné à de la prison, puis une deuxième fois, quand l'un de ses avocats, Richard Malka, choisit une défense loin des arguties techniques. Cet avocat est célèbre – et c'est son honneur – pour avoir plaidé en défense des dessinateurs de *Charlie Hebdo* dans l'affaire des caricatures de Mahomet. L'axe de sa plaidoirie ? La liberté de se moquer. Son courage et son insolence lui valent, depuis, de ne jamais se déplacer sans la protection de deux policiers. La liberté de rire a un prix, et depuis le 7 janvier 2015 nous savons que celui-là n'est pas le plus élevé.

Richard Malka aime passionnément la liberté. Toutes les libertés, y compris celle de donner. Il affiche presque toujours un léger sourire qui doit en irriter plus d'un, à commencer par ses adversaires. C'est un sourire gentil, discret et lumineux, qui invite à un brin d'apaisement. Au-delà de l'intelligence aiguë, il y a la profondeur de l'homme qu'incarne ce sourire léger, c'est une contradiction sympathique. Il semblait aussi contradictoire de le retrouver volant au secours d'un gandin, lui l'homme des nobles causes.

User de toute son intelligence pour défendre celui qui a puisé dans une fortune incommensurable avec l'arme de son charme, n'était-ce pas du temps et de l'énergie gaspillés ?

Il sourit encore, repense au dernier procès, celui de 2016, quand il a obtenu non pas la relaxe mais une forme de grâce pour François-Marie Banier, mis définitivement à l'abri d'une peine de prison ferme.

Avec ses mots, qui sont toujours précis, jamais complaisants, il nous dit pourquoi il a voulu que ce procès soit, cette fois, celui de la liberté de donner, donc de vivre, de respirer, de décider ce que l'on veut pour sa vie. Quel que soit son âge…

Ce procès, cette affaire Bettencourt-Banier, c'est une affaire de liberté et de regard des autres. C'est la preuve toujours plus grande que les enfants n'acceptent pas que leurs parents ne vivent pas comme eux, c'est de l'amour qu'on vient quérir à travers l'argent, c'est la jalousie qui anime les êtres et leur fait commettre des actes dont ils ne se seraient pas crus capables.

On lui fait remarquer que Liliane Bettencourt n'avait pas, loin de là, déshérité sa fille…

« Non, effectivement, mais il y a quelque chose de choquant dans le fait qu'un artiste puisse s'enrichir ainsi, c'est ce qui ressort de la réaction de Françoise Meyers. Alors que ce n'est absolument pas notre problème, qu'un artiste s'enrichisse. Le contester c'est juste de la jalousie. On se dit : mais pourquoi pas moi, c'est immoral ! »

Mais il est établi, ajoute Richard Malka, que pendant vingt ans, il l'a fait rire, il l'a sortie, il l'a amusée, quand il l'a rencontrée elle était dépressive, il a été un compagnon de tous les jours. Le problème c'est la morale chrétienne, qui considère que le patrimoine doit se transmettre de père en fils, de mère en fille…

Il revient au procès de 2016, la façon dont il l'avait abordé, sa plaidoirie commençait par une très belle citation : « Il y a quelques semaines, je suis tombé sur un passage de Cicéron qui parlait d'un procès qui avait été fait à Sophocle. Nous sommes en 1500 avant Jésus-Christ, Sophocle a 84 ans, c'est l'équivalent d'une rock star, il a eu plusieurs femmes et des enfants de chacune de ces femmes. Ces enfants ne s'entendent pas du tout entre eux et ne considèrent qu'une seule chose, que leur vieux père dépense trop d'argent, qu'il est trop dispendieux, qu'il vit de manière fantaisiste, pas comme les personnes de son âge. C'est là que Cicéron prend la plume et écrit ceci : "Les vieillards conservent l'intelligence pourvu que se maintiennent l'implication et l'activité ; et ce, non seulement chez des gens connus qui exercent des activités, des responsabilités, mais aussi dans le cadre de l'intimité." Sophocle a écrit ses tragédies jusque dans l'extrême vieillesse et comme il paraissait, à cause de son travail, négliger ses affaires familiales, il fut attaqué en justice par ses enfants pour que les juges l'écartent du patrimoine familial en le reconnaissant fou. C'est ainsi que chez nous, on interdit aux pères qui gèrent mal leurs affaires de disposer de leurs biens. On dit que le vieux Sophocle a raconté aux juges la pièce qu'il avait avec lui et qu'il venait d'écrire – *Œdipe à Cologne* – puis il leur a demandé si elle leur semblait être l'œuvre d'un fou. Les juges l'ont libéré aussitôt sa lecture terminée. Ce sont donc des procès vieux comme le monde, ni Liliane Bettencourt ni sa fille n'ont rien inventé ! »

C'était le dernier jour et la dernière plaidoirie, un 24 mai 2016 dans la moiteur de la cour d'appel de Bordeaux. L'enjeu était de pousser la cour à revenir sur les lourdes peines prononcées en première instance. Trois ans d'emprisonnement dont six mois avec sursis, 350 000 euros d'amende, la confiscation de son immeuble et de 80 millions d'euros.

Le grand challenge était, déjà, de faire disparaître la peine de prison ferme.

Avant Richard Malka, Laurent Merlet, le civiliste, et Pierre Cornut-Gentille avaient fait leur travail, décortiquant toutes les incohérences de ce procès hors-norme.

Tout le monde sait, après l'introduction de Richard Malka, que sa plaidoirie dépassera de très loin les contingences d'une affaire d'argent, d'éventuels abus de faiblesse. Il va parler de responsabilité, de liberté, de dignité, celle-là même que l'on refuse parfois à ceux dont on estime qu'ils ont passé l'âge.

La cour est intriguée, elle sent que l'on va parler d'autre chose. Déjà, il a fait entrer Sophocle dans un tribunal du XXIe siècle…

« Madame la présidente, Mesdames, Monsieur l'avocat général, deux mille quatre cents ans se sont écoulés depuis, et c'est toujours le même procès. Il y a dans cette salle des écrivains qui, de part et d'autre de l'Atlantique, écriront sur cette affaire, et si nous avons de la chance et s'ils ont le même talent que Sophocle, alors peut-être aurons-nous tous, dans la grande histoire de l'humanité, la chance que dans deux mille quatre cents ans on parle de nous, mais Madame la présidente, moi je n'ai malheureusement pas de pièce de théâtre à vous lire pour vous prouver qu'entre 2006 et 2010, Mme Liliane Bettencourt n'était pas folle, qu'elle était capable, qu'elle n'était pas vulnérable. Mais j'en aurais une, je crois que ça ne changerait rien. En fait, ça ne changerait rien pour les parties civiles, et pour Monsieur l'avocat général, parce qu'ils ont décidé une fois pour toutes, ils ont décidé que l'on ne savait pas ce qu'il y avait dans le cœur des gens [...].

Ils ont décidé une fois pour toutes, pour Liliane Bettencourt, de ce qu'elle voulait, de ce qu'elle ne voulait pas, de ce qu'elle avait le droit d'aimer ou de ne pas aimer, de qui elle avait le droit de fréquenter, de qui elle n'avait pas le droit de fréquenter, de à qui elle avait le droit de donner et de à qui elle n'avait pas le droit de donner.Ils ont décidé que Mme Liliane Bettencourt, contrairement à tout autre être humain, n'avait pas la complexité suffisante pour donner une part d'elle-même différente à chacun, un peu de rebelle à l'un, un peu de conformiste à l'autre. Liliane Bettencourt, ils ont décidé qu'elle n'était pas cela, ils ont décidé que la famille Bettencourt c'était l'amour, la paix, l'union, un conte de fées avant que le méchant Banier n'arrive, vous savez dans les contes de fées il faut toujours – ils ont raison –, qu'il y ait un méchant, parce que sinon ça ne marche pas. Et ben là, c'est Banier. Vous savez, ça me fait penser, cette famille unie, heureuse en amour, à un artiste qui, à la fin des années 1970, au début des années 1980, avait imprimé des faux billets de banque, il avait failli être poursuivi, mais comme il avait des relations, il ne l'a pas été. Puis il avait imprimé sur ces faux billets de banque la phrase de Gide : "Famille je vous hais". Quel était le nom de cet artiste déjà ? Ah, c'est ça, Pierre Bettencourt. Pierre Bettencourt et je dois cette anecdote pas à moi, à Marie-France Etchegoin, dans son livre *Un milliard de secrets*. Ah pardon, ils ont décidé qu'il n'y avait pas de secret non plus dans la famille Bettencourt, dans chaque tiroir de la rue Delabordère, et des secrets lourds, et des secrets dont évidemment je ne parlerai pas, mais qui font que la vie de Liliane Bettencourt n'a pas toujours été des plus heureuses. Ils ont décidé qu'on ne fouillait pas dans la vie des gens ? C'est de ce côté de la barre qu'on nous dit ça ? À nous ? Mais Madame la présidente, Mesdames, Monsieur l'avocat général, qui a sali dans cette affaire, qui a fouillé dans la vie des gens ? Qui a permis la transgression de la vie privée, je crois la pire de l'histoire judiciaire de ce pays ? Un an d'enregistrements ! Je crois que personne n'avait fait ça jusqu'alors [...] Qui a porté le plus atteinte dans cette affaire à Mme Liliane Bettencourt, qu'est-ce qui a fait le plus de mal à Liliane Bettencourt ? Ces enregistrements illicites, ou le reste ? Nous le savons tous. Qui a fouillé dans la vie privée, a broyé, a révélé les secrets médicaux, les conversations avec des avocats ? On a brisé tous les tabous jusqu'à la fin des temps, de ce côté de la barre, on devrait s'interdire de parler de respect de vie privée. Moi aussi, c'est complètement déloyal, si j'avais mis un dictaphone pour enregistrer les conversations de M. Aldiger, j'aurais certainement récolté des choses intéressantes. Si j'avais mis un dictaphone chez Françoise Meyers pour enregistrer ses conversations avec Didier Martin, le dossier ne serait pas le même. Sans cet enregistrement, ce dossier n'existe pas. »

Il a attaqué fort, Richard Malka. Et pendant trois heures, il ne va pas lâcher ses proies. Paradoxalement, ces bouffées d'air frais qui entrent dans la salle du tribunal par l'intermédiaire de ses plaidoiries semblent peser lourd sur les épaules de tous les participants. Il parle et tout le monde semble figé dans un silence de plomb. Il parle et ça fait mal. « Les Bettencourt, ce sont les Atrides ! Ils se dévorent entre eux. La réalité de cette famille, ce n'est pas la paix, c'est la guerre, on ne peut pas appréhender cette affaire sans comprendre sa dimension de tragédie grecque. »

Il parle et en même temps il frappe, il frappe à mots rompus sur la fille et les petits-enfants de Liliane Bettencourt, ceux-là mêmes qui ont méprisé ce procès au point de ne même pas venir y assister, comme si cela n'avait finalement pas tellement d'importance. Il était sans doute plus important que leurs trop nombreux avocats viennent les caricaturer en gentils petits-enfants et enfants d'une trop riche mère et grand-mère.

« Ils ont décidé que la famille Bettencourt, avant l'arrivée de François-Marie Banier, c'était l'amour, l'union, l'harmonie, la paix. Ils ont décidé qu'elle devait être heureuse, Liliane Bettencourt, tous les dimanches au déjeuner, avec son gendre sinistre, qu'elle devait être heureuse de transmettre L'Oréal, ce joyau hérité de son père, à ce gendre qu'elle n'aime pas. Car oui, Liliane Bettencourt n'aime pas son gendre. Ce n'est pas la faute du gendre, c'est la vie. Mais on est chez les Bettencourt. Et chez les Bettencourt, l'amitié est un crime et un délit. »

Il a beaucoup parlé des autres, ceux qu'il décrit comme les persécuteurs de Liliane Bettencourt, alors que tout le monde est là, dans cette cour d'appel, justement parce que sa fille a estimé qu'il était de son devoir de protéger sa mère. Contre elle ?

Qui défend Liliane Bettencourt ? Qui l'a défendue jusque-là ? Elle est une sorte d'Arlésienne de sa propre histoire, on en parle, mais on ne la voit pas, on ne l'entend pas, elle est peut-être la femme la plus riche du monde, mais il semble qu'elle n'ait aucun droit, même pas celui de donner.

Qui s'occupe d'elle ? Personne finalement. Il est heureux qu'elle ait trouvé, sans l'avoir cherché, un défenseur, Richard Malka, lequel va donner la sensation d'entrer dans la tête de Liliane et dans son cœur aussi. Il a beaucoup étudié son dossier, Maître Malka, il sait de quoi il parle, et il n'est pas mutique, lui, il sait tout ce que Liliane a pu dire au cours de ces années. Et il s'en sert, il est la voix, mais ce sont les mots de Mme Bettencourt que l'on entend.

« Comment surnommait-elle sa fille et son gendre ? Le chapon et la chaponne. »

Il ressort un petit mot écrit de la main de la milliardaire :

« Ma fille veut m'effacer. Elle veut ma liberté. Sa froideur me ronge. Son mari, c'est un zéro. Et c'est pire qu'un zéro, il est méchant. »

Puis, c'est une lettre écrite à l'attention de son notaire et destinée à être lue à l'ouverture de son testament, dont la colère fait froid dans le dos.

« Dans quelle pauvreté affective ils me font vivre ! Je me demande vraiment s'ils sont dignes de ce que je vais leur laisser. »

Peu à peu, mot à mot, émotion par émotion, Richard Malka déglingue toutes les accusations. On a voulu faire passer son client pour un escroc opportuniste, pour un bandit de l'âme qui aurait extorqué les deniers d'une vieille dame à coups de mauvais sentiments, il répond, durement. On lui parle d'abus de faiblesse ? Il demande où se situe l'abus de faiblesse et se tourne vers le banc de la partie civile, là où ne se trouve pas la famille de Liliane Bettencourt :

« La terreur de Liliane Bettencourt, c'était de finir sous la tutelle de sa fille. Et c'est comme cela que ça s'est fini. Ils ont décidé qu'elle n'avait pas le droit d'aimer qui elle voulait aimer et de donner à qui elle voulait donner. Ils l'ont emmurée. »

Le mot est prononcé. Emmurée. L'avocat aurait également pu dire que Liliane Bettencourt avait été enterrée vivante. Cela revient sans doute à la même chose.

Dans la salle du tribunal, le silence est glacé. On ne parle plus de justice, de tort ou de raison, on parle d'humanité, et Richard Malka en déborde. L'a-t-il su ? Ce jour-là, pendant trois heures, pendant qu'il défendait François-Marie Banier, il a réussi l'impossible, redonner vie à Liliane Bettencourt. Par sa voix, par ses mots, la milliardaire emmurée qui n'était pas encore tout à fait morte reprenait des couleurs et un semblant de vie.

Avant d'en terminer, il a redonné la parole à celle qui en avait été privée si longtemps. Il a même réussi à faire sourire l'assistance en évoquant la réplique lancée par Liliane aux juges d'instruction qui étaient venus l'entendre. Tandis qu'on lui présentait les accusations portées contre François-Marie Banier, la vieille dame avait lâché : « Je lui ai donné trop ? Ben tant pis, c'est pas grave, je m'en fous. »

Le verdict varie nettement par rapport au premier procès. Plus de peine ferme pour François-Marie Banier, qui est condamné à quatre ans de prison avec sursis, 375 000 euros d'amende et la confiscation d'une part de ses biens immobiliers, loin de la sévérité des juges de première instance, qui avaient condamné le photographe à deux ans et demi d'emprisonnement ferme et 158 millions d'euros de dommages et intérêts.

Certes les juges n'ont pas manqué de souligner que le photographe avait instrumentalisé la volonté de Liliane Bettencourt pendant des années, en profitant de ses sentiments d'hostilité à l'égard de sa fille, et qu'il avait profité aussi de son état de particulière vulnérabilité au regard de son grand âge, de sa santé physique délabrée, de son état dépressif et de sa solitude affective.

En revanche, ils n'ont pas suivi le schéma qu'aurait voulu leur imposer la partie plaignante. Ils ont bien compris, et la plaidoirie de Richard Malka n'y est pas pour rien, que la famille Bettencourt, contrairement à ce qu'avance depuis le début Françoise Meyers, n'est ni unie ni heureuse. La cour a écouté solennellement le dernier avocat de la défense, surtout elle l'a entendu. Elle en a déduit que la femme dont on lui parlait, l'héroïne de ce procès, était une femme isolée, qui entretenait avec sa fille et son gendre des rapports complexes, et imputait à ces derniers l'entière responsabilité de cette froideur relationnelle.

Il est noble que certains avocats sachent s'éloigner du droit pour dire la vérité des hommes, des femmes, de toutes les âmes.

Raymond Devos, mort sur ordonnance ?

En 2003, Raymond Devos a 81 ans. Il a fait de sa vie d'artiste un enchantement. C'est un prince des mots qui a réinventé l'humour comme Charles Trenet l'a fait pour la chanson française. En quarante ans d'une carrière lumineuse, il a connu tous les triomphes. C'est un modèle auquel personne ne peut ressembler. Trop fort, trop haut.

Après la mort de sa femme, il a continué sa vie avec Françoise Maucq, son attachée de presse belge devenue sa productrice.

Françoise Maucq a été une chance. C'est ainsi que le voit Micheline Pelletier-Decaux[1], l'amie fidèle de Devos et épouse d'Alain Decaux[2] :

« Il était dans le creux de la vague quand il l'a rencontrée, elle lui a permis de remonter tout en haut de l'affiche. Je me souviens encore de la couverture du *Figaro* pour les 80 ans de Raymond : "Bon anniversaire, Monsieur Devos" était écrit en énorme. »

1. Entretien avec l'auteur le 20 décembre 2018 à Ramatuelle.
2. Alain Decaux (1925-2016), académicien, historien, écrivain et homme de télévision français.

Raymond Devos est considéré comme un monstre sacré, un peu essoufflé. Françoise Maucq lui redonne de la vigueur et du tonus, et organise son retour à l'Olympia. Elle lui obtient toutes les grandes émissions de télé, le convainc de créer une fondation à son nom.

Micheline Pelletier-Decaux se souvient : « Il était allé voir celle de son ami Félix Leclerc[3], à Montréal, sur l'île d'Orléans, et il s'était décidé à faire quelque chose de semblable. C'est dans cet esprit que Françoise avait fait refaire beaucoup de choses dans la maison de Saint-Rémy. Une manière de préparer l'avenir. »

Raymond Devos veut organiser sa succession. L'idée est de laisser la plus grande partie de sa fortune à la ville de Saint-Rémy-lès-Chevreuse, à charge pour elle de créer une fondation et un musée dans sa maison. Le reste de son testament désigne chacun de ses neveux, à parts égales, et sa sœur, de façon qu'ils ne soient pas démunis. Cela représente 300 000 euros pour chacun. La fondation hériterait autour de 10 millions, y compris la maison de Saint-Rémy, celle de Quiberon, une autre à Saint-Rémy-lès-Chevreuse, qui avait appartenu à sa femme et où il avait logé sa belle-mère, et encore une autre petite maison à Chevreuse. Il y a donc de l'immobilier et des fonds en banque, parce que Raymond ne dépense rien.

Il s'en faut parfois de peu : de calme à peu agitée, sa fin de vie devient mélancolique. Il est arrivé, sans y penser, à ce moment de l'existence où chaque tournant de la route est un danger, selon Kléber Haedens.

---

3. Chanteur, auteur, compositeur québécois mort en 1988.

Françoise Maucq meurt au tout début de l'année 2003. Une grande tristesse s'abat sur Raymond Devos. Il est toujours plus seul, ses vieux amis partent les uns après les autres, il n'a plus d'amour, sa vie s'effiloche dans l'abandon.

Il est devenu une proie idéale pour quelqu'un qui désirerait tirer profit d'un si grand désarroi. Ce n'est pas une question de hasard qui fait mal les choses. Il n'y a pas de hasard dans cette histoire.

Après la mort de Françoise et ses obsèques, les journaux décrivent en long et en large le chagrin de Raymond Devos.

Le 30 avril 2003, un mois et demi plus tard, il reçoit, expédié de Saint-Raphaël, dans le sud de la France, un fax accompagné d'un énorme bouquet de muguet :

Cher Raymond, que ce bouquet de muguet
vous apporte un peu de bonheur et vous redonne
le sourire, ce sourire qui illumine votre visage
comme une aurore boréale sur un pâle soleil d'hiver.
Bien à vous et courage.

Et c'est signé *Samantha (médecin humanitaire)* puis, juste en dessous, *Sam*, accompagné d'un numéro de téléphone mobile.

Raymond, même s'il est un peu étonné de la splendeur de ce bouquet et de la teneur du fax, a tout de suite envie de remercier cette inconnue. À l'époque il est très déphasé, malheureux, un peu à l'abandon. Il n'a auprès de lui que son secrétaire, qui vient cinq jours par semaine dans sa maison de Saint-Rémy-lès-Chevreuse mais ne reste pas longtemps.

Pierre Herran n'a plus grand-chose à faire depuis la mort de Françoise Maucq. Plus de projets, plus d'engagements, l'ennui guette. Il y a une dame de compagnie qui fait la cuisine mais Raymond passe ses soirées en tête à tête avec lui-même.

Intrigué, il appelle la femme mystérieuse et lui propose, quand elle passera par Paris, de lui téléphoner et de venir le voir. Quelques mois se passent, un jour cette dame, *Sam*, l'appelle. Ce devait être fin 2003. Elle vient le voir chez lui. C'est leur première rencontre.

Les quelques amis proches de Raymond n'en ont rien su, précise Micheline Pelletier-Decaux, la personne la mieux placée pour raconter ce qui s'est réellement passé durant ces quelques mois[4].

---

4. « Mon mari, Alain Decaux, avait une admiration folle pour Raymond. Il allait voir tous ses spectacles, ils ont tous les deux fait leurs études à Lille, ce sont des Ch'tis, et ils chantaient ensemble toujours *Le P'tit Quinquin*... Alain était né en 1925 et Raymond en 1922, donc ils étaient très proches et ont eu la même enfance. Je m'étais intéressée à Raymond comme photographe, j'étais photographe à l'agence Gamma, et je trouvais que ses programmes étaient vraiment très mal illustrés, et que c'était un réel dommage. Pendant deux ans, je l'avais un peu poursuivi en lui demandant de faire des photos de lui sur scène. Finalement, au bout de deux ans, Françoise Maucq m'avait reçue et elle m'avait dit que je pouvais venir en Belgique, où il restait trois soirs au même endroit, mais surtout qu'il ne me voie pas. C'était dans les années 1990. J'ai donc commencé à faire des photos de Raymond, que je lui ai montrées. Il a aimé ce que je faisais. J'ai bien compris qu'étant très corpulent, il avait du mal avec son image. On a beaucoup parlé et, finalement, je suis devenue sa photographe, pour toutes les photos parues ensuite, ses programmes et ses affiches. » Entretien avec l'auteur le 20 décembre 2018 à Ramatuelle.

Sam, qui s'appelle plus précisément Samantha Lemonnier, va peu à peu s'introduire dans l'intimité de Raymond Devos, sans bruit. Elle a écrit quelques sketchs, qui sont assez vulgaires et très grossiers, moyennement drôles, qu'elle joue pour Raymond en l'imprégnant d'une idée: ils sont faits pour se connaître tant ils se ressemblent. Plus tard elle inventera des souvenirs d'enfance dans l'entourage de Raymond. L'imagination débordante peut être un poison très fort.

Séduit par sa jeunesse, son enthousiasme, sa fougue, Raymond l'encourage à se dévoiler un peu plus à chaque *séance*.

Quelques trous noirs peuplent ce début de relation car il n'y a pas de témoin. Raymond Devos, amoindri, n'a plus beaucoup de lucidité, quant à Samantha, son *petit grain de folie* qui séduisait tant l'artiste est sans doute plus proche du trouble psychiatrique. À l'époque, Raymond Devos cherche à faire fonctionner son esprit en apprenant l'allemand, parce qu'il a décidé qu'il irait donner un show en Allemagne ! C'est son dernier défi, on peut en sourire, il en dit long tout de même sur l'état psychique de Raymond Devos à ce moment.

Cette idée saugrenue ne vient pas pour autant de nulle part… Dans le cadre du STO pendant la guerre, il a été envoyé en Allemagne, où, prisonnier, il avait créé une troupe de théâtre, à l'âge de 20 ans. Les vieux souvenirs remontent quand l'âge vous envahit, ils vous sautent au cœur et vous parlent de votre jeunesse. On s'y croirait.

La vraie vie est moins palpitante. Pratiquer l'allemand à longueur de journée, ce n'est pas très joyeux. Il s'occupe, mais ne fait pas grand-chose, est très malheureux et surtout ne voit pas comment il va remonter sur scène. Ses problèmes cardiaques, ses difficultés pour marcher, ses muscles souffreteux, tout cela fait beaucoup. Il est plus qu'amoindri, très faible, trop faible pour ne pas être balayé si un vent de malheur se levait…

Micheline Pelletier-Decaux n'a appris que très tard l'arrivée de cette femme dans la vie de Raymond, lorsqu'il est entré à l'Hôpital américain, et cela reste un remords.

« Jusque-là, j'avais seulement senti un léger changement. J'avais pris l'habitude d'appeler Raymond de temps en temps et je lui proposais de passer le voir. Il était toujours ravi. On se parlait, on se voyait, on dînait. À partir de début 2004, chaque fois que je l'appelle, il refuse que je vienne en me disant qu'il a du monde. Je m'en étonne et j'appelle Pierre Herran, lequel est aussi perplexe. Il sent que quelque chose ne va pas et n'aime pas ce sentiment. »

Pendant ce temps, Sam s'incruste peu à peu. Elle apprivoise Raymond, devient une familière au point de lui faire oublier qu'elle est avant tout une étrangère.

Elle s'enhardit, peaufine ses souvenirs avec tant d'imagination que son histoire finit par ressembler à un vieux rhum arrangé. Elle lui raconte qu'elle l'a connu enfant. Elle lui présente d'ailleurs une photo d'elle, petite fille, posant sur ses genoux. Bien sûr, il n'est pas évident de la reconnaître avec certitude à quarante ans d'écart. Peut-être était-ce à l'occasion de la fin d'un spectacle, où une mère a posé l'enfant sur les genoux de Raymond.

Était-ce elle ? Une autre fillette ? En tout cas, il n'a évidemment aucun souvenir de cette scène. Cela se passe dans une loge de théâtre comme il en a occupé des centaines dans sa vie.

En 2005, elle voyage un peu en France, va à des évènements comme le festival des Vieilles Charrues, donne des interviews à plusieurs journaux régionaux, rencontre des maires et collecte même des soutiens pour Ingrid Betancourt, otage des FARC en Colombie. C'est très bien, sauf qu'elle fait tout cela sous le nom de Samantha Devos. Partout où elle va, elle insiste, le répète à plusieurs reprises, au point de semer le doute chez certains de ses interlocuteurs : « Je suis la femme de Raymond Devos. »

« En octobre 2005, deux ans après le début de leur relation épistolaire, raconte Micheline Pelletier-Decaux, Raymond fait une chute dans sa douche, se blesse un peu à l'épaule. Immédiatement, elle le fait hospitaliser à l'Hôpital américain où il séjournera quatre jours. Elle profite du fait qu'il soit à l'hôpital, j'imagine, pour lui prendre ses clés et s'installer chez lui. »

Plus étonnant encore, elle s'installe dans la chambre de Simone, l'épouse de Raymond qui est décédée une dizaine d'années auparavant et dont Raymond interdit formellement que quiconque ouvre la porte. Même Françoise Maucq avait respecté cette exigence. Ayant fait exécuter des travaux dans la maison de Raymond, pour en faire plus tard une fondation et un musée – c'est le cas aujourd'hui –, elle avait aménagé sa chambre d'un autre côté de la bâtisse, et consciencieusement préservé la chambre de Simone. Sans aucun état d'âme, Samantha. La voilà sur place pour tout contrôler. Elle commence par écarter le médecin traitant de Raymond Devos, le docteur Thieffry, arguant qu'elle est médecin elle-même, ancien médecin humanitaire. Il ne faut pas trop la pousser pour l'entendre raconter qu'elle a aussi été maîtresse de David Ben Gourion, leader politique israélien, pilote de chasse dans l'armée israélienne, dont elle était sous-officier, confiant, lorsqu'elle est en veine de confidences, qu'elle est également la petite-fille du comte de Paris. C'est *Itinéraire d'un enfant gâté*, version Wonder Woman qui aurait pris des vitamines.

Tout cela, Raymond Devos n'a pas l'air de s'en étonner.

Et il y a peu de monde autour de lui pour s'en étonner à sa place. Il est très âgé, et surtout totalement abattu et seul. Toute main ou épaule qui se tend est donc la bienvenue.

Micheline Pelletier-Decaux est gagnée à nouveau par l'émotion, tant d'années après, quand elle évoque ces moments. « Il m'a même proposé de venir m'installer les week-ends chez lui si je voulais. Je lui ai dit que c'était ridicule, mais il était perdu. »

Le pharmacien de Saint-Rémy-lès-Chevreuse s'étonne que Samantha ne soit pas inscrite à l'Ordre des médecins, quand même. Cécile, sœur cadette de l'artiste, alertée par Pierre Herran, le secrétaire, est ébranlée par sa rencontre avec Samantha. Tout comme Jean-Louis Devos, neveu de Raymond, elle est persuadée que cette femme est tout sauf médecin.

Plus inquiétant, on rapporte à plusieurs reprises qu'elle évoque à voix haute le patrimoine de Raymond dont elle aura, dit-elle, la responsabilité plus tard, lorsqu'il ne sera plus là. C'est normal, en tant que *Madame Devos*.

À partir du 10 octobre 2005, les évènements vont s'enchaîner avec violence. Le 2 novembre, Raymond Devos est à nouveau transporté à l'Hôpital américain dans un état semi-comateux. À son arrivée, un dosage sanguin met en évidence un surdosage aux benzodiazépines[5]. Le docteur Bertrand Pertuiset, neurologue à l'Hôpital américain depuis dix-huit ans et l'un des plus brillants spécialistes français, prend en main le malade dès son arrivée. Il s'interroge sur les raisons de ce surdosage quelque peu étonnant. Ce n'est pas le plus important sur le moment : il doit soigner et guérir Raymond Devos. Il est tout de même alerté après deux jours par la direction de l'hôpital et d'autres personnes sur les dangers que pourrait faire courir sa compagne à un patient toujours pas rétabli de son empoisonnement.

À ce moment, Micheline Pelletier-Decaux n'a plus de doutes, elle a des certitudes. « Quand il était à l'Hôpital américain j'ai reçu un appel de Jean-Jacques Aillagon, ancien ministre de la Culture, qui savait mes liens avec Raymond. Il m'annonce qu'il a été contacté par le directeur de l'Hôpital américain pour une demande originale : Raymond voudrait que le ministre vienne attester et donc être témoin de son testament ! Je commence alors vraiment à m'inquiéter. Je dis à Jean-Jacques Aillagon de ne rien faire et que je vais aller m'informer. J'ajoute que je sais qu'une dame rôde

---

5. C'est un médicament qui permet de trouver un meilleur sommeil.

autour de Raymond et que tout le monde commence à être inquiet. Jean-Louis Devos, son neveu, Pierre Herran, le secrétaire, évoquent un possible empoisonnement. C'est grave. »

C'est aussi le moment de déclencher des recherches sur cette dame. Essayer d'en savoir plus sur l'inconnue qui est entrée par effraction dans la vie de Raymond. Ce que l'on va découvrir – Pierre Herran notamment – est hallucinant.

Déjà, elle n'a jamais été médecin, cela, on s'en doutait. Elle ne s'appelle pas Samantha Lemonnier mais Marie-Christine Roger. Elle est enfant de l'Assistance publique, née en 1950, de père inconnu. Elle a donc vingt-huit ans de moins que Raymond Devos. Sam, Samantha, Marie-Christine, comme on voudra, a déjà eu un enfant à l'âge de 20 ans, semble-t-il du gardien de la maison de Charles Trenet. En 1985, elle devient la maîtresse d'un certain Pierre, ancien pilote de chasse, sur la personne duquel elle se rend coupable de plusieurs escroqueries.

Elle épouse, en octobre 1994, Georges Lemonnier, qui a vingt-cinq ans de plus qu'elle. Après le mariage, la santé de Georges Lemonnier décline rapidement jusqu'à ce qu'il meure moins de trois mois plus tard, le 14 décembre. Andrée, la sœur de Georges Lemonnier, est convaincue qu'il a été assassiné. Elle le dit et le redit à voix haute mais personne ne semble l'entendre. Le malheureux aurait-il pu être empoisonné ? L'homme allait très bien, jusqu'au moment où Samantha est venue s'installer chez lui. En quelques semaines, sa santé a commencé à se dégrader. Il n'y a pas de preuves accablantes mais des soupçons embarrassants. C'est le fils de Samantha qui hérite des biens de Georges Lemonnier et, bien entendu, à partir de 2015, quand elle aura 55 ans, sa mère touchera une pension de réversion. C'est la loi. Tout cela n'est pas très sain.

Avec une intrigante – cela est acquis – dotée d'un tel *palmarès*, il y a de quoi s'alerter. Et même s'affoler. Les témoignages concordent : tout a été fait pour écarter le personnel médical autour de Raymond Devos, l'empêcher de communiquer avec sa famille, prendre en main son traitement médicamenteux. Et le résultat est calamiteux. Il était certain, désormais, que Samantha Lemonnier, ou plutôt Marie-Christine Roger, droguait Raymond avec une certaine régularité. Comme plusieurs témoins l'ont entendue évoquer le patrimoine de celui-ci, le mobile semble établi.

Marie-Christine Roger ne s'incline pas pour autant. Elle continue de s'introduire dans la chambre de Devos, lui fait même signer une lettre aberrante rédigée d'une écriture catastrophique, dans laquelle il supplie d'être évacué de l'Hôpital américain où il est prisonnier…

Par sécurité, le docteur Pertuiset insiste pour que soit mise en place une garde devant la chambre de l'artiste. Au moins une fois, Marie-Christine s'introduit tout de même.

Raymond Devos ne se remet toujours pas de son empoisonnement. Il reste doublement en danger et on va le transporter, à partir du 14 décembre, à l'hôpital de la Pitié-Salpêtrière, pour l'abriter un peu mieux des visites importunes… Il y passera les cinq derniers mois de sa vie.

Micheline Pelletier-Decaux lui rend visite tous les quinze jours. Elle passe l'après-midi avec lui. « On lui avait mis une infirmière à ses côtés, de jour comme de nuit, de façon à éviter l'intrusion de cette dame. Il était en mauvais état, je me doutais qu'il ne vivrait plus longtemps. J'étais triste pour lui, pour nous, à cause de tout ce qui se passait. Le comportement de cette femme était terrifiant, et en même temps on ne pouvait pas éliminer la possibilité que Raymond ait eu du sentiment pour elle. Dans ce cas, qui étions-nous pour juger ? »

Une fois, Micheline lui demande s'il a envie de voir à nouveau Samantha (Marie-Christine). Sa famille voulait l'écarter parce qu'elle s'était installée chez lui, de façon abusive, mais peut-être qu'elle lui manquait. La famille de Raymond, c'était une sœur, encore vivante à l'époque, et les enfants de ses frères, dont un qui a toujours été très proche de lui, Jean-Louis.

« Jean-Louis ne savait plus trop quoi faire. Fallait-il agir contre cette femme, au risque de blesser son oncle ? Il me demanda de reposer la question : avait-il envie de la voir ou pas… Raymond s'est alors mis dans une colère terrible, il n'était plus question d'un contact avec cette femme. “Elle est folle, raconte n'importe quoi, c'est une mythomane… Elle m'a même dit qu'elle était la petite-fille du comte de Paris, qu'elle était pilote de chasse, qu'elle était médecin…” »

Comment avait-il pu croire ce genre d'inventions ? « J'étais tout seul, tu comprends… »

Insatiable, Marie-Christine est revenue quand Raymond était à la Pitié-Salpêtrière, elle s'est même fait prendre en photo avec lui. Il est temps d'en finir.

À la demande de la famille, appuyée par les médecins, Raymond Devos est mis sous tutelle conjointe de son neveu, Jean-Louis Devos, et de Pierre Herran, son secrétaire depuis quarante ans. Cela se passe en mars 2006, trois mois avant sa mort. L'empoisonnement dont Raymond Devos aurait été victime va mener Marie-Christine Roger devant le tribunal correctionnel pour deux faits, usurpation du titre de médecin et surtout tentative d'empoisonnement suite au surdosage constaté de benzodiazépines. C'est son médecin traitant qui lui avait prescrit ce calmant, mais à très faible dose. Un quart, ou un demi par jour, alors qu'elle lui en a donné un maximum. Dans les derniers temps, elle seule avait accès aux médicaments puisqu'elle avait mis tout le monde à l'écart. On était donc certain que l'abus ne pouvait venir que d'elle. Peut-être par mégarde ou méconnaissance, mais elle avait quand même des antécédents.

Depuis le début, le premier fax, le premier bouquet, le plan était de capter l'héritage de Raymond Devos, et rien d'autre. C'est encore par l'ancien ministre de la Culture, Jean-Jacques Aillagon, que l'entourage va entendre évoquer, en novembre 2005 – l'artiste est alors soigné à l'hôpital –, l'existence d'un nouveau testament qui serait signé par Raymond Devos, et serait en contradiction totale avec ce qui était prévu jusque-là. Tous les biens de Devos iront à Samantha (Marie-Christine). Pour Micheline comme pour tous les proches, « c'est irréel, démoniaque, et absurde. Il reste à le prouver ».

Entre-temps, l'usurpatrice a pris un avocat, et pas des moindres. Gilbert Collard est souvent le défenseur des causes périlleuses. Elle lui a raconté son histoire. À sa manière. Il la croit d'autant plus qu'elle lui a mis en main le testament signé par Raymond Devos. Que demander de plus ?

Une simple émission de télévision animée par Marc-Olivier Fogiel, le dimanche en fin d'après-midi sur France 3, va tout remettre en question. La famille et les proches de Raymond Devos sont scandalisés que l'intrigante soit invitée pour évoquer son livre, *L'Enfer du décor*, dans lequel elle raconte sa vie fantasmée avec l'artiste. En vérité, une compilation d'inventions en tous genres, de fables grotesques, de contes puérils puisque la relation supposée remonterait désormais à la petite enfance !

L'émission commence. Maître Collard est assis sur un tabouret à côté de Samantha Lemonnier à laquelle Fogiel dit :

« J'ai reçu des appels de nombreuses personnalités affirmant que le testament n'a aucune réalité, que Raymond Devos a rédigé depuis longtemps un testament, lequel n'a rien à voir avec celui que vous présentez », et il conclut en lui reprochant d'essayer d'abuser une personne sans défense. À la surprise générale, elle ne se rebiffe pas. Elle dit, oui, c'est moi, on l'a fait ensemble, je tenais sa main sous le drap parce qu'il avait du mal à écrire et à signer... Gilbert Collard devient blanc, se décompose sous le coup de la surprise et quitte le plateau sans un mot. C'en était trop pour lui. Il venait de comprendre que sa cliente lui avait raconté n'importe quoi.

À partir de ce jour, l'affaire du testament est close. Pas les actions de Samantha, laquelle attaque en justice Jean-Louis Devos et Pierre Herran, au motif qu'ils lui ont interdit l'accès à la chambre de Raymond lorsqu'il était à l'hôpital de la Pitié-Salpêtrière. Elle pouvait difficilement avoir gain de cause dans la mesure où, au mois de mars suivant, un juge lui interdira définitivement d'approcher Raymond Devos.

Les deux hommes décident à leur tour de l'attaquer. Pour usurpation du titre de médecin et pour empoisonnement puisque c'est la version de l'Hôpital américain. Comme on n'imagine pas que Raymond se soit empoisonné lui-même... Micheline est formelle, « Tous ceux qui connaissaient bien Raymond savaient qu'il était incapable de prendre un médicament tout seul. Il détestait les médicaments. Si on ne les lui donnait pas, il ne les prenait pas. Il fallait même le forcer un peu. Alors, l'imaginer se gaver de somnifères jusqu'à perdre conscience ! »

L'empoisonnement volontaire dans le but de tuer n'a jamais pu être prouvé. En revanche l'usurpatrice a été condamnée aux dépens, et à verser des dommages et intérêts à Pierre Herran et Jean-Louis Devos. Surtout, le tribunal a retenu le délit d'usurpation du titre de médecin. Quelques mois de prison avec sursis et des indemnités qu'elle n'a jamais versées, puis la vie a continué pour elle. Comme avant, pourrait-on dire. Son livre ne s'est vendu qu'à quelques centaines d'exemplaires, donc il était raisonnable de ne pas l'attaquer en justice pour éviter de lui donner une publicité mal venue.

Après la mort de Raymond Devos, elle n'a pas renoncé à faire quelques apparitions par-ci, par-là, et même dans un Salon du livre. Désormais sous le nom de Lemonnier-Devos, en signe de deuil sans doute… Elle n'avait pas tout à fait renoncé à sa vie rêvée. La folie est souvent plus forte que la mort.

Uderzo, Astérix et le gendre maudit

Le 16 février 2011, Sylvie Uderzo, fille unique du célèbre dessinateur, créateur du personnage d'Astérix avec René Goscinny, dépose une plainte contre X pour abus de faiblesse. Elle est convaincue que son père, âgé de 83 ans, n'agit plus de façon cohérente.

Elle conteste ses décisions au sein de l'entreprise qu'il a lui-même créée grâce à son génie, met en cause son manque de lucidité. On ne parle pas franchement de gâtisme. D'ailleurs elle précise qu'elle « ne prétend pas » qu'Albert Uderzo est « sénile » mais soupçonne « un entourage toxique, notamment un notaire, un expert-comptable et un plombier devenu homme de confiance » d'avoir tissé une toile autour de lui.

« L'enquête a révélé que des assurances vie de plusieurs centaines de milliers d'euros destinées à l'origine à mes enfants ont été transférées pendant un certain temps au bénéfice de proches de cet homme de confiance. Ce dernier a fait machine arrière par peur du scandale. » L'expert-comptable et le notaire? Il y a manifestement collusion, selon Sylvie Uderzo.

Une enquête est ouverte, et deux ans et demi plus tard, en décembre 2013 (il faut donner du temps au temps), la conclusion du tribunal de Nanterre est sans ambiguïté : Albert Uderzo est jugé lucide et en totale capacité de prendre des décisions. Les juges d'instruction mettent même en avant sa « grande vivacité intellectuelle ». Non-lieu.

Ce pourrait être la fin de l'histoire, mais Sylvie Uderzo, qui n'accepte pas le verdict, décide de faire appel immédiatement. Son père, ulcéré par ce qu'il nomme du harcèlement, choisit de contre-attaquer et dépose à son tour une plainte contre sa fille et son gendre pour violences psychologiques.

Les violences psychologiques, Sylvie pense que c'est elle qui les subit depuis plusieurs années, et de plein fouet. Et c'est beaucoup à cause de son mari…

Ah ! Le gendre, le fameux gendre, aussi détesté parfois que la belle-mère maligne qui peuple les régions barbares de la succession. Il y avait le gendre de Liliane Bettencourt, il y aura désormais le gendre d'Albert Uderzo.

L'affaire commence en 2007. Sept ans de combats incessants, de chocs et heurts en tous genres, de rendez-vous au tribunal et de sales comptes réglés le plus souvent dans les médias.

Coup d'arrêt pour une histoire magnifique jusque-là. Depuis la création des personnages d'*Astérix*, en 1959, et avec le succès grandissant des bandes dessinées, Albert Uderzo et son complice René Goscinny n'ont cessé d'accroître leur succès. 370 millions d'albums vendus dans le monde, l'aventure, heureuse jusqu'en 1977, vit un premier malheur quand René Goscinny succombe à un infarctus. Uderzo se retrouve seul.

Pas question pour autant d'arrêter les aventures d'*Astérix*. En 1979, c'est lui-même qui écrit et dessine *Le Grand Fossé*, nouvelle aventure du petit Gaulois, avec une autre nouveauté, l'album n'est plus publié par Dargaud, mais par une nouvelle maison, les Éditions Albert-René, en hommage à l'ami disparu, René Goscinny. C'est à ce moment qu'Albert Uderzo décide d'intégrer sa fille à la nouvelle aventure qui s'ouvre. Sylvie a alors 22 ans et elle entre dans la nouvelle maison Albert-René, d'abord comme chargée de communication, puis comme directrice générale. Rien d'étonnant dans cette promotion, d'abord Sylvie est une jeune femme brillante, marquée par la volonté de toujours faire mieux pour son père, quant à Albert, selon ses amis, il n'a qu'une volonté : s'assurer que sa fille ne manque jamais de rien et surtout lui permettre d'exprimer ses qualités. Ce genre d'association ne peut que réussir et les dix années qui suivent vont être à la fois très agréables, fluides et couronnées de succès. Un binôme père-fille, lorsque cela fonctionne, c'est irrésistible.

En 1990, Sylvie Uderzo demande à son père d'intégrer à la société son compagnon, un publicitaire, fils de très bonne famille, Bernard de Choisy. Le jeune homme est intéressant, il est plein d'idées, d'enthousiasme et ses qualités ne vont pas manquer de séduire Albert Uderzo, dans les premières années en tout cas. Bernard met un peu de piment dans la société, entre autres il relance les dessins animés, revoit et modifie certains contrats de films d'*Astérix*, bref, il donne une respiration nouvelle à toute l'aventure dont le petit Gaulois est porteur. Le compagnon de Sylvie ne s'arrête pas là, il cherche à s'immiscer dans toutes les structures de la société, apporte son œil nouveau, ses commentaires, sa vision de l'avenir, ses audaces qui sont parfois les bienvenues. C'est frais, c'est jeune, c'est ambitieux et en même temps, ça commence à irriter Albert Uderzo. Le dessinateur n'a jamais eu un caractère facile. Il a beaucoup fait par lui-même et ne s'est pas trop mal débrouillé. Aujourd'hui, il ressent une gêne à voir son gendre s'agiter dans tous les sens. Le pouvoir, c'est quand même lui qui le détient. Le créateur d'Astérix, c'est lui, avec son ami René. La vérité c'est qu'Albert n'aime pas partager certaines choses et en tout cas la direction d'une épopée dont il est le père.

Les relations se tendent, les sourires se crispent, les petites phrases acérées commencent à faire leur chemin. Lorsqu'il parle de Bernard de Choisy, en dehors de sa présence, Uderzo le nomme désormais *Iznogoud*, en référence au personnage de bande dessinée, celui qui voulait devenir calife à la place du calife… On aura compris.

Pour l'amour de sa fille, Uderzo est quand même capable de faire bonne figure. Ainsi, en 1995, lorsque Sylvie et Bernard décident de se marier, Albert affiche un visage comblé et serre chaleureusement son gendre dans ses bras, murmurant assez haut pour que tout le monde l'entende : « Maintenant, j'ai un fils. »

Deux ans plus tard, c'est la première rupture. Alors qu'Uderzo est engagé dans un procès contre Dargaud, l'avocat de la famille, Yves Sicard, qui pense que Bernard de Choisy joue un étrange rôle, conseille de l'écarter. Avec un commentaire : « C'est un coureur de dot. »

Le gendre ne comprend pas la manœuvre mais accepte de partir. Les relations sont désormais très rafraîchies. La pénitence va durer deux ans jusqu'à ce que, en 1999, Sylvie parvienne à fendre l'entêtement de son père. Bernard de Choisy revient aux Éditions Albert-René, disons plutôt qu'il remet un pied dans la maison, en tant que consultant extérieur auquel est confiée la campagne très importante des 40 ans d'Astérix.

Six nouvelles années, plus ou moins tranquilles, vont s'écouler. Le couple Bernard-Sylvie est très actif et ne ménage pas ses efforts pour faire rayonner à travers le monde l'image d'Astérix. Ils prennent très bien la lumière, un peu trop sans doute. Malgré eux peut-être, ils donnent l'impression d'en faire trop. Uderzo ronchonne : « Ils font mal, surtout. » En dehors de cela, de petites phrases lancées toujours sur un ton amer, Uderzo ne dit presque rien et laisse faire. Après tout, les affaires ne vont pas si mal.

En 2005, un gros incident va détériorer la relation gendre/beau-père. À l'occasion de la sortie de *Le ciel lui tombe sur la tête*, les Éditions Albert-René organisent, sous l'impulsion de Bernard de Choisy, grand patron de l'évènement, quatre jours de fête à Bruxelles avec deux cent vingt journalistes. L'album est très mal reçu par la presse et par le public, ce qui déçoit énormément Uderzo. Le coupable est tout trouvé selon le dessinateur : partout il dit qu'il a été déshonoré par la campagne de promotion menée par son gendre. Trop de luxe, trop d'argent dépensé, trop d'apparats, trop de choses qui donnaient l'impression que l'on voulait acheter la bonne volonté des journalistes plutôt que de les mettre en bonne condition pour apprécier ce nouvel épisode des aventures d'Astérix. « Cette opération a été la honte de ma vie », dira Uderzo un peu plus tard.

Il a à l'époque 78 ans et il n'est pas facile à cet âge de s'engager sur le chemin de nouvelles batailles, même s'il sait qu'il ne se remettra jamais de cet échec. Il faut réfléchir. C'est ce qu'il va faire pendant deux ans, dans une atmosphère de plus en plus tendue. Enfin, il explose et prend un prétexte que l'on pourrait trouver futile pour en terminer avec ce gendre que, décidément, il ne supporte plus : il l'accuse d'avoir gonflé des notes de frais, entre autres. Ce n'est peut-être pas un formidable prétexte mais c'est suffisant pour évincer l'importun.

Sylvie supportait mal ce climat malsain, elle supporte encore moins l'éviction, pour la deuxième fois, de son mari dont elle est convaincue qu'il se donne à fond pour le bien des Éditions Albert-René. Elle trouve le comportement de son père injuste et ne cesse de le lui rappeler.

À bout de nerfs, Uderzo, qui n'en peut plus des reproches incessants, décide de licencier sa propre fille, six mois après son gendre. Cette fois, il a fait place nette. D'abord, il a gagné le combat de coqs, puis il s'est débarrassé de la poule. Il reste le maître...

Sylvie est consternée : « J'ai été licenciée au moment où je sortais d'une longue maladie ; ils ont fait suivre mon mari, fait croire qu'il avait une double vie, l'ont traîné dans la boue[1]. »

Certains proches trouvent la réaction d'Uderzo courageuse ; après tout, il n'avait pas à supporter la contestation permanente qui lui était infligée. Il reste le créateur de ce personnage d'Astérix, la fortune qui en a découlé, c'est lui qui en a été l'instigateur, sans son génie, tout cela n'existerait pas, y compris la centaine de millions d'euros que constitue aujourd'hui la fortune d'Uderzo et dont sa fille héritera un jour.

D'autres estiment plutôt qu'il est insoutenable de voir un père licencier son enfant, son unique enfant, pour des raisons de mauvaise entente. D'autres encore notent que cette volonté de se débarrasser et de sa fille et de son gendre, en quelques mois, a coïncidé avec l'opération réalisée un peu plus tard par Uderzo. Resté seul à la barre, il a en effet pu tranquillement vendre ses parts des Éditions Albert-René à Hachette Livre. Soit les 40 % que la maison Hachette ne possédait pas encore.

Sylvie Uderzo et son mari étaient contre cette idée, et l'avaient fait savoir à plusieurs reprises. Se débarrasser d'eux c'était aussi se débarrasser du problème et pouvoir vendre en toute tranquillité.

Une bonne raison de partir au combat.

Après la cession définitive, en 2008, Sylvie Uderzo décide de déterrer la hache de guerre contre son père. Elle signe des tribunes, s'affiche un peu partout et multiplie les attaques. Elle s'est trouvé un surnom,

1. AFP, 5 juin 2014.

la fille meurtrie, et va jusqu'à signer à l'occasion d'une tribune du 14 janvier 2009, dans *Le Monde*, des lignes d'une violence rare : « Aujourd'hui, j'entre en résistance. Pourquoi ? Parce qu'Astérix est mon frère de papier. Non, Astérix n'a pas besoin de colonne de contrôleur de gestion ne connaissant rien au contenu des albums pour le défendre. Mais bien d'une équipe dédiée, professionnelle, reconnue et respectée, à l'image de celle que nous avions constituée. C'est pourquoi je me lève pour sortir du bois et ne pas laisser les prédictions, qu'un devin aurait lues dans un poisson pas très frais, se réaliser. »

Ayant du mal à digérer son licenciement, elle fait un procès aux Éditions Albert-René, les attaquant aux prud'hommes pour licenciement abusif. Elle y gagnera 270 000 euros d'indemnités, mais perd un peu plus de contact avec son père. Bernard de Choisy, à son tour, multiplie les piques lancées contre son beau-père et l'entourage de celui-ci, assimilé à une cour de flatteurs. Maître Sicard, l'avocat maudit, est soupçonné d'être le *maître diabolique* de cette cour. La maman de Sylvie, Ada Uderzo, fait corps avec son mari, ce qui augmente la fureur de l'héritière. Ses parents, dit-elle, sont victimes d'un enfumage…

Un procès est fixé au 6 janvier 2015. Il n'aura jamais lieu. Entre-temps, le père et la fille se sont réconciliés assez mystérieusement. Le retour à de meilleurs sentiments se serait passé au cœur de l'été 2014. L'enjeu, ce n'est ni l'argent, ni le pouvoir, mais l'affection. L'affection qu'Albert Uderzo et son épouse portent à leurs deux petits-fils, dont ils sont privés depuis un bon bout de temps. Les petits-enfants aussi adorent leurs grands-parents et ils souffrent de cette situation, au point que Sylvie Uderzo a décidé de faire le premier pas pour mettre fin à ce climat malsain, et reprendre contact avec ses parents. Il était temps. Depuis des années, on ne comptait plus les coups échangés.

Après leur réconciliation, père et fille décident d'écrire un communiqué en commun qui dit publiquement ce qui anime désormais leurs relations : « Nous sommes prêts réciproquement à faire table rase des griefs soulevés de part et d'autre. »

Toutes les procédures judiciaires sont annulées par chacune des parties.

Cette réconciliation ressemble plutôt à un armistice. On sent à quel point c'est la raison qui a parlé, non le cœur qui s'est emballé. Point d'effusions. Point de retour en arrière. On s'aime à nouveau, mais chacun reste sur ses gardes. Les enjeux sont énormes, les dégâts du passé restent importants. Le père et la fille sont les seuls à savoir vraiment si leur amour mutuel a survécu à ces années.

On ne parle plus, en tout cas de manière officielle, de Bernard de Choisy. Dans l'esprit d'Uderzo, le gendre maudit a disparu des tablettes familiales.

Post-Scriptum

Lorsqu'Albert Uderzo, 92 ans meurt d'une crise cardiaque, à Neuilly-sur-Seine, le 24 mars 2020, son gendre réapparaît subitement : c'est Bernard de Choisy qui précise aux médias que son beau-père était très fatigué depuis plusieurs semaines. Il n'est jamais trop tard pour réapparaître.

II

Familles décomposées

Avant de devenir par la suite des familles recomposées, les familles se décomposent, hélas, et cela donne lieu parfois à de sérieux embrouillaminis. Si faire bien les choses avant était une solution, cela se saurait.

On peut tout faire en pleine légalité et créer des frustrations au minimum, des conflits au pire.

Pablo Picasso avait trop de talent et pas assez d'amour à donner. Il a semé la mort et la destruction autour de lui. Que représente un héritage dépourvu d'amour ?

Maurice Jarre, célèbre compositeur français a abandonné ses deux enfants français et reconstruit une vie aux États-Unis. Il avait échappé à son passé pendant plus de quarante ans.

Avec Claude François, pas de testament. Il y en a eu un, c'est certain, mais que personne n'a jamais retrouvé. Tous ceux qui l'aimaient ne sauront jamais ce qu'il souhaitait.

Pablo Picasso, cauchemar en héritage

« Ce genre de choses, ça porte la poisse. » À sa mort, en 1973, Pablo Picasso ne laisse aucun testament. C'est bien dans la manière d'un homme qui a passé sa vie à se moquer des codes, des règles, et pas seulement en peinture. Dans sa vie amoureuse comme dans sa vie familiale, il a exploré tous les excès, les violences. Ses victimes sont nombreuses, certaines ne s'en sont jamais remises.

Le montant de la succession est colossal. En 1977, après quatre ans de recensement, Maurice Rheims[1] évalue l'entier actif successoral à environ 800 millions d'euros actuels. L'héritage du siècle mérite bien son nom.

Picasso laisse des héritiers légaux : Paolo, né de son mariage avec la danseuse russe, Olga Khokhlova, et Jacqueline Roque, sa seconde épouse. Ce qui complique les choses, ce sont les actions en justice engagées dès 1973 par Maya, la fille que Picasso a eue avec une de ses nombreuses maîtresses, Marie-Thérèse Walter, et par Claude et Paloma, les enfants nés de sa relation avec Françoise Gilot.

1. Maurice Rheims (1910-2003), commissaire-priseur, historien d'art, écrivain, reçu à l'Académie française en 1976.

Cela fait beaucoup de monde, plus que prévu pour revendiquer un droit à l'héritage. Chaque héritier a son avocat, et pas n'importe lequel : Albert Naud, Paul Lombard, Jean-Denis Bredin, Roland Dumas… Rien que des Maîtres.

Comme il n'y a pas de testament, la bataille de rue fait rage autour des 50 000 œuvres et autres biens qu'a laissés le peintre. Chacun arrache sa part, personne n'est content, ce qui n'est pas étonnant. L'arrivée en masse d'enfants adultérins reconnus après la mort de Picasso crée un sentiment d'injustice chez les enfants et petits-enfants légitimes. Même s'il y a assez d'argent pour tout le monde, il n'y a pas, il n'y a jamais eu de sentiment pour quelques-uns.

La surprise de Marina, petite-fille d'Olga Khokhlova, en apprenant qu'elle hérite d'un cinquième de la fortune de son grand-père est teintée d'amertume et de regrets éternels. Si elle avait pu hériter d'un millième d'amour à la place de ces centaines de millions, elle en aurait été comblée. Picasso ne l'a pas voulu.

Surprise, désemparée, la jeune fille, qui a alors 22 ans, reçoit cette fortune non pas comme un fardeau, encore moins comme un cadeau, mais comme on recevrait par la poste un paquet qui ne vous aurait pas été destiné. Son grand-père n'a pas signé de testament, donc il ne l'a pas désignée. C'est seulement la loi qui fait que, à travers quelques méandres, elle se retrouve héritière d'une fortune estimée à 290 millions de dollars. Environ 10 000 pièces créées par l'artiste, auxquelles s'ajoute la villa cannoise, *La Californie*.

À l'époque, quand les curieux s'étonnent de son mutisme, de son refus de commenter ce qui lui arrive, elle a tendance à se refermer d'autant plus. Marina est très jeune, presque une enfant encore et l'on voudrait qu'elle disserte sur les aléas de l'héritage, de la vie, de la mort, sur les avantages, les inconvénients d'avoir un grand-père qui est un génie.

Ce qu'elle aurait envie de dire c'est que ce grand-père elle ne le connaît pas tant que ça, elle n'en a rien reçu, si on excepte cette fortune qui vient de lui tomber sur la tête. Oui, c'est plutôt une bonne chose d'avoir touché cet héritage, et lorsqu'elle s'exprimera enfin, en très peu de mots et de temps pour répondre aux questions du *New York Times*, c'est pour résumer sa pensée avec un sérieux et une délicatesse étonnants : « Les gens me disent que je devrais être contente d'avoir reçu cet héritage, et je le suis. Mais c'est un héritage dépourvu d'amour. »

Dépourvu d'amour, tout est dit en deux mots. Car malgré tout cet argent, Marina Picasso n'oublie pas tous les regrets, les petites misères, les sentiments de désamour qui ont jonché son enfance. À cause de son grand-père.

Elle l'exprime enfin, comme une libération, en 2001, dans un livre de mémoires[2] : « Il n'a jamais joué au grand-père. On avait même du mal à ce qu'il accepte de nous ouvrir la porte. Les animaux avaient tous les droits, et nous, les enfants, aucun. Sa chèvre se promenait partout, ses chiens étaient dans ses

2. *Grand-père*, Marina Picasso (Denoël, 2001).

dessins, pas nous. À 5 ou 6 ans, j'avais du mal à le comprendre. »

La première vie de Marina Picasso est un gouffre sentimental et affectif. On songe à la phrase de Pascal Jardin : « Il existe plusieurs vies. La première c'est l'enfance. Heureuse ou malheureuse, on ne s'en remet pas. » La sienne l'a menée chez un psychanalyste à 14 ans. Marina et son frère, Pablito, sont des victimes collatérales de l'hostilité dont fait preuve Jacqueline Roque, l'épouse légitime du peintre, envers Paulo Picasso, le fils méprisé. Tout ce qui touche à Paulo est à rejeter avec dégoût, y compris ses enfants. Dans toute l'œuvre de Picasso, qui a peint chaque membre de sa famille des dizaines de fois, ainsi que ses proches, et a même dédicacé une assiette à son basset (!), il n'y a pas le moindre croquis de Marina et de son frère.

Si son grand-père avait été un monstre isolé... Hélas, ni ses parents – Paulo Picasso et Émilienne Lotte –, ni Jacqueline Roque, la dernière compagne de Picasso, n'ont rattrapé les abandons du peintre en lui offrant un minimum d'affection et d'amour. Comme elle, son frère Pablito ne pourra se réfugier, trop peu de temps, que dans la tendresse que leur offrait leur grand-mère. Trop peu de temps, puisqu'elle mourra en 1955. Après ce sera un enfer dont on ne trouve pas la sortie.

Cloîtrés affectivement dans un milieu hostile et privés aussi de ressources matérielles, les petits-enfants Picasso subissent les humiliations imposées à leurs parents. Le peintre tient en effet les siens dans une dépendance financière permanente, les obligeant à vivre comme des mendiants. Toute demande est traitée par les avocats ! Picasso s'acharne aussi à empêcher l'évolution de son fils, brisant toute velléité chez lui de gagner son indépendance. Divorcé, Paulo reçoit une misérable pension de son père qu'il refuse de partager avec son ex-femme et ses enfants ! On est dans le sordide à tous les étages mais tout cela se passe à proximité d'un empire de la richesse. Paulo tombe dans l'alcoolisme en même temps qu'il subit l'humiliation d'être engagé comme chauffeur par son propre père, pour gagner un peu mieux sa vie et celle de sa nouvelle famille ! Il meurt en 1975, à 51 ans, n'ayant survécu que deux ans à son père. C'est une étincelle sinistre dans un feu d'artifice mortel. Paulo laisse sa place d'héritier à sa fille, Marina, qu'il ne voyait plus, et à Bernard, le fils qu'il a eu avec sa nouvelle femme.

Et Pablito ? Pourquoi n'hérite-t-il pas ? Pablito n'est déjà plus sur cette terre. Il s'est suicidé en avalant de l'eau de Javel, en 1973. Plus exactement, il est mort trois mois après avoir avalé de l'eau de Javel en un geste désespéré. Mort dans des souffrances infinies. La raison de ce geste ? Jacqueline Roque, dernière femme du peintre, avait refusé sa présence à l'enterrement de ce grand-père qu'il admirait désespérément et qu'il aurait voulu aimer sans entrave. Deux jours plus tard, il commet son geste fatal. Il s'éteint le 12 juillet 1973, dans les bras de sa sœur. C'est Marie-Thérèse Walter qui viendra au secours de Marina, financièrement et affectivement. Et ce sont les copains de lycée de Pablito qui paieront son enterrement.

L'impitoyable Jacqueline Roque va épouser le destin de sa victime : elle se suicide à son tour, en se tirant une balle dans la tête, quelques semaines après la mort de Pablito. Le remords ? On ne le saura jamais. En 1977, Marie-Thérèse Walter, l'un des rares personnages humains de cette tragédie, se pend dans le garage de sa villa du Midi.

C'est un tableau de mort et c'est hélas un tableau on ne peut plus réaliste de la famille Picasso, sous le règne du patriarche. Un monstre en chair et en os. Picasso était cela avant tout et rien ne peut expliquer quoi que ce soit, si ce n'est un besoin pathologique de dominer et humilier les êtres les plus proches de lui. Et aussi cette avarice, ce besoin névrotique de se vautrer mentalement dans sa fortune et de n'en jouir pleinement qu'en privant du moindre centime sa propre famille.

Qu'un homme aussi génial, qui a pu donner autant de bonheur à tant d'hommes et de femmes dans le monde grâce à son talent, ait pu engendrer autant d'évènements monstrueux dans sa vie privée, cela reste une énigme.

Il aura fallu près de trente ans à Marina Picasso pour esquisser un renoncement à un héritage fabuleux, celui de son grand-père, Pablo Picasso.

Ce n'est pas tout à fait un refus mais l'essentiel est là, elle ne veut plus voir ces œuvres chez elle. Elle décide, à partir de 2001, de s'en débarrasser. À prix d'or, certes, histoire de ne pas faire s'effondrer le marché.

Les romantiques appelleront cela un abandon d'héritage par manque d'amour. C'est assez surprenant. Là ou d'autres se battent pour obtenir une photo, une guitare, un livre, un objet, juste pour avoir l'impression d'avoir été aimés au moins un peu, Marina Picasso ne fait pas de sentiment, elle veut l'argent. Et ce n'est pas par appât du gain, ce n'est que le résultat de vingt-huit ans de doutes et de souffrances. Aujourd'hui encore, elle continue de se débarrasser de ce qui n'était finalement qu'un cauchemar et un amoncellement de mauvais souvenirs.

Se débarrasser peu à peu de ce joug, c'est le renier, ce n'est pas le jeter à la mer. Impliquée dans de nombreuses actions caritatives, Marina Picasso veut que les ventes successives soient utilisées de la plus belle façon qui soit. En tirer le plus d'argent possible pour financer des associations, c'est son défi.

Elle a tout compris. L'heure n'est plus au questionnement. Elle se refuse à philosopher sur son grand-père, ses errements, ses duretés et ses failles qui ont généré tant de crevasses chez ses proches. D'ailleurs, Marina commence à se séparer du tableau *La Famille*, peint en 1935, sur un fond désertique, censé représenter la propre famille de Picasso. « Ce tableau est un symbole. Je suis née dans une grande famille qui n'en était en réalité pas une, c'est finalement ce que dit tout ce tableau. »

C'est sa manière de riposter à la violence inouïe de son enfance. Vendre, vendre toujours, ces œuvres qui représentent la souffrance pour elle, les oublier pour les transformer en bonnes œuvres.

En juin 2015, elle vend cent vingt-six céramiques pour 16 millions d'euros. C'est une forme de détachement capable de gonfler un compte en banque.

Le 5 février 2016, elle organise une vente exceptionnelle, chez Sotheby's, d'une centaine d'œuvres. Peintures, dessins, sculptures et divers objets de sa collection personnelle. Parmi les pièces maîtresses, on trouve un portrait de famille (décidément !) et le dessin d'un visage de femme estimé entre 250 000 et 300 000 euros.

Restera de l'argent, et tout le monde sait que l'argent n'a pas d'odeur. Pour dire son mépris à tout ce monde de l'art qui engendre finalement tant de malheur, selon elle, elle refusera même de passer par des intermédiaires auxquels elle donnerait des commissions, et vendra directement les œuvres. Une manière de dire encore plus nettement que pour elle, ces chefs-d'œuvre ne signifient plus rien.

Accusée par le reste du clan de brader l'héritage de son grand-père en organisant des ventes aux enchères, elle dément.

« Je ne brade pas mes collections Picasso, je vends à des prix tout à fait corrects. Depuis des années que j'organise ces ventes régulièrement, je me suis séparée de beaucoup d'œuvres tout en contribuant à leur valorisation, c'est ce qu'il faudrait retenir. »

Tourner le dos à l'œuvre de son grand-père, c'est aussi une manière souple de préparer l'avenir. Elle n'est pas certaine que ses enfants – donc ses héritiers – s'intéressent autant qu'elle à l'art. Lorsqu'elle ne sera plus là, qui sait comment ils géreront leur désaffection. Peut-être mal. Sans fioritures. Autant le faire elle-même… Si le cœur n'y est pas il y a au moins l'admiration et le respect de l'œuvre.

Picasso était le peintre le plus célèbre, le plus cher, le plus vendu mais il ne savait pas donner de l'amour. Que sa petite-fille transforme l'éclat de son génie en de vulgaires billets de banque est une singulière ironie pour l'homme dont Jean Cocteau disait qu'il peignait des tableaux comme s'il signait des chèques.

Maurice Jarre, un père et passe

« Une succession est bien souvent douloureuse, c'est le moment où rejaillissent des sentiments de frustration, d'abandon, qu'on croyait avoir surmontés alors qu'ils n'étaient qu'enfouis. »

En avril 2018, à la faveur du vacarme provoqué par l'étrange testament de Johnny Hallyday, Jean-Michel Jarre remet en scène sa propre souffrance. Il y a une différence entre les deux testaments : personne ne soupçonne que son père prodigue ait pu être influencé. Ce qui était écrit correspondait à ce qu'il voulait. Il avait tellement bien fait les choses…

Longtemps avant son décès, le 29 mars 2009, Maurice Jarre, compositeur de musiques de film inoubliables[1], avait réglé le problème de sa succession. Né en France en 1924, Maurice Jarre était parti vivre aux États-Unis en 1953. En laissant en France Jean-Michel, un fils né en 1948, de son premier mariage[2]. Au cours de son deuxième mariage avec

1. C'est lui qui a composé, parmi des centaines d'autres, les musiques de films tels *Lawrence d'Arabie* (1962), *Le Docteur Jivago* (1965).

2. Jean-Michel Jarre est compositeur, musicien célèbre dans le monde entier. Il a été marié à Charlotte Rampling et Anne Parillaud.

l'actrice Dany Saval, il aura une fille, Stéfanie[3], née en 1966. Après un troisième mariage, avec Laura Devon dont il adopte le fils, Kevin, il épouse en quatrièmes noces, en 1984, Fui Fong Khong, de trente ans sa cadette. Trois ans plus tard il rédige un testament par lequel il lui cède la totalité de ses droits d'auteur.

La loi de l'État de Californie – où est domicilié Maurice Jarre – ne connaît pas le principe de la réserve héréditaire qui prévaut en France. En Californie on peut entièrement déshériter ses enfants, ce dont ne va pas se priver le compositeur.

En 1991, il constitue un trust, soit une structure juridique, dans lequel est transféré l'ensemble des biens à des *trustees*. En l'occurrence, lui-même et sa femme, chargés de gérer les actifs.

Ces dispositions sont assez similaires à celles mises en place pour la succession de Johnny Hallyday. C'est une autre histoire, quand même. C'est une histoire américaine. Et cela change tout.

Le trust, enrichi d'un appartement à Paris et d'un chalet en Suisse, est remanié dix-sept ans plus tard – le 31 juillet 2008 – lorsque Maurice Jarre rédige un nouveau testament qui finalise un legs total à son épouse.

Au moins, les choses sont claires. Mais pas pour tout le monde. Car Jean-Michel et Stéfanie, les premiers enfants de Maurice Jarre, longtemps

3. Stéfanie Jarre, née en 1966, fille de Dany Saval, qui épousera ensuite Michel Drucker. L'animateur a élevé Stéfanie depuis l'enfance. Chef décorateur de profession, elle collabore aussi avec Drucker pour décorer des studios de télévision.

ignorés par leur père, ont eu des raisons de croire que la relation avait changé. Après des dizaines d'années d'indifférence, Maurice Jarre décide d'être présent en 2005, tout souriant, au mariage de son fils avec l'actrice Anne Parillaud auquel assiste bien sûr Stéfanie.

Dans les mois suivants, il prend plaisir à recevoir ses petits-enfants dans sa maison de Malibu. De là à imaginer un retour en grâce… Il faut toujours se méfier des mouvements spontanés et surprenants qui s'opèrent sans raison. Ils n'annoncent rien de bon.

Jean-Michel et Stéfanie, tout à la joie des retrouvailles, ne s'égarent surtout pas dans le soupçon. Ils vont prendre conscience de leur infortune – si l'on ose écrire – à la mort de leur père, le 29 mars 2009, qu'ils apprennent par la presse, ce qui donne toujours un sentiment d'éloignement, voire de mise à l'écart.

Ensuite, ils découvrent que le défunt a, par testament, légué à sa dernière épouse la totalité de ses biens. Et pour que ne subsiste aucune opacité, Maurice Jarre a tenu à préciser qu'il omettait « intentionnellement et volontairement » toute disposition concernant « ses héritiers ». À savoir Jean-Michel et Stéphanie Jarre. On ne fait pas plus chaleureux…

Faut-il chercher dans le passé conjugal de Maurice Jarre, dans des heurts dont il aurait reporté la rancœur sur ses enfants, des dispositions aussi désolantes dans leur dureté ? Quand on examine le passé, on y trouve en tout cas plus de raisons d'étonnement sur la conduite du compositeur que sur celle de ses deux enfants. Après tout, ils ne l'ont jamais abandonné.

Maurice Jarre avait une vision spéciale de sa vie conjugale passée, épisode un, deux ou trois, peu importe. Sa première femme, la mère de Jean-Michel, s'est retrouvée seule et totalement abandonnée avec son petit garçon de 5 ans, mais ce dont le compositeur voulait se souvenir, c'était qu'elle l'avait fait attendre très longtemps avant de se résoudre à divorcer. « Comme si elle croyait qu'à force elle me ferait revenir. » C'était le divorce qui, disait-il, l'avait le plus affecté. Même si Dany Saval, la mère de sa fille, était partie en emportant les droits de *La Chanson de Lara* et son piano, et qu'en dix ans de mariage sa troisième épouse avait dilapidé sa fortune.

À ce compte, on est surpris qu'il ait eu l'inconscience de se marier une quatrième fois, à 60 ans. Sans doute avait-il la conviction d'être tombé cette fois sur la femme en or, celle qui n'en voudrait pas à son argent ni à son piano. Et il lui a tout donné. Sauf un enfant, c'était peut-être le secret. Tout au long de sa vie, il a semblé fuir les enfants !

Quelque temps après sa mort, l'ouverture du testament anéantit les siens. Ils vont dans les années qui suivent contester la succession devant la justice française. Et se heurter à la loi californienne, laquelle selon les tribunaux français est la seule applicable en l'espèce. Maurice Jarre était installé aux États-Unis depuis plus de cinquante ans, il était devenu américain, s'était marié aux États-Unis avec une Américaine, vivait en Californie, y payait ses impôts, ses droits de compositeur étaient taxés aux États-Unis…

La cour d'appel de Paris juge que « si la liberté testamentaire diffère des dispositions impératives du droit français, elle ne contrevient pas à des principes essentiels de ce droit ».

Le 27 septembre 2017, la Cour de cassation enfoncera le clou : « Une loi étrangère désignée par la règle de conflit qui ignore la réserve héréditaire n'est pas en soi contraire à l'ordre public international français et ne peut être écartée que si son application concrète, au cas d'espèce, conduit à une situation incompatible avec les principes du droit français considérés comme essentiels. »

On ne peut pas être plus clair : la loi californienne s'oppose à la réserve héréditaire qui est la règle en France mais ne contrevient pas aux dispositions impératives du droit français. Maurice Jarre avait bien le droit de déshériter ses enfants. Lesquels sont accablés.

« Le droit des héritiers n'est pas seulement une affaire d'argent, dit Jean-Michel, il touche des domaines bien plus importants que sont la protection des liens familiaux et, pour les créateurs, le droit moral des artistes. L'interdiction d'avoir accès, si on le désire, à une photo, à un effet personnel de son père ou de sa mère. Voilà ce qui est choquant[4]. »

Quelques mois plus tard, en décembre 2017, Johnny Hallyday meurt. En France, avant d'être enterré en France et avoir reçu un hommage national à Paris. A priori, rien de commun avec Maurice Jarre.

4. *Le Parisien*, 2018.

En février 2018, la désormais célèbre lettre de Laura Smet adressée publiquement à son père déclenche les hostilités. L'annonce de la guerre déclarée par David et Laura secoue Jean-Michel et Stéfanie Jarre.

« Ma sœur Stéfanie et moi portons notre cas devant la Cour européenne des droits de l'homme, pour manquement au respect des droits de la famille et pour atteinte excessive à notre sécurité juridique », écrit le musicien.

Dans une tribune publiée dans *Le Parisien*, il précise :

« Je pense que les histoires de famille doivent rester en famille, et si j'ai décidé de sortir de ma réserve aujourd'hui, c'est que, d'une part, mon nom, celui de ma sœur Stéfanie et de notre famille, est depuis quelque temps mentionné régulièrement au sujet de la succession Hallyday. »

Quoiqu'il semble s'en défendre, affichant une gêne apparente à l'idée que l'on puisse mélanger les deux affaires, Jean-Michel Jarre ne dit rien d'autre que David Hallyday lorsqu'il évoque « l'autre aspect concernant la succession des artistes ». Plus important que tout pour ces enfants qui sont aussi des musiciens, le droit moral sur l'œuvre de leur père qui leur est supprimé sans état d'âme, d'une simple rature qui les élimine à tout jamais de l'ensemble de l'univers paternel. Le droit moral, c'est pour les descendants la possibilité de protéger et de veiller à la survie de l'œuvre d'un artiste après sa mort. « Pourquoi ôter cette responsabilité à l'ensemble de la famille ? » interroge Jean-Michel Jarre, qui affiche sa plus grande crainte : que les œuvres françaises historiques de son père disparaissent après le décès de sa veuve.

Dans le cas de Maurice Jarre, la volonté du défunt était clairement affirmée. Et depuis longtemps. En parfaite conscience, il avait, dans le cadre de son testament, exprimé son refus absolu que ses enfants figurent dans sa succession. Depuis près d'un demi-siècle, il les avait *oubliés*, expulsés de sa vie.

On peut trouver la chose choquante. D'autant plus que ce déni n'est pas accompagné de la moindre explication. On peut compatir avec des enfants *punis* – peut-être – pour des fautes qu'ils n'ont, pour leur part, pas commises. Il reste que Maurice Jarre en a décidé ainsi et qu'il avait la loi pour lui. Il n'y a pas de doute, en plus, sur la volonté absolue du défunt et la façon dont il a lui-même organisé sa succession. Dix ans après la mort de leur père, voilà les enfants de Maurice Jarre repartis dans un combat qu'ils croyaient définitivement perdu. Ils peuvent remercier David Hallyday et Laura Smet sans l'action desquels ils n'auraient pas trouvé l'occasion de sortir de leur résignation. Il y a des moments où, pour se rebeller, il faut faire du bruit, hausser le ton. C'est ce qu'ont su faire David et Laura, même si pour cela ils ont dû forcer leur nature. Puisque cette agitation leur est utile, que Jean-Michel Jarre et sa sœur ne s'en démarquent pas au moment où ils réclament, devant la Cour européenne des droits de l'homme, le droit de défendre la mémoire d'un père qui les a rayés de sa vie.

Claude François, l'énigme du testament disparu

Il vient d'avoir 39 ans, un mois et demi plus tôt. Sa vie est toujours une promesse. Il semble que cela ne s'arrêtera jamais. Après les années difficiles, les rebuffades, les triomphes et les années dangereuses, le succès ne lui tournera plus le dos. C'est une certitude. Il ne sait pas à quel point ce sera vrai, bien au-delà de sa vie terrestre.

En pleine mode disco, la chanson titre de son nouvel album, *Magnolia for ever*, marche déjà très fort. Il a également signé pour une sortie en 45 tours, le 15 mars, d'une chanson qui évoque son enfance en Égypte, *Alexandrie Alexandra*.

Claude François disparaît le 11 mars 1978, en pleine jeunesse. Le 15 mars 1978 sera aussi le jour de ses obsèques. Le disque sortira quand même.

Ces deux chansons étaient programmées pour être des tubes. Sa disparition va leur permettre d'entrer avec lui dans la légende. Elles sont, plus de quarante ans après, les deux chansons de lui que l'on entend invariablement à un moment de la soirée, et peu importent les époques, les lieux, les modes, les générations.

Claude François est donc juché sur un sommet. Il multiplie les succès dans tous les domaines, voit son nom briller dans les entreprises de presse, de parfums, entre autres, ne cesse de voyager, va enregistrer à Londres, possède son jet privé, affiche à moins de 40 ans l'insolente réussite de celui qui efface tous les obstacles sous ses pas.

La vérité est moins enjouée. Claude François est au bord de la ruine. Il vient de vivre des années terribles dont il a du mal à sortir. Peu de gens le savent, le secret est bien gardé et lorsqu'il est foudroyé le 11 mars 1978, en début d'après-midi, dans son appartement du boulevard Exelmans, c'est d'abord la stupeur qui l'emporte, puis un chagrin fou, l'hystérie de fans atterrés, la stupeur d'un milieu du show-business pris par surprise.

Personne n'a oublié dans quelles conditions Claude François a trouvé la mort ce samedi après-midi. Il sort de sa baignoire et, comme à son habitude, veut remettre en place une applique mal fixée. C'est un geste coutumier, fait sans même y penser, à force. Claude François a des côtés maniaques, il faut que tout soit en place, en ordre et surtout pas de travers. Cet après-midi-là, il oublie qu'il a encore un pied dans l'eau au moment où il touche l'applique. Il est électrocuté, commence à hurler. Aussitôt, son amie Kathalyn accourt, tente de l'arracher au piège mortel. En vain. Il ne pourra pas être réanimé.

Il n'y a pas de mort intelligente, celle-là était particulièrement stupide. Un faux contact, un court-circuit, une habitude dont Claude François ne pouvait pas se défaire, la défaillance d'une installation mal réalisée… C'est ce qu'on appelle le destin et il venait de frapper sauvagement. Suivent alors quelques jours d'abattement, de chagrin, quelques jours consacrés aussi aux obsèques, dont l'intensité ne fut sans doute jamais égalée, même pas par celles de Johnny Hallyday, tant la stupéfaction et la douleur se mêlent à une foule échevelée dont les larmes jaillissent en torrents sur des visages crispés, et marquent une hallucination collective.

La famille n'est pas en meilleur état que les fidèles anonymes. Le choc a été trop violent. Une mère, une sœur, deux jeunes enfants, un neveu, une nièce, un beau-frère, c'est cela la famille de Claude François, un noyau dur qui a fait corps tout au long de sa vie avec le chanteur, lui-même se sentant indissociable de son clan.

Le moment où il faut s'occuper de la suite arrive très vite. Pour ceux qui restent, il y a toujours une suite, même si elle est rarement souriante.

Il y a un testament, c'est une certitude. Il a rédigé ce testament trois ans plus tôt chez un avocat, Maître Danet, donc on saura très vite quelles étaient les dernières volontés de Claude François.

Première surprise, assez désagréable : le testament a disparu. Et personne ne l'a jamais retrouvé. Chez lui, au 46 du boulevard Exelmans, dans le salon de l'appartement, Claude avait un coffre-fort qui abritait tous les objets importants de sa vie. Le testament aurait dû s'y trouver, mais il n'était plus là. Auraient dû s'y trouver aussi des diamants achetés quelques mois plus tôt. Ils ont disparu dans les heures qui ont suivi le décès. On n'en entendra plus jamais parler.

Même sans testament, la succession de Claude se présente d'une manière assez simple : il n'est pas marié, a deux enfants, Claude Junior et Marc, qui sont mineurs et vont hériter de leur père en totalité, aucun testament qui pourrait indiquer d'autres bénéficiaires au-delà de la réserve héréditaire n'ayant été retrouvé. Comme les enfants sont mineurs, il faut nommer un tuteur aux biens, c'est la règle.

Alors qu'on examine une première fois les biens de Claude François, il apparaît que la situation financière est catastrophique. Les entreprises de Claude François vont très mal même s'il est numéro un des ventes de disques et trône au sommet des hit-parades. La première raison est que Claude a dépensé l'argent plus vite qu'il ne rentrait, et cela pendant des années. Il avait le train de vie d'une star californienne, avec une notoriété franco-française. Son magazine *Podium* marche très bien, tout comme les éditions musicales, et d'autant mieux que cette structure gère l'exploitation de ses chansons en télévision et en radio. En réalité, rien ne s'inscrit dans la médiocrité dans la galaxie Claude François.

Ce qui gâte l'ensemble, ce sont les dépenses du chef d'entreprise. La recherche insatiable du mieux peut coûter cher. Les disques de Claude François coûtent des millions de francs de l'époque à réaliser : il va enregistrer en Angleterre tous les huit jours, et il ne choisit pas n'importe quel endroit. À Londres, il est un fidèle des studios Olympique ou Trident. Le meilleur de ce que l'on peut espérer dans le monde de la musique. Avec cela, il multiplie aussi les allers-retours en avion, le plus souvent privés. Il a un train de vie insensé, avec un garde du corps qui le suit en permanence, un chauffeur, un pilote d'avion qui est engagé au mois et l'emmène partout, que ce soit en concert, en studio d'enregistrement en Angleterre, dans un studio musical en Italie… C'est un luxe qui ne correspond pas du tout à ses recettes, même s'il est l'un des plus grands vendeurs de disques en France.

Voilà où il en est exactement deux ans avant sa mort, à un point de rupture. Il faut faire quelque chose sinon l'empire Claude François va s'écrouler en plein succès, ce qui n'est pas commun. Malgré ses prodigalités et bien qu'il n'arrive pas à refréner ses pulsions de dépenses, Claude sait voir clair. En tout cas il a conscience qu'il faut réagir, trouver une solution et c'est lui qui fait la démarche, au printemps 1976, d'appeler à l'aide un garçon qu'il avait rencontré quelques semaines plus tôt.

Alain-Dominique Perrin est un jeune homme doué et ambitieux qui vient d'être engagé par la maison Cartier. Pour lui, le monde qui entoure Claude François n'est pas tout à fait un univers inconnu. Avant de travailler chez Cartier, il œuvrait pour la maison de briquets Feudor, une marque ciblant les jeunes qui faisait alors beaucoup de publicité dans la presse magazine de l'époque, *Hit Magazine*, *Ok!*, *Âge tendre*, *Podium*. Cela avait permis à Alain-Dominique Perrin d'entrer en contact avec tous les collaborateurs, les journalistes, mais aussi les dirigeants de ces journaux de l'époque qui étaient tout près du show-business et des acteurs en vogue.

Le jeune homme fait preuve d'une intelligence et d'un esprit d'initiative remarquables qui lui permettront de relancer la maison Cartier, laquelle, au milieu des années 1970, affichait quelques difficultés financières. On vendait moins de joaillerie, moins de montres, les gens aisés ne dépensaient plus 30 000 francs[1] dans une montre. L'idée des Must de Cartier a été une parade séduisante. En fabriquant des pinces à billets, des montres plaquées or, des briquets, des portefeuilles et autres objets de bureau signés Must de chez Cartier, on conserve le prestige, à un prix abordable.

Il a même créé une jolie collection, Les Must de Podium, ce qui lui a permis un premier contact avec Claude François. Les deux hommes ont sympathisé et le chanteur-PDG a remarqué l'intelligence, la vivacité et l'esprit d'initiative d'Alain-Dominique Perrin.

La première rencontre entre Perrin et Claude François est celle de deux personnes qui vont avoir besoin l'une de l'autre et le pressentent déjà. Alain-Dominique Perrin souhaite, toujours pour relancer la marque Cartier, contacter la presse jeune dans son ensemble pour y placer de la publicité, éventuellement du publireportage, et sa première idée, c'est de s'adresser à *Podium* et donc à Claude François. D'où le déjeuner organisé au printemps 1976. À table, Claude, qui se sent en confiance, avoue qu'il a des problèmes avec ses sociétés. Ça commence à aller mal partout et beaucoup de chèques émis pour payer des salaires ont été refusés. Malgré ses efforts de perspicacité, Claude ne voit qu'une partie du problème. Surtout, il refuse de voir la solution. Le danger grandit, il le sait, il s'approche de la déroute, mais n'envisage absolument pas, semble-t-il, de changer sa

1. 4 500 euros.

façon de fonctionner. Cela signifierait devoir faire des économies… un mot dont il a horreur. Son objectif, en réalité, et Perrin le comprend très vite, c'est surtout de trouver de l'argent qu'on pourrait lui apporter sur un plateau, soit par les banques sous forme de prêt, soit par des opérations marketing, des ventes de marques, etc.

Alain-Dominique Perrin écoute patiemment, décide d'aider Claude et va le faire de deux façons. D'abord il s'applique à trouver de nouveaux moyens de faire rentrer de l'argent. Par exemple, dans les mois qui suivront, il lui permettra de lancer son eau de toilette, *Eau noire*. Il suggère aussi de faire des économies. Il ne l'a pas dit tout de suite, il valait mieux, mais maintenant on est au cœur du problème et il sait que Claude est à même de l'entendre. Tout va tellement mal. Donc il conseille fermement de supprimer les carnets de chèques et cartes bancaires tout de suite, ou plutôt c'est lui qui gérera cela. Ça ne plaît pas à Claude, autant le dire, surtout que Perrin décide de lui donner chaque semaine des sommes d'argent avec lesquelles il doit organiser sa vie de chef d'entreprise, de chanteur et d'homme. Et rien d'autre. Une sorte d'argent de poche, même si les sommes sont difficilement comparables. Claude supporte très mal ce système, il organise des réunions à l'intérieur de l'entreprise, plaide sa propre cause auprès de Perrin, expliquant qu'il ne peut gérer sa vie de cette manière. Claude est colérique, tout le monde le sait, il peut terroriser n'importe qui dans son personnel. Avec Alain-Dominique Perrin, c'est plus nuancé. Celui-ci n'a rien demandé, agit par sympathie, n'est pas un employé de Claude François. Bon gré, mal gré, il faut bien lui obéir.

Soucieux d'offrir un peu plus de respiration à son *poulain*, Perrin organise un changement de banque pour les entreprises de Claude François et leur fait profiter au maximum des réseaux tissés par Cartier – la marque de luxe est toujours une très bonne introduction dans le monde des affaires. C'est difficile, houleux, ponctué de coups de gueule, de menaces en l'air, de coups de poing sur la table, mais ce système finit par fonctionner et entre mars 1976 et février 1978, on peut dire qu'Alain-Dominique Perrin a sauvé de la faillite Claude François et ses entreprises au moins une dizaine de fois. Ce n'est pas rien, et il faudra s'en souvenir dans le futur.

Claude meurt le 11 mars 1978, au moment où il commence à croire que sa bonne étoile est revenue. Ce qui ne veut pas dire qu'il est guéri ou que ses entreprises sont définitivement à l'abri d'une faillite. D'ailleurs, deux évènements vont montrer à quel point cet équilibre est fragile et jeter sur les heures qui ont précédé et suivi sa mort quelques ombres aujourd'hui encore encombrantes.

D'abord, Alain-Dominique Perrin a prêté de l'argent à titre personnel à son ami Claude. C'est une dette importante. Et c'est une dette attestée officiellement par l'existence de lettres signées de la main de Claude François[2].

---

2. 5 janvier 1978 : 150 000 francs (22 867 euros), 30 janvier : 10 000 francs (15 245 euros), 31 janvier : 5 000 francs (763 euros), 2 février : 3200 francs (488 euros), 9 février : 60 000 francs (9 147 euros).

La dette de Claude François auprès de Perrin est bien réelle. Tout le monde la connaissait. Ce qui a jeté le trouble ce sont les conditions dans lesquelles elle a été officiellement reconnue, le 11 mars 1978, jour de la mort de Claude.

Claude François avait-il rendez-vous avec Alain-Dominique Perrin quelques minutes ou quelques heures avant d'être électrocuté ?

Quand a-t-il signé cette reconnaissance de dette, sachant qu'il était rentré très tard la veille, qu'il ne se levait jamais avant treize heures et qu'il est mort à quatorze heures quarante-cinq ce 11 mars ? Ni Marie-Thérèse, son attachée de presse, ni sa compagne, Kathalyn, présentes toutes les deux sur les lieux, ne peuvent témoigner avoir vu qui que ce soit d'autre à l'appartement. Pourtant, il y a cette date du 11 mars figurant en haut à droite de la reconnaissance de dette, et en bas la signature de Claude François. Si l'on admet que Claude François n'a pas pu signer le document lui-même, c'est que quelqu'un d'autre l'a fait, quelqu'un qui aurait eu l'habitude de signer à sa place. Sachant que cette dette était connue et reconnue et qu'il aurait été ardu de la faire rembourser au moment de la succession, sans reconnaissance signée, on peut imaginer quelle méthode a été employée pour faire signer Claude François après son décès. Il y a ceux qui font parler les morts, ils sont nombreux, et ceux qui les font signer, déjà plus rares.

« Cela concernait uniquement les sommes d'argent que Perrin avait avancées à Claude, dit

Fabien Lecœuvre[3], cet argent était dû et si aucune reconnaissance de dette n'avait été signée, c'est que les deux hommes se faisaient confiance. Jusqu'à ne pas prévoir l'imprévisible… En tout cas, ce petit mystère a ouvert un débat et créé beaucoup de suspicion. Cela a induit un doute chez Isabelle, l'ex-compagne de Claude François et la mère de ses deux fils, et chez Josette, la sœur de Claude. Les enfants étaient trop jeunes à l'époque mais eux aussi ont été intrigués lorsqu'ils ont été en âge de comprendre[4]. »

Cet épisode montre aussi à quel point Claude François jonglait avec les découverts et les emprunts à cette époque. Rien n'était simple. Une vie frénétique, du côté du succès, de la gloire et de la popularité. Une vie sous assistance respiratoire sur l'autre versant, celui de l'économie et du rationnel.

Entre les diamants disparus, le testament envolé et la reconnaissance de dette mystérieusement signée à point d'heure, pour ne pas dire post-mortem, cela fait beaucoup d'anomalies avant même d'ouvrir la succession. Ce n'est pas tout à fait terminé.

Le week-end précédent, soit les 3, 4 et 5 mars, toute la famille était au moulin de Dannemois, comme d'habitude. À la demande de Claude, Josette, la sœur adorée, est allée vider son compte d'épargne en tirant 50 000 francs (7 620 euros) pour les lui prêter. « Promis, je te les rendrai le week-end prochain. »

---

3. Fabien Lecœuvre, grand spécialiste de la chanson française, auteur de plusieurs livres de référence, est aussi depuis vingt-sept ans le conseiller des fils de Claude François.
4. Entretien avec l'auteur le 12 novembre 2018 à Paris.

Si cela met en exergue les liens très forts entre frère et sœur, c'est aussi confirmation que Claude n'était pas au mieux financièrement...

Dans la semaine, il part pour la Suisse. Il doit chanter le vendredi et rentrer vite à Paris afin d'enregistrer le samedi après-midi *Les Rendez-vous du dimanche*, avec Michel Drucker. Il arrive chez lui vers vingt-trois heures, le vendredi soir, va se coucher puis se lève vers treize heures le lendemain. Le lendemain sera très court.

Parce qu'il y a deux enfants en bas âge, pas de testament, pas d'autorité naturelle qui se dessine, parce que c'est le flou en tout et qu'il va bien falloir trouver quelqu'un à qui parler, un conseil de famille est organisé le dimanche par le notaire. L'idée première est de déterminer comment va s'opérer la succession.

Une bonne idée qui se heurte à l'ignorance de tous. À vrai dire, personne ne sait ce qu'il y a dans les entreprises, les comptes, les actifs, les passifs, qui détient les chéquiers, qui peut les utiliser si besoin est ; les urgences vont arriver, comment y faire face ? Évidemment, en l'absence du testament disparu, cela n'aide pas.

La famille n'ayant aucune réponse, la décision est prise de faire appel à Alain-Dominique Perrin. Celui qui sait. Tout. Et sans doute mieux que Claude. Il n'est pas de la famille mais il est incontournable grâce à sa connaissance des affaires, des gens, de la place.

Perrin arrive vers dix-sept heures. Le conseil de famille compte un nouveau membre. Les obsèques sont organisées, Perrin fait les chèques pour les payer, des avances sont demandées aux maisons de disques qui organisent parallèlement d'énormes mises en place… *Business is business*…

Perrin devient le gérant de fait de la société. Puis, à la suite d'un nouveau conseil de famille, il est nommé tuteur aux biens par un vote familial.

Claude François avait pris des assurances vie pour Isabelle, son ex-compagne, Chouffa, sa mère, Claude et Marc François et Josette. Perrin s'occupe de faire débloquer ces cinq assurances vie, une belle somme pour chacun.

Première anicroche familiale, lorsque Josette profite du conseil de famille pour faire valoir sa créance de 50 000 francs. La famille vote contre, sans hésitation. Lui est opposé le fait qu'elle n'a pas de preuve – contrairement à Alain-Dominique Perrin. Il est certain, et d'ailleurs tout à fait compréhensible, qu'elle n'a pas fait signer à son frère adoré une reconnaissance de dette pour 50 000 francs. Elle a beau exhiber le ticket actant le débit sur son PEL, rien n'y fait. Après tout, qui sait si elle n'a pas tiré de l'argent pour un autre usage ? C'est ce qui lui est fâcheusement opposé. L'ambiance est parfaite ! Un maximum de défiance envers les autres, une excellente façon d'enterrer son chagrin pour parfaire ses rancœurs et aiguiser ses frustrations. Et ce n'est qu'un début. La guerre de famille vient de commencer. Un déchirement en direct. Isabelle vote contre, pour elle et pour ses deux enfants, sans même se fendre d'un argument. Perrin dit que tant qu'il n'y a pas de reçu il ne peut rien faire. La loi, c'est la loi, n'est-ce pas… « Chacun règle ses vieilles douleurs », résume Lecœuvre.

Josette, à bout de nerfs, commence à se fâcher avec tout le monde. Viendra vite le moment où tout le monde sera fâché avec tout le monde.

Après avoir versé à tous leurs assurances vie, Alain-Dominique Perrin suggère de récupérer les sommes :

« Si vous me faites confiance, nous allons placer l'argent dans des sociétés américaines et dans un an, les montants seront doublés. » Séduisant. Cette fois, tout le monde est d'accord.

Quelques mois passent, Josette qui aime bien Deauville veut saisir une offre dans le cadre de la construction des marinas, en 1979. Avec le produit de son assurance vie, elle peut réaliser son rêve et appelle donc Perrin en demandant à récupérer son argent pour s'acheter un petit trois-pièces au bord de l'eau. Il est difficile à joindre et lorsqu'elle finit par l'avoir au bout de quinze jours, il ne comprend pas sa demande. C'est quoi cette histoire de vouloir récupérer son argent ? Ils sont vraiment une famille de petits joueurs ? Elle n'a qu'à acheter son trois-pièces plus tard… Le ton est devenu désagréable.

Déjà remontée contre Perrin, entre autres, et furieuse de la façon dont il lui parle, Josette se cabre et ne veut plus rien entendre. Elle veut son argent tout de suite et va l'avoir. Elle devient propriétaire de son joli rêve, ce qui n'arrive pas souvent. Quinze jours plus tard, Isabelle apprend que Josette a récupéré son argent, ce qui lui donne l'idée de faire la même chose, comme de bien entendu. Dans ces moments où rien ne va plus entre membres d'une même famille, ils s'évertuent à agir avec un certain mimétisme. Un classique de l'héritage. Même Chouffa, la maman de

Claude et de Josette, veut retirer son argent. Tout le monde s'y met et c'est embêtant car Perrin va devoir leur annoncer qu'ils n'ont pas de chance, la société dans laquelle il avait placé leurs économies a coulé. Il n'y a plus d'argent. Seule Josette a été sauvée par un gong qu'elle a actionné elle-même.

L'incontournable tuteur aux biens n'a plus beaucoup d'amis dans le conseil de famille, c'est un fait, ça ne semble pas le bouleverser plus que ça. Il est toujours possible de le contester mais il a fait preuve d'une grande solidité dans sa gestion de la succession Claude François. Le défi était démesuré, Fabien Lecœuvre en est conscient :

« À partir de 1986, Alain-Dominique Perrin est écarté. Claude François Junior, né en 1968, devient majeur, ce qui lui permet de s'installer à la tête de la société dont il est le nouveau responsable. Il a 18 ans. Depuis la mort de leur père les héritiers n'ont que très peu bénéficié des retombées extraordinaires du succès et des ventes phénoménales qui accompagnent le phénomène Claude François, plus grand mort que vivant. »

Entre 1978 et 1988, il s'agissait d'abord d'être raisonnable et de rembourser les dettes. Perrin s'en est chargé avec rigueur, ce qui n'était pas si évident. Il a mis en vente, d'abord, l'appartement du 46, boulevard Exelmans, le moulin de Dannemois, et a conservé les bureaux du 122, boulevard Exelmans, pour que la société puisse travailler et gérer le succès au quotidien. Les ennuis planaient toujours malgré les efforts consentis. Il y avait des dettes fiscales, qui dataient d'avant la mort de Claude, d'autres dettes apparues au moment de sa disparition. C'était l'ambiance de l'époque ! Et pour pimenter le tout, plus personne ne se parlait si ce n'est que Claude et Marc François communiquaient avec leur maman, Isabelle. Les frustrations, la conviction pour les uns et pour les autres d'avoir été floués sur des choses incontournables ou sur des détails sans grande importance, les rancœurs affichées, le sentiment d'injustice qui prédomine… Bienvenue dans le monde de la succession. C'est le moment où Fabien Lecœuvre arrive.

« En 1993, Claude et Marc me demandent de reprendre la communication de leur père. J'avais écrit un hors-série spécial Claude François que Claude Junior avait trouvé formidable. Il m'a dit très vite qu'il cherchait quelqu'un pour diriger la communication de la société. Je souhaitais alors m'éloigner des productions Ibach qui m'avaient formé mais où je restais un simple employé. Il était temps de prendre mon envol. Je me suis mis à mon compte à partir de mai 1993 et j'ai commencé à facturer Claude François Junior pour chacune de mes interventions. Toujours marqué par le hors-série que j'avais réalisé, Claude a insisté pour que j'écrive un livre sur son père, et on a sorti le premier en 1995[5]. »

Dans les deux années qui précèdent la publication du livre, il interviewe un grand nombre de gens qui ont travaillé avec Claude François, l'ont bien connu, ont été des proches. Il lui faut alimenter sa biographie, l'enrichir d'anecdotes qui n'ont jamais été publiées.

---

5. Fabien Lecœuvre, *La Légende toujours vivante*, Éditions Vade Retro, 1995.

« Claude Junior insiste pour que je rencontre sa tante, Josette, personnage incontournable de la vie du chanteur. Ils n'étaient pas en très bons termes, à cause de l'histoire des 50 000 francs qui ne lui avaient jamais été remboursés. Josette est une femme bien, qui s'est sentie abusée par cette affaire. Et d'autant plus qu'elle a une importance capitale dans la carrière de son frère, importance que tout le monde semble ignorer. »

C'est elle, il est vrai, quand même, qui a permis le décollage de la carrière de Claude François, laquelle stagnait dangereusement. Claude n'arrivait pas à obtenir un contrat pour enregistrer dans une maison de disques. Alors, Josette avait mobilisé son petit ami de l'époque, Jerry Van Rooyen, arrangeur de Nicole Croisille, pour qu'il aide son frère. Jerry était à l'époque sous contrat avec la maison de disques Fontana. Il s'est démené pour organiser un rendez-vous qui s'est révélé décisif entre Claude et la maison de disques. C'est ainsi que la carrière de Claude François a vraiment démarré. Lecœuvre enchaîne sur son premier rendez-vous avec Josette.

« Elle se montre d'abord méfiante, même si elle a beaucoup aimé le hors-série. Et puis, elle n'a rien contre moi qui viens de débarquer, mais elle reste distante, c'est le moins que l'on puisse dire, quand on évoque le reste de la famille. Elle me dit qu'elle veut bien m'aider par son témoignage, dont j'ai besoin pour mon livre, mais qu'elle souhaite qu'on lui rembourse une vieille créance… Et là, j'entends pour la première fois l'histoire de ces 50 000 francs prêtés à son frère à la veille de sa mort, et qu'elle n'a jamais pu récupérer.

Ce n'est pas une somme énorme mais Josette n'est pas très fortunée, et puis cet argent donné à son frère est un symbole. Que l'on ait pu faire comme si ça n'existait pas la révolte toujours autant quinze ans après. En écoutant son histoire je suis très surpris, mais je lui assure que je vais m'en occuper. »

Dans le même temps, Lecœuvre découvre d'autres *arriérés*.

Beaucoup de dissensions tiennent d'abord à la relation acrimonieuse entre Josette et Isabelle. Elles ont été belles-sœurs, ne se sont jamais bien entendues, depuis la mort de Claude c'est une guerre larvée.

Quinze jours après son entrevue avec Josette, Lecœuvre met en place la procédure destinée à lui rembourser son argent. « Ce n'était pas évident mais j'ai convaincu les deux frères. Cette somme était due, il fallait la rembourser. J'ai même fait appel à la mémoire de leur père. Qu'aurait-il dit en apprenant que sa sœur avait été flouée par sa propre famille ? »

Cela a pris un an, mais Josette a été remboursée. D'autres sujets de discorde sont aussitôt apparus.

« Ainsi, Isabelle, à l'époque où le conseil de famille présidait aux destinées de la société, avait fait arrêter les cotisations retraite de Josette ! À mon arrivée, j'ai fait en sorte que cela soit remis en place et organisé le rachat d'un certain nombre de trimestres par Claude et Marc pour que leur tante puisse compléter sa retraite.

Tout ce petit monde s'est à nouveau fâché, en chœur cette fois, autour du biopic *Cloclo, la fabuleuse histoire de Claude François*[6].

6. Film de Florent-Emilio Siri, sorti en France le 14 mars 2012.

Il se trouve ainsi des familles douées pour les tourments. L'affrontement est un art de vivre et les comptes ne sont jamais tout à fait réglés. Et lorsque cela arrive, surgit à point nommé, très vite, une nouvelle opportunité de se déchirer. On peut recommencer.

Cette fois, Josette a regretté qu'on ne la concerte pas plus que ça au moment où a été bâti le projet. Et elle avait sans doute raison, au moins de son point de vue. Certes, le personnage de Josette existait à l'écran, comme tant d'autres, Isabelle, Kathalyn, France Gall, Janet Woollacott, Chouffa, Ticky Holgado, le secrétaire, Paul Lerderman, l'imprésario… Mais la mise en scène de l'enfance en Égypte a créé un problème. Claude et Marc François ont estimé que ce n'était que l'enfance de leur père. En tout cas pour ce qui était de l'intérêt du public. Josette défendait que c'était aussi la sienne et souhaitait être intéressée aux recettes du film, comme cela pouvait être le cas. Claude et Marc ont refusé. Elle n'a donc pas touché d'argent mais il serait surprenant que son affliction en découle. Dans ce cas comme dans tant d'autres, l'argent n'est qu'un alibi. Une manière parfois de dire qu'on existe et surtout qu'on a existé pour celui qui n'est plus et que l'on a aimé. Parce que Josette a aimé tendrement son frère, l'a protégé quand il le fallait, l'a aidé à devenir celui qu'il voulait être, elle n'a pas renoncé, quarante et un ans après, à la part d'héritage que figure leur enfance.

III

Le syndrome de la belle-mère

« Le problème avec les seconds mariages, c'est un peu comme les souliers neufs, ils ne vous vont pas comme vous allaient les précédents. Ils vous serrent là où vous n'avez pas l'habitude de vous sentir serré. »
Laurie Colwin, *Drôles d'oiseaux*

Ils auraient pu se retrouver dans d'autres chapitres, tous les trois, Hallyday, Bashung, Cousteau. Par exemple au chapitre II, *« Familles décomposées ». Déjà, parce que lorsqu'il y a une belle-mère, il y a une famille recomposée… qui tarde rarement à se décomposer. Il est aussi vrai que les familles se décomposent parfois sans que l'apport d'une belle-mère y soit pour quelque chose. On l'a vu avec Claude François, Picasso et Maurice Jarre. Tout peut arriver.*

Ils auraient aussi pu se retrouver dans le chapitre IV, *« Morts sous influence ? ». On ne prête qu'aux riches mais c'est vrai qu'à l'approche de la mort leur comportement envers leurs enfants a pu surprendre, quand même. De là à ce qu'on ait pu les aider à faire leurs choix stupéfiants…*

Mais, il y a la belle-mère. Le phénomène de la belle-mère. Omniprésente comme Laeticia (Hallyday), omniprésente comme Chloé (Bashung), omniprésente comme Francine (Cousteau).

Le syndrome de la belle-mère, c'est le tube psychanalytique du XXI*e* *siècle.*

Johnny Hallyday, sang pour sang ?

« Il est facile de faire dire n'importe quoi
à un homme qui ne parle pas. »
Jean-Paul Dubois

Johnny Hallyday ne parlait pas beaucoup. Et encore moins de ses sentiments. Entre pudeur et faiblesse, dire les choses était une souffrance. Il n'a pas changé à l'approche de sa mort, quand d'autres souffrances le tenaillaient jour et nuit. La nuit, qui lui faisait peur, comme le noir et la mort[1]. Pris dans ses angoisses, ballotté par ses douleurs, installé les derniers jours dans un monde factice, fait de silence, de murmures et d'échos impénétrables, seulement troublé parfois par des bourdonnements d'enfants, il lâchait prise.

Comme chacun d'entre nous, il savait l'importance de parler, de s'exprimer, de régler les choses en toute clarté lorsqu'on veut préparer intelligemment son départ. Ne pas laisser ceux

1. « Il a chanté tellement bien *Retiens la nuit*. Je crois que pour lui c'était une chanson très importante. C'était quelqu'un qui avait peur de la nuit parce qu'elle le ramenait à ses peurs d'enfant, ses souffrances, les abandons dont il avait été victime. » Emmanuel Ravanas, avocat de Laura Smet.

que l'on aime dans l'incompréhension, à tenter de meubler les silences ou, pire, leur donner un sens.

Il savait mais il ne pouvait pas. Parler de cela, de l'après, était au-dessus de ses forces.

Il n'avait bien sûr rien écrit, ce qui a permis la naissance de supputations plus affirmées les unes que les autres : « Il voulait que… », « Il a choisi de… », « Son idée, c'était… », « C'est sa décision… »

On souhaiterait – vœu dérisoire – qu'il puisse nous le dire lui-même. Pour nous confirmer que c'est bien lui, en toute connaissance de cause, qui a choisi de commettre l'impensable. Déshériter ses enfants. Utiliser la loi californienne, qui le permet, pour faire en sorte que tous ses biens et tous les revenus générés par ses activités artistiques soient attribués à sa femme, Laeticia, par l'intermédiaire d'un trust mis en place aux États-Unis.

Il est bon de préciser, puisque tout le monde ne l'a pas compris comme ça, que ni ses grands enfants, David et Laura, ni ses plus jeunes filles, Jade et Joy, ne sont présents dans ce testament.

Il y a de quoi se poser des questions. Pourquoi Johnny Hallyday n'a-t-il pas prévenu au moins ses aînés de ce qu'il était en train de faire ? A-t-il pu être très influencé pour modifier sa vision de sa succession et refaire plusieurs fois son testament ? Six fois en sept ans !

Poser la question, ce n'est pas forcément y répondre, c'est chercher à comprendre. Atteint par la maladie, handicapé par la souffrance, usé par l'âge, Johnny Hallyday a-t-il pu laisser son destin et sa volonté lui échapper ? Que s'est-il passé vraiment ? Il est normal de chercher à le savoir.

Au lieu de ça, ses très proches, ses moins proches, ses soi-disant proches, et même son irrésistible avocat, devenu celui de sa veuve, font parler le mort avec un talent détestable.

« Par pitié, qu'il se taise ! » a pu s'écrier Laura Smet à propos de Pierre Billon, musicien qui navigue depuis des années dans le sillage de Johnny Hallyday et de Michel Sardou, entre autres. Le défunt lui aurait confié tant de choses. C'est cela, faire parler les morts.

Ce qui a été choquant, en l'occurrence, c'est qu'il n'y a pas eu que les copains, motards ou pas, pour faire parler Johnny. Au plus proche de lui, ceux qui étaient seuls – et pour cause – pour recueillir ses derniers mots s'en sont servis pour appuyer leurs démonstrations.

Il n'y a pas grand-chose d'humain à faire parler un mort que l'on s'est, en général, ingénié à faire taire lorsqu'il était encore vivant.

De l'autre côté du malheur, on s'incline, écrasé par le poids de l'apparent reniement, ou on décide de se révolter. Alors, l'amour froissé devient une arme fatale et on écrit…

La lettre est apparue au grand jour des médias le 12 février 2018 à douze heures quarante-cinq. Elle est tapée à l'ordinateur et signée de la main de Laura Smet.

Elle est la fille de Johnny Hallyday. Un peu plus de deux mois après la mort de celui-ci, elle écrit cette lettre à son père et la jette en pâture au public, aux médias.

Cher papa,
Voilà plus deux mois que tu es parti, tu me manques tellement, et en même temps je ne t'ai jamais senti aussi proche de moi.
J'ai appris, il y a quelques jours, que tu aurais rédigé un testament nous déshéritant totalement David et moi.
Il y a encore quelques semaines, tu me disais à table : "Alors, quand est-ce que vous faites un enfant ?"
Mais que vais-je pouvoir lui transmettre de toi, toi que j'admire tant ? Toutes les nuits tu viens me voir dans mon rêve, je te vois : tu es beau, sans aucun tatouage, tu es enfin libre et tu cours dans la brume l'air totalement perdu et apeuré.
Tant de questions sans réponses. Toutes ces fois où l'on a dû se cacher pour se voir et s'appeler !
Il m'est encore insupportable de ne pas avoir pu te dire au revoir, papa, le sais-tu au moins ?
Je t'entends, papa, et moi j'ai choisi de me battre.
J'aurais préféré que tout cela reste en famille, malheureusement, dans notre famille c'est comme ça…
Je suis si fière d'être ta fille.
Je t'aime papa.
Laura

Il y a quelque chose de cruel dans ces lignes : celui auquel elles sont adressées sera le seul à ne jamais pouvoir les lire.

Cette lettre n'a pas déclenché l'affaire du testament de Johnny Hallyday mais elle a mis sur la place publique un trouble, un conflit, mal dissimulé certes, camouflé quand même, qui couvait depuis des années. La bombe à retardement venait d'exploser, faisant ses premières victimes. Ses déflagrations se feront sentir longtemps encore[2].

« L'affaire » n'a pas non plus commencé par la mort de Johnny Hallyday le 5 décembre 2017.

Comme beaucoup de beaux-enfants, Laura et David ont vécu longtemps dans le non-dit face à leur belle-mère. Sauf que là, c'était aux yeux du monde. Aujourd'hui, à la *faveur* – si l'on ose dire – du testament contesté, ils peuvent étaler leurs griefs, voire leur aversion. Vingt ans[3] de silences à faire bonne figure et à poser pour des photos complaisantes qui disaient tout sauf la vérité sur cette soi-disant famille idéale. Il y avait bien quelques écarts parfois, des coups de gueule et des coups de sang soigneusement cachés. On faisait comme si. On aurait continué s'il n'y avait pas eu de testament ni d'héritage. Un compte à régler.

Héritage. Le mot-clé. Ce n'est pourtant pas l'argent ou quelques biens matériels qui justifient le clash, la déclaration de guerre du 12 février. Ils sont un alibi, une arme dont on se sert pour dire à l'autre tout le mal que l'on pense de lui, combien de souffrance il nous a apporté.

---

2. « Dans le cas de Johnny, il vaudrait mieux qu'ils se mettent tous autour d'une table parce que sinon ils sont partis pour dix, quinze ans, avec des problèmes de droits internationaux monstrueux. » Maître Richard Malka, avocat de François-Marie Banier dans l'affaire Bettencourt.

3. Johnny Hallyday et Laeticia s'étaient rencontrés en 1995 et se sont mariés en 1996. Johnny est mort en décembre 2017.

Laura n'a pas attendu l'ouverture du testament de son père pour ressentir mille douleurs à l'évocation de sa belle-mère.

Il n'était pas question d'argent ou d'héritage, il y a plus de vingt ans, à l'époque où Laeticia s'installait dans la vie de Johnny. D'autres sujets de fâcherie sont quand même apparus. Il y avait ces huit petites années qui séparaient belle-mère et belle-fille, la sensation pour Laura que son père lui échappait une fois de plus. Et au profit d'une jeune femme pas beaucoup plus âgée qu'elle. Elle avait 12, 13, 14, 15 ans. Elle n'était pas facile à vivre. Trop de manques, de tourments.

Laeticia aurait pu l'aider en l'aimant un peu. Au moins, elle aurait pu s'abstenir de la traiter comme une rivale qu'il faut éliminer. Est-il si difficile de comprendre qu'un enfant n'est jamais un rival ?

Elle l'a plutôt maltraitée affectivement. Les griefs ont pris de l'ampleur, la rage, même contenue, était prête à se déverser un jour.

Selon le testament tel qu'il a été présenté, Laura ne peut même pas récupérer la pochette originale de la chanson, *Laura*[4], chantée par son père en son honneur.

David, lui aussi blessé tout au long de ces années, a été écarté à plusieurs reprises. Rejeté, exclu, moins dans les cris que dans les chuchotements.

Le mariage de Laeticia avec Johnny n'a, semble-t-il, pas laissé de traces jusqu'en 2009, quand celui-ci est plongé dans un coma artificiel

4. Chanson écrite et composée par Jean-Jacques Goldman pour l'album *Gang* en 1986.

à Los Angeles. À partir de là tout est devenu plus compliqué dans les rapports.

« Il était dans le coma, j'avais peur de le perdre et, quand j'arrive sur place, je vois un monde fou, des photographes, des journalistes, des chaînes de télévision, des VIP… J'ai eu un choc, tous ces gens en dehors de la famille… Ils n'avaient rien à faire là[5]. »

Il a envie de hurler que c'est son père, qu'il lui appartient, quand même. Au moins un peu. Il le dit en se contenant. Il est gêné, troublé, va voir Laeticia et martèle sa façon de penser, « Mon père est en train de mourir et tu fais venir tout ce cirque ! » Elle, plus embêtée que gênée, répète « Oui, oui », comme un leitmotiv bégayant, c'est tout.

Après, ce ne sera plus pareil. Laeticia ne pardonne jamais. Elle distillera un peu de fiel qui ne servira pas le fils dans l'esprit du père. L'horreur. David sait qu'il n'est pas le premier à qui cela arrive.

Déjà, cela va compliquer les choses pour voir Johnny.

Simplement le voir.

C'était le cas pour Laura, c'est le tour de David. Se cacher pour voir son fils, inventer des rendez-vous chez le dentiste pour passer un moment avec sa fille, passer des coups de téléphone en grand secret, ce n'est pas glorieux pour un père. Mais que dire d'une épouse qui pousse son mari à de telles extrémités ?

5. Émission *Sept à huit*, sur TF1, le 18 novembre 2018.

En novembre 2016, c'est à Paris que David apprend le dernier cancer de Johnny. Ils n'en parlent pas. Surtout pas de la mort. Rien que la vie. Et puis les nouvelles ne sont pas si inquiétantes à cette époque. Johnny s'est toujours sorti de tout, y compris du cancer.

L'année va se passer entre fausses alertes, minces espoirs, affaiblissements et regains. *Les Vieilles Canailles* sont là, une dernière fois, pour teinter d'une fausse légèreté les mois de cet été dangereux. On fait comme si, mais qui y croit encore ?

Au mois de novembre 2017, ils apprennent que tout espoir est perdu.

Johnny n'a plus que trois semaines à vivre, dans la souffrance, et de plus en plus souvent dans l'inconscience. Tant qu'il est soigné à la clinique Bizet, ses enfants peuvent aller le voir tous les jours. Ni interdits ni prétextes.

Après, lorsqu'il rentre à Marnes-la-Coquette, ça devient autre chose. Il faut demander des autorisations, prendre des rendez-vous. Se heurter à des réponses négatives, « Il est trop fatigué », « Non, là il dort », « Pas cet après-midi »... Les veto sont toujours délivrés par le service médical mis en place ou par les personnes qui régulent entrées et sorties à partir d'une liste de noms autorisés ou pas à entrer dans la maison. La patronne n'apparaît jamais mais ses ordres sont exécutés à la lettre. Si votre nom ne figure pas sur la liste, vous pouvez vous appeler Laura Smet ou David Hallyday, vous n'entrerez pas. Ils vont le vérifier à plusieurs reprises, au fur et à mesure que l'échéance approche. C'est d'autant plus dur qu'ils apprennent la présence de copains de Laeticia ou de Johnny, de relations professionnelles plus ou moins proches, admis dans le cénacle dont ils sont exclus.

Il paraît que Johnny est tellement fatigué quand ses enfants se présentent, alors que dans la même période des *potes* se vantent d'un *gueuleton* partagé avec lui et une dizaine de convives, quelques jours avant sa mort ! Il semble qu'il ne veuille pas que son fils et sa fille le voient dans cet état, mais Joy et Jade jouent au pied du lit… Pour ses grands enfants, condamnés à rester à la porte, que de douleur et d'humiliation.

« Il ne m'a jamais dit "Je suis trop fatigué, ne viens pas, je suis trop diminué physiquement, je ne veux pas que tu me voies dans cet état…" Jamais. Il était content que je sois là, personne ne peut dire le contraire[6]. »

David a dans le regard, en cette seconde, l'éclat humide de celui qui souffre et se rebelle.

Le cauchemar des dernières semaines, des derniers jours, des dernières heures, ne sera jamais effacé, on le sent, il le sait. Ni le chagrin d'avoir perdu son père, ni la douleur d'en avoir été dépossédé, en force. Une manière de le perdre, déjà, alors qu'il était vivant, encore. Deux sortes de chagrin se mêlaient en un curieux panachage.

Toute la journée qui a précédé la mort de Johnny, David a attendu dans le hall de la maison sans pouvoir entrer dans le bureau médicalisé où Johnny vivait ses derniers instants.

6. Émission *Sept à huit*, sur TF1, le 18 novembre 2018.

« Il est fatigué », disait le staff médical.

« Je pense qu'ils avaient des consignes. » Il ne dit pas de qui, nous comprenons. *Elle* n'est pas venue de la journée lui parler, lui expliquer. Qu'y avait-il à expliquer ? Qu'*elle* ne voulait pas qu'il voie son père une dernière fois ?

En repartant, après une journée d'attente pour rien, il a demandé à la personne de service de donner une lettre à son père. Il l'avait écrite quelques heures plus tôt. Quelque chose venu du plus profond de lui, que Johnny lirait ou pas mais qu'il recevrait de son fils et qu'il emporterait avec lui.

Le lendemain, quand il est revenu, son père s'était éteint dans la nuit. On lui a rendu la lettre qui n'avait pas pu être donnée au mourant. Il a eu mal à en hurler. « C'est la seule chose, de toute ma vie, dont je n'arriverai pas à guérir. »

C'est le médecin qui a prévenu David que son père avait cessé de vivre. Trois heures après qu'il a quitté la maison. Ce médecin l'appelait tous les jours pour lui donner des nouvelles. Choqué, tétanisé par le chagrin, il ne songe pas tout de suite que même cette nouvelle-là, sa *belle-mère* n'a pas pris la peine de la lui communiquer.

Le plus urgent, dans ce petit matin glacé qui ne veut pas sortir de la nuit, c'est de prévenir Laura. Sans la brusquer, sans ajouter du drame à la peine. Laura, l'hypersensible qu'il faut protéger. Il appelle d'abord sa maman, Nathalie Baye, lui avoue que pour la première fois, il ne sait pas comment faire. Quels mots trouver ? Il aime sa sœur et comme tous ceux qui l'aiment il songe avant tout à l'épargner. Il demande à Nathalie d'appeler sa fille puis se reprend aussitôt. C'est lui qui va téléphoner. « J'étais obligé. » David est aussi un homme de devoir.

Il semble regarder très loin des images et des mots dont le souvenir se décolore. Les obsèques, un souvenir obscur. Tout était déjà organisé, programmé avant qu'on les concerte, Laura et lui. *On* lui a proposé de descendre les Champs-Élysées. « J'ai refusé, l'hommage national c'était pour mon père. »

Le souvenir de ses petites sœurs dont il savait que le contact avec elles serait de plus en plus difficile, après. Il leur a dit ce qui lui tenait le plus à cœur : il les aime, et elles seront toujours chez elles dans sa maison. Il faudra du temps…

Après l'inhumation à Saint-Barth, une déception là aussi, la vie a repris. Les fêtes sont arrivées, elles n'avaient pas le goût des fêtes.

Et puis janvier, dans toute sa langueur. Il semblait ne rien se passer, c'était tout le contraire. Déjà, les couteaux étaient tirés.

Loin des plateaux de télévision, des couloirs du palais, des salles de rédaction où s'affrontent les multiples théoriciens de *l'affaire du testament de Johnny* – et nous le sommes tous, au moins un peu –, il était utile de dépasser les « Pour Laeticia », les « Avec Laura et David » pour entendre le droit dit par un avocat, la meilleure façon de nous repérer. Savoir, par exemple, à quel moment il a fallu déclencher une mobilisation.

Emmanuel Ravanas est l'un des trois avocats de Laura Smet, avec Hervé Temime et Pierre-Olivier Sur. Dans son domaine, le successoral, il n'a pas beaucoup d'égaux en France et nul ne lui est supérieur. Cet homme du Sud, issu d'une célèbre famille de notaires, a lui-même commencé sa carrière dans le notariat. Sa silhouette longiligne, son côté troisième ligne aile de rugby, un fond d'accent provençal, offrent un mélange curieux qui rassure et détonne. Il est chaleureux, précis, droit dans ses raisonnements et on ne doute pas une seconde qu'il soit bon de l'avoir de son côté plutôt qu'en face. L'intelligence est une arme redoutable. Depuis le début de l'affaire du testament de Johnny Hallyday, c'est lui que l'on voit d'abord. Il est à l'aise sur le terrain du successoral, c'est un technicien brillant.

« Chacun de nous a sa spécialité, moi c'est la succession, Hervé [Temime] et Pierre-Olivier [Sur] sont plus sur les enjeux pénaux et ils connaissent Laura depuis plus longtemps que moi. C'est un équilibre. Mais c'est moi qui ai rédigé les procédures et qui œuvre au quotidien[7]. »

C'est déjà lui qui a « grillé » tout le monde en portant l'affaire de la succession Hallyday devant le tribunal, en France, ce qui donne un temps d'avance au camp David-Laura. C'est désormais la procédure française qui a priorité.

« Oui, sur le terrain de la contestation, la première qui a été portée l'a été en France et non aux États-Unis. La conséquence de cela, c'est que normalement, dans le cadre de l'application des règles internationales, c'est à la première juridiction saisie de statuer sur sa propre compétence, et ensuite à la juridiction puis saisie, c'est-à-dire la juridiction

7. Entretiens avec l'auteur le 13 novembre et le 4 décembre 2018 à Paris, et le 21 février 2019.

saisie en second, d'attendre que la première ait statué sur sa propre compétence. C'est ce qu'on appelle la *litispendance.* On a aussi des *litispendances* internes, par exemple, je peux avoir saisi Mulhouse et Nantes parce qu'il y avait un rattachement de l'affaire aux deux, mais dans ce cas-là, on attend que la première ville saisie se prononce sur sa propre compétence, l'autre doit attendre. C'est pareil en droit international. Contrairement à ce qui a été dit à notre propos, nous n'allons jamais de gaieté de cœur dans un tribunal. Si nous y allons, c'est qu'a échoué tout ce que nous avons tenté d'obtenir par la voix amiable et pacifique. »

Il est vrai qu'en 2018, ils se sont retrouvés souvent au tribunal, les avocats de Laeticia Hallyday[8], Laura Smet[9] et David Hallyday[10].

Il a fallu s'activer à partir du jour où Laura, la première, a découvert une vérité qu'elle ne pouvait pas soupçonner. Presque par hasard.

Laura a commencé à s'inquiéter de la situation lorsqu'un proche lui a demandé si elle avait pris ses dispositions pour déclarer au fisc ce dont elle bénéficiait dans le cadre de la succession. C'est la loi, il existe un délai pour déclarer et ensuite un délai pour payer. Elle a donc écrit à Laeticia pour faire un point, savoir quand pourrait avoir lieu une réunion autour du testament de son père. On connaît la réponse, sans aucune ambiguïté. Qui pourrait se résumer par un « Circulez, il n'y a rien à voir ».

8. Ardavan Amir-Aslani.
9. Pierre-Olivier Sur, Emmanuel Ravanas, Hervé Temime.
10. Carine Piccio, Pierre-Jean Douvier.

Emmanuel Ravanas confirme : « Laeticia répondait que tout lui revenait et qu'elle n'avait donc rien à discuter avec les enfants de son mari. »

À partir de là, l'espoir de préserver la paix s'amenuisait. La décision de partir en guerre a été prise « quand nous avons commencé à comprendre qu'il y avait des testaments dont on ne connaissait qu'une partie… En fait, on ne nous avait pas présenté celui qui compte, le dernier… »

Il n'y avait alors plus possibilité de discuter et essayer d'arriver à un accommodement raisonnable. Ce n'est pas commun pour des avocats de se retrouver à assigner sur la base d'un testament non valide, celui qu'on leur avait présenté !

« Nous avons introduit sereinement notre action de fond, suivie d'un débat devant le tribunal de grande instance de Nanterre. Soudain, le choc. Le "testament RTL" étant apparu, nous avons lancé notre référé pour la fin du mois de mars. »

Nous lui demandons pourquoi il évoque un « testament RTL ». Certes il y en a eu six ou sept entre 2007 et 2014, mais après ? Il apparaît que trois mois après celui d'avril 2014, il y en a eu un autre. En juillet 2014.

« Ce testament a été retrouvé mystérieusement plusieurs jours après le déclenchement de l'affaire et rendu public par Marc-Olivier Fogiel[11]. Très différent dans la structure de celui d'avril, qui ne mentionnait pas de trust… Et il était entièrement dactylographié en anglais sur des dizaines de pages. Voilà pourquoi

11. L'animateur de RTL est un ami intime de Laeticia Hallyday.

nous l'appelons entre nous le « testament RTL ». On ne nous l'avait pas soumis, il a été caché une partie du temps. C'est la cause du renvoi que nous avons obtenu en référé. »

Cette *omission*, bien gênante, pourrait être sanctionnée…

« C'est possible, il est difficile de l'affirmer aujourd'hui. Toujours est-il qu'après avoir essuyé plusieurs refus, nous n'avions pas d'autre choix que de lancer cette action en référé. »

En dehors de cette affaire de testament dissimulé, il faut se souvenir du contexte du mois de février, avec l'annonce d'une sortie imminente de l'album de Johnny Hallyday, visiblement finalisé. Laura et David disaient : « Mais on ne l'a jamais écouté, cet album… Nous sommes héritiers, quand même, et on ne sait pas ce qu'il y a dans les testaments, ce qu'il y a dans l'album[12], ce qu'il en est des droits, des royalties… » Autant de questions fondées, selon Maître Ravanas.

« Le problème, c'est qu'alors Laeticia nous a opposé une fin de non-recevoir extrêmement sèche, en disant succinctement : "Pour l'album, c'est moi qui décide, j'ai tous les droits." »

Les enfants n'étaient au courant de rien et ne s'attendaient pas à ça. Cela a été un choc. Un traumatisme de plus. La sensibilité des artistes et des enfants d'artistes est extrêmement forte quand il s'agit du devenir de l'œuvre. »

12. *Mon pays c'est l'amour* est finalement sorti le 19 octobre 2018.

Pour ce qui concerne l'imposition, une assignation ayant été lancée suffisamment tôt, le délai de déclaration a été automatiquement prolongé. Et ce n'est pas le problème le plus urgent. Puisqu'ils n'ont rien, aucun legs, aucun droit, dans cette succession, la question fiscale ne se pose pas pour David et Laura. Le conjoint est désormais exonéré de droits de succession, depuis la loi dite TEPA, voulue par Nicolas Sarkozy en 2007. La question de l'incidence fiscale ne se pose donc pas non plus pour Laeticia, laquelle, quoi qu'il arrive, n'aura rien à régler.

À l'été 2018, le *trustee*[13] a intenté une action pour récupérer l'ensemble des redevances, en lançant une procédure devant un tribunal américain… « Compte tenu de la contestation pendante en France, nous nous sommes dit que si ces redevances entraient dans le coffre-fort américain, même si la décision française nous donnait raison, elle ne trouverait jamais à s'exécuter. Nous ne reverrions jamais l'argent ! Nous avons alors demandé, dans l'attente de l'issue de la procédure, voire d'un éventuel accord, le gel de 75 % de l'ensemble des royalties de Johnny Hallyday à venir, y compris sur le nouvel album, qui allait s'appeler *Mon pays c'est l'amour.* »

David et Laura réclamaient le gel de 75 % car ils comprenaient leurs deux petites sœurs dans leur demande, une manière de montrer leur union et d'insister sur le fait qu'elles aussi n'avaient droit à rien dans l'état actuel des choses.

---

13. Le *trustee* est le titulaire du trust à savoir Laeticia Hallyday.

« Et puis, précise Emmanuel Ravanas, à partir du moment où nous demandions que soit pris en compte le droit français, il nous paraissait logique d'appliquer le principe de la réserve héréditaire dans son intégralité. Comme cela est la loi en France. Il y a quatre enfants, donc cela représentait 75 %. »

Il est parfois difficile de distinguer le vrai du faux, les rumeurs, les informations et les intox. Même les avocats ont du mal à s'y retrouver, parce qu'ils ne possèdent pas toujours les informations complètes…

On nous dit que Johnny Hallyday devait 15 millions d'euros aux impôts, dans ce cas le fisc pourrait-il effectuer une saisie sur les droits bloqués ?

« Techniquement, oui. Mais c'est compliqué dans cette affaire précise, avec un trust au milieu… Et puis, on *nous dit*… Pour le moment je n'en sais rien ! Je ne sais pas si c'est vrai que Johnny Hallyday était redevable d'une telle somme. Il n'y a pas eu d'annonce officielle. Il faut se méfier des supputations qui peuvent arranger un tel ou un tel. En tout cas moi je ne peux pas réagir et encore moins raisonner sur des hypothèses. »

L'affaire des villas de Saint-Barth dont il était propriétaire à l'insu de ses enfants[14] ? « C'est une révélation qui n'en est pas une pour nous… comme pas mal d'autres. Et puis, il faut être prudent dans ce que l'on annonce et dans la façon de réagir. Ce sont des opérations très compliquées dans lesquelles Johnny n'est pas tout seul. Il faut avoir le sens de la mesure ! »

---

14. En dehors, cela va de soi, de la propriété de Saint-Barth, où il vivait plusieurs mois par an.

Le 27 novembre 2018, Carine Piccio et son confrère, Pierre-Jean Douvier, représentant tous les deux David, étaient réunis au tribunal de grande instance de Paris à l'heure de demander le gel de 75 % des royalties du dernier album de Johnny Hallyday. Ils posaient même pour une photo symbolique avec leur allié, Emmanuel Ravanas. L'album était déjà sorti. L'assignation avait été lancée au mois de septembre.

On leur a tout de suite reproché, côté Laeticia, d'assigner parce que l'album allait bien marcher ! On leur a déjà reproché tant de choses. Or, compte tenu du temps judiciaire, pour assigner un *trustee* aux USA, et avoir la possibilité de mener la procédure sans retard, il y avait obligation d'attaquer au mois de septembre, et pas plus tard, en réaction à la procédure américaine lancée au cours de l'été. Quant à imaginer que cet album se vendrait bien, tout le monde le savait depuis des mois, et ce n'est pas la motivation principale de David ou de Laura.

En arrivant au tribunal ce 27 novembre, leurs avocats vont avoir une énorme surprise : l'annonce par la partie adverse que le gestionnaire du trust, Bank of America – une institution aux États-Unis –, avait démissionné ! Ce qui fait plutôt mauvais effet…

Difficile d'imaginer les conséquences sans connaître les raisons exactes de cette démission[15]. Et personne ne le sait à ce moment. Il est certain que c'est un acte plus important que le retrait d'un avocat,

15. Au 25 mars 2019 (note de l'auteur).

par exemple. Aujourd'hui, ce trust est un réceptacle du patrimoine. C'est ce qu'a voulu l'adversaire.

« Pour imager la chose, dit Emmanuel Ravanas, disons que tout le patrimoine a vocation à aller dans un sac et que, désormais, il n'y a plus de sac. Donc plus d'endroit où placer le patrimoine. C'est très embêtant. Il est certes envisageable de remplacer Bank of America par un autre trust, mais encore faudrait-il que celui-ci accepte la mission… On ne connaît pas encore tous les effets possibles de ce retrait. »

Il semblait, au mois de février, qu'un nouvel organisme était sur le point de remplacer Bank of America.

Dans les semaines qui suivent, les *experts* en tous genres journalistiques continuent d'enquêter pour chercher à connaître les vraies raisons de ce lâchage en pleine mer. La banque a-t-elle été choquée d'apprendre comment les choses se passaient en France ? Lui avait-on donné des garanties de sérénité dans la procédure qui ont été contredites par les évènements ? En tout cas quelque chose s'est mal passé et il est probable que l'action menée par David et Laura n'y soit pas pour rien.

Ni d'un côté ni de l'autre on ne s'exprime là-dessus. Un silence pesant. Pas de petite phrase ambiguë, de pique ou d'allusion. Les avocats restent d'une sobriété exemplaire, y compris en aparté, ce qui n'est pas très habituel.

Le 18 décembre, frère et sœur sont soulagés : le tribunal les a suivis en grande partie, décidant le gel de 37,5 % des royalties, soit leur part de la réserve héréditaire. Il a estimé que Jade et Joy, enfants mineures de Laeticia Hallyday, étaient sous la responsabilité de leur mère et donc déjà protégées. C'est en tout cas une victoire pour David et Laura.

Emmanuel Ravanas ne s'arrête pas à cela. La procédure est une chose, il connaît aussi l'importance de l'affectif, surtout quand il touche à l'artistique.

Même s'il n'est pas l'avocat de David Hallyday, il travaille très étroitement avec ses conseils.

« Ce qui nous importe, c'est la question du devenir de l'œuvre du père de Laura et David. C'est ce qui les intéresse avant tout. Cela a une résonance plus particulière chez les artistes parce qu'effectivement, pour le commun des mortels qui vient à décéder, on n'a pas forcément cette question du devenir de l'œuvre, tout le monde ne laisse pas quelque chose qui devra être géré après son décès, j'entends une œuvre vivante. Donc, la question se pose avec encore plus d'acuité dans les cas d'artistes. »

Si les choses suivent leur cours, David sera, c'est une hantise pour lui, dépossédé entre autres de la chanson *Sang pour sang*[16], qu'il a composée pour son père et qui appartient à l'album de Johnny Hallyday historiquement le plus vendu. Si ce malheur arrive, il aura du mal à l'accepter et le temps n'y fera rien. Bien sûr, ce n'est pas une question d'argent, c'est bien plus que ça.

---

16. La chanson a été écrite par Éric Chemouny pour l'album *Sang pour sang* (1999) dont toutes les musiques ont été composées par David Hallyday.

Depuis la mort de son père, David n'a pas écrit de lettre, il a composé un disque[17]. Et, avec une délicatesse rare, il a choisi d'exprimer une forme d'affliction qui vient de loin. Il n'y a ni amertume ni rage mais de la désolation, une peine immense et quelques élancements.

Ce disque était une nécessité pour lui qui a toujours eu du mal à parler. Il lui a permis de s'enfoncer dans une bulle et d'échapper aux milliers de commentaires qui s'abattaient sur ses souvenirs, mêlés au souvenir de Johnny. Souvent à coups de haine sur l'une ou sur les autres. Avec simplicité, il dit être seulement dans l'amour. Tout en sachant que les mots n'effaceront rien.

Il a eu à choisir entre plusieurs souffrances, comme si ce n'était pas suffisant de perdre son père. Il faut tout expliquer. Déjà, que l'argent n'est le moteur de rien. Héritier, ce n'est pas un métier. Hériter, c'est la preuve qu'on a existé pour son parent. Alors, ne pas hériter c'est désarmant, c'est votre monde intime qui s'effondre. Il est presque gêné de rappeler un vieux souvenir de son père lui demandant, sans en avoir l'air, de veiller sur son œuvre artistique lorsqu'il ne serait plus là. Et d'en prendre la responsabilité. On sent que pour lui ces quelques mots dits sur un ton badin sont plus importants que n'importe quel document produit par des avocats.

---

17. *J'ai quelque chose à vous dire*, album sorti le 7 décembre 2018 sur lequel figurent deux chansons en référence à la mort de Johnny, le 5 décembre 2017 : *Éternel* et *Ma dernière lettre*, dont le clip a été réalisé par Laura Smet. Elle évoque la lettre écrite à son père à la veille de sa mort, que celui-ci n'a pu lire.

Concentrée, elle aussi, dans sa vie d'artiste, Laura a cherché protection dans sa famille du cinéma, comme elle l'appelle. Le reste est une souffrance parce que tout cela, cette procédure, ces petites phrases, ces déclarations des uns et des autres, ça rend le deuil plus difficile. Son avocat ne passe à côté d'aucune émotion de la jeune femme. Il sait où vont ses angoisses.

« Pour elle comme pour David, la chose la plus importante, au-delà de la question patrimoniale, c'est la question du devenir de l'œuvre de leur père. Si demain, on monte des spectacles, des comédies musicales, des films sur son père, ou si l'on veut baptiser des salles de concert, des gymnases, des écoles de chant du nom de Johnny Hallyday, la question simple c'est : pourra-t-elle accepter ou refuser ? En l'état des choses actuelles, si on n'obtient rien, elle n'aura rien à dire. Vous êtes comme dépossédé de votre père, un peu comme si le lien de filiation était définitivement rompu, alors qu'elle a le sentiment de s'être toujours très bien entendue avec son père. Elle ne supporte pas cette situation. »

Même chose pour David. C'est pour cela que leurs avocats ont agi ensemble. Il n'y a d'ailleurs pas deux assignations, mais une seule.

Au bout de tous ces mois de bataille, de ces dégâts importants qui préfigurent d'autres dommages, l'affaire du testament de Johnny devait vivre une nouvelle étape décisive le 29 mars 2019, devant le tribunal de Nanterre, appelé à se prononcer sur sa compétence. L'avocat de Laeticia Hallyday a déposé un incident sur la compétence d'un tribunal français, à la suite du gel d'une partie des royalties.

Il considère que le testament acté aux États-Unis doit être exécuté aux États-Unis. Donc, qu'un tribunal français n'a pas à intervenir.

Ce que dit la loi, c'est que si le défunt est français et qu'il possède des biens en France – Johnny Hallyday répond aux deux critères –, un tribunal français est incontestablement compétent. Il semblait donc simple, pour le tribunal de Nanterre, d'apporter la réponse qui convenait.

S'il n'y avait pas eu de testament ni d'héritage, tous les non-dits seraient toujours des non-dits, les petites et les grandes douleurs resteraient muettes. Ce qui se joue aujourd'hui et va se jouer encore pendant des mois, voire des années, n'existerait pas.

Ceux qui mettent en avant que David, et même Laura, ont assez d'argent pour ne pas avoir à réclamer une part, leur part, de l'héritage de leur père se trompent. Ce qu'ils réclament, c'est leur part d'amour. Ils réclament une part de leur histoire, de leur identité. Et que ne soit plus jamais coupé le lien avec leur père.

Que veut-il d'autre, David ? Avoir le droit de gérer l'image de son père. Que les quatre frère et sœurs aient ce droit. Il insiste, il insistera toujours pour ne jamais laisser de côté les deux petites dernières. Elles font partie du combat. Ce droit de regard sur l'image de leur père, ils vont le gagner, il refuse d'en douter. Encore une chose, parce qu'il veut aussi penser à lui. L'idée est de gérer le patrimoine musical de son père, tout ce qui les lie encore plus profondément, personnellement.

Et il ajoute qu'il ne veut rien du reste. C'est une information qui devrait faire taire beaucoup d'esprits chagrins. Ce ne sera pas le cas, il en est toujours pour colporter que « les enfants de Johnny, ils ont bien assez d'argent comme ça ! ».

Seize mois après la mort de Johnny Hallyday, les déclarations se sont estompées, les provocations aussi, les plateaux des chaînes d'information continue ne débordent pas de débats à n'en plus finir. Le calme ? Si c'est cela, c'est alors celui qui précède les grandes tempêtes. Parce que la guerre sera longue, les avocats le savent.

Emmanuel Ravanas reconnaît volontiers que l'enrobage artistique n'est pas seul responsable des déchirements qui accompagnent désormais la succession Hallyday. Ce n'est pas l'obsession des avocats, généralement, d'essayer de connaître les tenants et les aboutissants sauf si ça les aide à comprendre.

« Pour les successions *pathologiques*[18], ce qui est intéressant c'est d'en explorer les causes. Et bien souvent elles remontent à plus loin, à des problèmes de communication, à de la non-anticipation ou encore des bouleversements de situation. Exemple, vous avez trois enfants, tout va bien, puis on découvre au moment du décès qu'il y en a un quatrième et là, la succession qui se présentait bien tout à coup se complique. Parce qu'il y a des choses qui sont apprises postérieurement au décès. Et avec la certitude qu'une fois que le défunt n'est plus là, ce n'est plus la même chose. Tant que la personne est là, il est un peu le chef de famille et peut mettre de l'ordre… C'est une

18. Les successions à problèmes.

chose d'organiser les transmissions patrimoniales de l'ordre du vivant, mais lorsqu'on n'est plus là, chacun anticipe sur les volontés, chacun se croit dépositaire de quelque chose. »

Nous lui suggérons que l'on commence, chacun à sa façon, à faire parler le mort…

« Tout à fait, une grande partie du contentieux successoral c'est ça ! "Qu'a-t-il voulu vraiment dire dans son testament ? ", "L'a-t-il vraiment voulu ? ", et, dans le cas de Johnny, pouvait-il valablement, en l'espèce, se soumettre à la loi californienne ? Comment la chose a-t-elle été faite ? »

Emmanuel Ravanas fait attention à tout ce qu'il dit – c'est normal – veille à ce que chaque mot soit pesé et surtout compris. S'attaquer à un montage financier aussi compliqué, pensé pendant des mois et peut-être plus, mérite que là aussi, on fasse attention à tout. C'est, pourrait-on dire, le début d'une succession pathologique ! La plupart des successions ne sont-elles pas, en règle générale, des successions pathologiques ? Cela semble évident, et ça se retrouve dans tous les milieux, quel que soit le niveau de fortune. L'avocat ne nous contredit pas.

Au moment où nous l'avons rencontré, la première fois, la procédure était en pleine mouvance. Le disque tant attendu de Johnny Hallyday[19] venait de sortir, les attaques et contre-attaques se multipliaient. Pas seulement au tribunal. Dans les médias aussi. Sur les plateaux de télévision où tous ceux qui avaient connu Johnny Hallyday, même de très loin,

19. *Mon pays c'est l'amour.*

venaient dire, non pas ce qu'ils pensaient – c'est un droit – mais ce qu'ils pensaient savoir. Dans les journaux et magazines, ça continuait. Infos, contre-informations, on n'en pouvait plus. Et puis, sont arrivés les livres, évidemment tous plus informés les uns que les autres. Un avocat tout proche de l'affaire devait nous dire : « C'est étonnant la capacité de certains journalistes à considérer comme des scoops des informations que d'autres connaissaient avant eux sans qu'ils le sachent ! »

De temps en temps, des femmes comme Sylvie Vartan ou Nathalie Baye, qui ont profondément connu celui dont tout le monde parle, ce Johnny Hallyday que l'on ne reconnaît plus dans les portraits dressés par les uns ou les autres, viennent s'exprimer. Et ça fait froid dans le dos. Elles ne font pas que défendre leur enfant, elles défendent aussi une certaine image de l'homme qu'elles ont aimé. Elles disent avec sécheresse ou émotion que Johnny n'était pas comme ça, pas comme on le caricature désormais, pas comme ce que laisse apparaître ce testament.

« Johnny n'aurait jamais déshérité ses enfants » devient un cri de ralliement. Eddy Mitchell et Jacques Dutronc, qui ne se manifestent d'habitude pas beaucoup, et encore moins quand il s'agit d'affaires privées, se lancent cette fois :

« On ne déshérite pas ses enfants. » Même si on ne le sait pas, en défendant les enfants on défend aussi leur père, qui en a bien besoin.

Dire que c'est lui qui a organisé cela, s'abriter derrière d'évasives volontés pour justifier l'impensable est une manière d'abîmer l'homme qu'il a été. Même affaibli, il n'aurait jamais souhaité, en toute lucidité, ignorer ses enfants au moment de les quitter pour toujours.

Affaire hors-norme à tous points de vue, et aussi sur le plan humain. Selon Emmanuel Ravanas, c'est parfois éprouvant mais très instructif.

« Les successions sont rarement exposées médiatiquement. J'ai traité des successions avec des enjeux beaucoup plus importants financièrement, mais qui n'intéressaient personne. La particularité ici se fait autour de la personnalité du défunt, le fait que tout cela génère une passion incroyable et se retrouve dans l'opinion. C'est rare d'avoir un dossier de succession aussi médiatique, je pense même que c'est une première en France. »

Nous sommes toujours à la lisière du privé et du public, de ce qu'il faut garder pour soi, l'intime, et de ce qu'il faut exhiber malgré la douleur. Il ajoute que ce passage est toujours un moment de fragilité familiale. Les gens sont là, ils tiennent la famille, puis ils ne sont plus là et chacun se sent légitime. Nous lui demandons s'il pense que Johnny Hallyday tenait vraiment à sa famille.

« D'une certaine manière, oui, et j'observe que de son vivant, il n'y a pas eu de clash. Ce qui est intéressant quand on regarde les successions pathologiques, ce sont toujours des successions dans lesquelles il y a beaucoup de non-dits, les choses n'ont pas été expliquées. Les successions qui se passent bien sont celles où il y a eu donation-partage, les choses ont été expliquées, on s'est assuré que tout le monde était d'accord… La pédagogie a été faite. »

Cela nous arrive parfois, il y a une question à laquelle on pense depuis le début, que l'on ne pose pas tout de suite, que l'on garde en tête en attendant le moment propice, qui parfois ne viendra pas. On traîne cette question comme une petite gêne accrochée à notre démarche et à notre pensée. On se dit que ce n'est pas encore le moment, que c'est trop tôt ou trop tard, on a sans doute un peu peur de la réponse. Et puis, on se décide, cette fois c'était sur le pas de la porte, au moment de quitter le cabinet d'Emmanuel Ravanas[20] :

— Pensez-vous avoir une bonne chance de gagner alors que beaucoup de *spécialistes*, citant le cas de Maurice Jarre[21], estiment que c'est impossible ?

La réponse est plus claire que la question : oui, et même au-delà d'une bonne chance. Il en est certain. Pourquoi pourraient-ils perdre ?

« Parce que Johnny Hallyday avait un domicile en Californie ? Parce qu'il était résident ? Parce que ses filles étaient inscrites à l'école en Californie ? Il ne pouvait pas choisir la loi californienne au titre de sa nationalité, déjà. Il était en effet français et n'avait pas choisi de demander la nationalité américaine. »

À la question de savoir s'il pouvait choisir la loi américaine au titre de son lieu de résidence, certainement pas. On nous rabâche depuis le début, comme une vérité incontournable, que son testament est indiscutable puisqu'il possédait une résidence californienne. Mais ce n'était pas sa résidence fiscale. Quand on examine sa situation générale, au sens du règlement européen, sa résidence fiscale est en France puisque ses revenus ont toujours été taxés et prélevés

20. Le 4 décembre 2018.
21. Voir le chapitre II : « Familles décomposées ».

en France. Donc la question ne devrait même pas se poser de savoir quelle loi appliquer. C'est la loi française, celle qui prévoit la réserve héréditaire.

Emmanuel Ravanas apporte une précision qui pourrait avoir une importance capitale.

« Je vous invite à aller regarder le règlement européen, et surtout les articles 21.1 et 21.2 de ce règlement. Vous comprendrez pourquoi il n'y a aucun doute que nous finissions par gagner. L'article 21.2 du règlement dit notamment : lorsque la question de la résidence peut opposer difficulté – pour moi, il n'y a là aucune difficulté –, la loi de règlement de la succession est la loi du pays avec lequel le défunt entretenait des liens manifestement plus étroits. Et là, la question qui se pose est : à l'aune de sa vie, a-t-il manifestement des liens plus étroits avec la France ou avec les États-Unis ? C'est une évidence que le lien est plus étroit avec la France. Il est né en France, il est français, s'est marié en France, a eu ses enfants en France, ils sont français, comme ses succès, sa carrière, ses films, ses divorces, ses résidences, et jusqu'à l'adoption des deux petites filles dont on m'a reproché de parler. À tort. Ma question était simplement de savoir, en dehors de toute polémique : lorsque le couple a décidé d'adopter des enfants, où l'a-t-il fait ? Aux États-Unis ? Non, en France, devant un juge français, en se soumettant à la loi française. Et on n'adopte pas tous les jours des enfants de manière plénière. C'est quelque chose de fort, qui marque un rattachement. Rien ne les empêchait d'adopter avec les États-Unis, pourtant ils ont choisi de le faire en France. »

Ajoutons que Johnny Hallyday s'est soigné en France, est mort en France, a été enterré en France et a reçu un hommage national en présence de trois présidents de la République française, ce qui n'est pas commun.

« Ne serait-ce que sa dernière résidence, tout le monde sait qu'à partir de juin, jusqu'au 5 décembre 2017, il est en France de manière continue. Il y a juste un moment où il prend l'avion pour aller à Saint-Barth, mais Saint-Barth, c'est la France. Et de Saint-Barth, c'est plus facile d'aller à Los Angeles que d'aller à Paris, quand on se sent plus proche des États-Unis. »

Autant de raisons de croire que la victoire est envisageable. Une victoire qui serait importante, bien sûr, pour David, pour Laura, et aussi pour leur père qui a déjà beaucoup perdu dans cette affaire où personne n'a rien gagné. Il a été souvent pris en otage ou comme bouclier. On l'a beaucoup fait parler, lui qui détestait ça. Cela a fini par éclabousser son souvenir, ce qui est encore plus douloureux maintenant qu'il ne peut plus se défendre.

« On a sali l'image de notre père en disant qu'il détestait la moitié de ses enfants. C'est une blague[22]. » David dit sa vérité. Il évoque une blague, pas parce qu'il trouve ça drôle, simplement il n'arrive pas à y croire.

« Mon père était quelqu'un d'aimant qui adorait ses quatre enfants, était protecteur de ses quatre enfants. » On aurait fini par en douter.

---

22. Émission *Sept à huit*, sur TF1, le 18 novembre 2018.

La vie reprendra. Peut-être plus vite qu'on ne croit, qui sait ? Les accords les plus inattendus s'extirpent parfois de champs de bataille encore fumants. Johnny ne sera plus en noir et blanc, son souvenir se teintera de couleurs chaudes, il ressemblera à nouveau à des photos de famille. Dans les mots et dans les yeux de ses enfants, il sera redevenu un père, un vrai.

Post-Scriptum

Le 28 mai 2019, Laura Smet et David Hallyday remportent le premier round de la bataille judiciaire qu'ils ont engagée. Le tribunal de Nanterre s'estime compétent pour juger ce litige. La justice a fondé sa décision sur le critère de la résidence habituelle, et a considéré que celle de Johnny Hallyday était basée en France, à Marne-la-Coquette, au moment de son décès. La décision du tribunal de Nanterre est donc perçue comme une victoire par les aînés de Johnny Hallyday dont le but est de contester la légitimité du testament signé par leur père aux Etats-Unis. Les avocats de Laeticia annoncent vouloir faire appel de cette décision.

26 juillet 2019, Laeticia Hallyday change d'avocats. Jusqu'alors défendue par un seul conseil, Laeticia Hallyday s'entoure de quatre avocats discrets, expérimentés mais pas particulièrement spécialisés en droit des successions. Ce choix ne doit rien au hasard puisque l'un d'eux est l'avocat historique d'André Boudou, le père de Laeticia Hallyday, avec lequel elle s'est réconciliée un mois et demi auparavant.

Le 15 octobre 2019, Laeticia Hallyday renonce à faire appel de la décision du tribunal de Nanterre qui a retenu, au mois de mai précédent, la compétence de la justice française pour trancher ce conflit. Ce jugement avait marqué un revers pour la veuve de Johnny Hallyday, qui souhaitait que le contentieux l'opposant aux enfants du chanteur, David Hallyday et Laura Smet, soit tranché aux États-Unis.

7 novembre 2019 – Après des mois de bataille judiciaire, les deux camps engagent, en toute discrétion, des négociations susceptibles d'aboutir à un accord, attendu pour la fin novembre… Il faudra finalement attendre un peu plus longtemps.

3 juillet 2020 – Dans un communiqué, Laeticia Hallyday annonce la conclusion d'un accord avec Laura Smet. La veuve de Johnny s'y réjouit de « l'accord définitif trouvé avec Laura Smet, qui a saisi la main tendue par Laeticia Hallyday. » Une main tendue qui ressemble à un constat d'échec. Laeticia voulait tout, elle devra payer 1,5 million d'euros à Laura, lui rendre le droit moral sur la chanson, Laura, *restituer une guitare de son père à laquelle celle-ci tient. Laura percevra également de Laeticia 1 million d'euros, la part que son demi-frère a choisi de lui abandonner. David Hallyday renonce, lui, à tout héritage. Seuls l'intéressent le droit moral et la protection de ses sœurs, notamment Laura.*

Présentée comme une victoire pour Laeticia, la transaction prévoit que celle-ci hérite du patrimoine, évalué à 40 millions d'euros, certes, et des droits commerciaux sur l'œuvre de Johnny Hallyday, mais elle comporte des contraintes aussi larges. En dehors des sommes versées à Laura, Laeticia devra acquitter d'une dette de 30 millions d'euros au fisc, une dette qui ne cesse de grandir en raison des pénalités et des intérêts. Pour y parvenir, elle devra vendre plusieurs biens immobiliers, dont la maison de Marnes-la-Coquette. Certaines « victoires » coûtent plus cher que des défaites.

Le commandant Cousteau, la succession de *Dieu*

« Dieu n'a pas d'héritier », avait l'habitude de répondre Jacques-Yves Cousteau, lorsqu'on évoquait sa succession. Aujourd'hui, son fils, Jean-Michel, dépouillé de ce qui aurait pu être son héritage, peut toujours récriminer. Il a été effacé du royaume de Dieu.

« Mon père s'est toujours comporté comme si la Terre devait s'arrêter de tourner après lui. Il n'a pas pensé sa succession[1]. » C'est dit sobrement, ce n'est qu'une part de vérité. Jean-Michel Cousteau pourrait dire qu'à un moment son père s'est arrêté de penser.

Comprendre la détresse d'un fils de 81 ans, qui a été si longtemps le bras droit de son père, l'équipier de tant d'aventures et se retrouve aujourd'hui exclu de sa propre histoire. De là à penser que cela est dû à une simple imprévoyance, à l'incapacité d'un vieil homme à assurer sa succession, à cette vanité susceptible de l'amener à se prendre pour Dieu, sans plaisanter… ce n'est pas tout à fait vrai.

Le commandant Cousteau a bien rédigé un testament. Peu avant sa mort, il a désigné son épouse

1. *Le Parisien*, 27 juillet 2018.

Francine comme légataire universelle et exécutrice testamentaire à partir de sa disparition.

Là, nous découvrons un autre aspect de Jacques-Yves Cousteau, un homme nouveau qui s'avance en travers de sa légende et de son histoire. Une sorte d'usurpateur, tant il correspond peu à celui que des dizaines de millions de personnes ont admiré.

Résistant magnifique, explorateur océanographique, écologiste avant l'heure, auteur d'un film, *Le Monde du silence*, oscarisé après avoir eu la Palme d'or à Cannes en 1956, sacré *capitaine Planète* au sommet de la Terre, à Rio de Janeiro en 1992, fondateur de l'association Équipe Cousteau et de son pendant américain, The Cousteau Society, Jacques-Yves Cousteau est un phénomène.

Il a aidé les hommes à révolutionner leurs mœurs en matière d'écologie, il est allé toujours de l'avant, et pour ne citer qu'un seul exemple, la Fondation Cousteau comptait dans les années 1990 près de 100 000 membres en France et la Cousteau Society pouvait arborer le soutien de 250 000 adhérents aux États-Unis.

Cousteau n'était pas Dieu, c'était en tout cas un homme au-dessus de la banalité, un guide et un exemple. C'était le bon commandant Cousteau, celui que l'on aimait admirer, la fierté des Français et le préféré de tout un pays pendant un nombre incalculable d'années, selon le célèbre sondage du *Journal du dimanche*. Une personnalité à laquelle personne n'aurait risqué de s'attaquer, tant il paraissait inattaquable. La vertu ne se flétrit pas.

Au début des années 1990, il perd Simone, la femme avec laquelle il a traversé tous les dangers et accompli son œuvre pendant quarante-cinq ans, Simone, la mère de ses deux fils, Jean-Michel, l'aîné, et Philippe, le cadet hélas disparu dans un accident d'avion en 1979, Simone qui était son indissociable compagne de toutes les aventures. On disait qu'elle était son autre peau.

Simone meurt et, à la stupeur générale, le commandant Cousteau qui vient de fêter ses 80 ans se remarie six mois plus tard. C'est plus qu'une grande surprise, un choc. Le plus étonnant est quand même à venir. Car cette union précipitée n'est pas un remariage avec une femme qu'il aurait rencontrée récemment, après la mort de Simone. Ce n'est pas non plus un remariage sur un coup de tête, pour étouffer son chagrin. Non, c'est en quelque sorte une mise à jour, une mise en ordre de sa vie.

Francine, c'est son prénom, n'est pas une inconnue entrée brusquement dans la vie de Jacques-Yves Cousteau. Francine, qui a alors 45 ans, c'est-à-dire trente-cinq ans de moins que son nouveau mari, le connaît depuis longtemps. Ils ont même deux enfants ensemble, une fille, Diane, et un garçon prénommé Pierre-Yves.

Ce qui est encore plus étonnant, c'est d'apprendre qu'au-tour d'eux et notamment dans l'équipe Cousteau, tout le monde connaissait Francine, et depuis bien longtemps plus personne ne doutait de sa relation avec le commandant.

La part d'ombre est blonde, jolie, jeune, on va découvrir très vite qu'elle est aussi très ambitieuse. Elle connaît par cœur toutes les sociétés Cousteau, et seuls s'en étonneront ceux qui ont encore du mal à croire qu'elle ne vient pas de débarquer dans l'aventure.

Francine a 30 ans, en 1976, quand elle rencontre son futur mari, à l'occasion d'un stage de plongée. Il semble qu'une relation soit née très vite. La pudeur du commandant, et sans doute la peur du regard des autres, notamment de celui de Simone, ont fait que pendant des années, il a présenté Francine comme sa nièce. Pour ceux qui ont cru à la fable et, qui sait, y croient encore, ils doivent être étonnés et un brin choqués que le très sérieux commandant Cousteau ait pu faire deux enfants à sa nièce…

Donc Francine connaît la maison, ou plutôt le bateau. Elle a attendu son tour quinze ans, elle a attendu dans l'ombre et ses enfants aussi. Tout le monde savait, sauf ceux qui ne devaient absolument pas savoir, à savoir Simone et le public. Ça fait du monde, quand même.

Les autres ne sont pas très importants. Le fils, Jean-Michel, n'est plus dangereux, maintenant que Francine est en place. Le commandant Cousteau l'a indiqué à tout le monde, c'est elle qui désormais va diriger avec lui. Rappelons qu'il a alors plus de 80 ans. Jean-Michel ne comprend pas et les compagnons de la *Calypso* non plus. La *Calypso*… ce navire a fait trente-cinq tours du monde, ses amoureux, l'équipe Cousteau dans son entier, n'arrêtent pas de regretter le temps d'avant : « Simone a été l'âme de ce bateau pendant quarante ans. »

Peu importe à Francine, les regrets et les souvenirs aussi. Elle avance, elle n'est pas sortie de l'ombre dans laquelle elle a vécu quinze ans pour se faire toute petite. Elle est devenue Madame Cousteau et ça va se savoir !

Déjà, ceux qui râlent, ceux qui ne sont pas contents de la façon dont tournent les choses, vont décamper, il n'y a pas d'autre mot. C'est Jacques-Yves Cousteau qui fait le sale travail. Les meilleurs copains, les piliers des missions historiques, les meilleurs en tout, disparaissent peu à peu. Jean-Michel Cousteau aussi, victime de la faillite du parc océanographique conçu avec son père à Paris en 1992.

Ce n'est pas plus la faute de Jean-Michel que celle du commandant, cet échec, mais désormais la parole n'est plus à la défense, elle est à l'attaque, et Jacques-Yves Cousteau se montre très offensif : « Cet échec est celui de mon fils, dit-il dans *Le Nouvel Économiste.* Ce n'est pas parce qu'un gosse est né de votre sperme qu'il a les qualités pour vous remplacer. » On n'est pas plus aimable...

Il est très difficile de déterminer dans quelles proportions Francine, la nouvelle arrivante, a changé la philosophie et le caractère, pour ne pas dire le cœur du commandant Cousteau. Il n'a jamais été un homme facile à vivre, tout le monde est d'accord là-dessus. Mais à ce point ? Cette façon de fusiller son fils, de l'humilier publiquement, nous ne sommes pas certains que cela existait avant.

Francine est devenue une *patronne bis*, en attendant de devenir la patronne, cela ne devrait pas tarder. Elle en fait d'ailleurs de plus en plus office. C'est à peine si elle demande encore à son mari avant de prendre une décision. Elle joue son rôle d'épouse sans nuance. Il est vrai qu'elle a une étrange conception du rôle... Ainsi, elle récupère un certain nombre de marques déposées, de royalties et de droits d'auteur. C'est ce qu'on peut appeler une corbeille de noces. Sans compter, elle va engloutir beaucoup d'argent dans des explorations. Surtout, elle s'empare d'une image, l'image de la société Cousteau, de la Fondation Cousteau.

« Elle prend le pouvoir et l'exercera sans partage », explique, dans *Le Parisien*, Bertrand Charrier, un ingénieur qui fut le conseiller scientifique du Commandant entre 1985 et 1996. L'histoire de Bertrand Charrier est édifiante. Cet homme, indispensable pendant onze ans, a subi humiliations et avanies après le mariage de son patron avec Francine. Elle était dans la place, et lui a dû la quitter. Avec une violence insidieuse qu'il aurait eu bien du mal, dans ses pires moments de cauchemar, à imaginer. Mis de côté, placardisé, réduit à attendre sa mise à la porte, Charrier a vu son nom rayé d'articles qu'il avait lui-même rédigés et certaines de ses initiatives pour améliorer des programmes environnementaux envoyés à la poubelle.

La guerre entre Jean-Michel et son père, aiguisée par la nouvelle épouse, n'a pas attendu la mort du commandant pour être déclarée. Elle n'a fait que se poursuivre depuis. Déjà en 1995, alors qu'il avait été mis à l'écart de la fondation et qu'il cherchait, légitimement, une activité dans son domaine de prédilection, Jean-Michel avait décidé de créer un hôtel écolo et de le baptiser Cousteau Fiji Island Resort. Très vite, Jacques-Yves Cousteau a rappelé son fils à l'ordre. Pas question d'utiliser son nom dans ces conditions. Pour éviter toute confusion,

Jean-Michel devra dès lors ajouter son prénom à son nom dès qu'il voudra créer quoi que ce soit.

La fin de vie du commandant Cousteau, *l'homme préféré des Français*, est pathétique, mais on n'en saura rien avant longtemps. Personne ne le voit plus. Les six derniers mois de sa vie, il n'est pas une ombre qui passe, mais une ombre recluse. Absent, déjà parti. L'un des anciens collaborateurs de l'équipe Cousteau aura ce mot terrible : « Il était vivant, mais combien d'heures par jour ? »

Même Jean-Michel, le fils cabossé qui continue d'aimer profondément son père, supplie pour venir le voir à l'hôpital. En vain. Il faudra un miracle, la complicité d'un médecin pour lui faire passer la porte de la chambre du *Pacha*, en catimini, et lui permettre en quelques minutes de dire adieu.

Le 25 juin 1997, Jacques-Yves Cousteau meurt, lui qui se croyait immortel. Quelques heures après le décès, Francine réunit la presse pour dire sa détermination à continuer le combat. Par téléphone elle convoque une assemblée générale extraordinaire et obtient les pouvoirs absolus sur la galaxie Cousteau. Puis elle s'en va en télévision, sur France 2, égrener ses grands desseins. Et affirmer que la plupart sont déjà en cours, ce qui n'est pas forcément vrai...

Devenue le nouveau grand manitou de la fondation et d'Équipe Cousteau, cette femme si *perforante*, à laquelle les années n'ont pas, semble-t-il apporté le sens de l'empathie, use depuis des années du site d'Équipe Cousteau pour continuer de régler inlassablement des comptes avec le dernier fils de son mari. Ainsi, rendant hommage au sens de la protection du patrimoine dont a toujours fait preuve le commandant, elle affirme qu'il « a été possible grâce à une vigilance constante et à de sévères combats, pour repousser tous ceux qui tentaient de se l'accaparer ». Même quand l'adversaire est à terre, on continue de frapper.

Toujours plus dominatrice, Francine Cousteau dit, et ressasse sans cesse dans toute sa communication, que ses associations détiennent « la licence exclusive mondiale et perpétuelle sur le nom, l'image, les marques, la signature et l'œuvre du commandant Cousteau. »

Le secret ne pouvait pas être conservé longtemps : la gestion de Francine a été catastrophique, de par son implication autoritaire et sa volonté de détruire tous ceux qui pourraient la gêner, ne serait-ce que par leur présence, et les résultats sont là, terrifiants. Cette entreprise magnifique a commencé à prendre l'eau et à se déliter peu à peu. Chute des adhésions, projets non aboutis, déficits énormes, non-publication des comptes, les sociétés Cousteau sont en danger. N'est pas *Dieu* qui veut.

Plus tard, sans doute bercé d'illusions puériles, Jean-Michel évoquera la possibilité de continuer l'œuvre de son père. Pas question. Ni lui, ni ses deux enfants, ni les enfants de Philippe n'obtiennent quoi que ce soit. C'est Francine qui décide, et elle ne veut rien leur laisser.

En 2000, un peu plus de deux ans après la mort de leur grand-père, Alexandra et Philippe Cousteau, les enfants de Philippe Cousteau et les neveux de Jean-Michel, qui vivent aux États-Unis, créent la Philippe Cousteau Foundation, du nom de leur père donc, ce fils chéri, nous dit-on, que le commandant avait perdu dans un accident d'avion. Immédiatement, Francine les attaque en justice, au motif qu'elle leur interdit de citer le nom de Cousteau – leur nom ! –, et le plus dramatique, c'est qu'elle gagne[2]. Lorsqu'on pense qu'elle est la seule à ne pas être une Cousteau !

« La mort, la mort, faut pas en faire un chocolat, claironnait le commandant. J'ai l'impression qu'on fait partie d'un concert et que lorsqu'on sera parti, ça continuera. »

Nous avions en effet remarqué que la vie des uns continuait après la mort des autres. Pour ce qui concerne les Cousteau, oui, ça continue, mais pas pour tout le monde.

2. La Philippe Cousteau Foundation devient la EarthEcho International en 2003.

Alain Bashung, vertiges du désamour

Au mois de février 2018, alors que vient d'éclater l'affaire du testament de Johnny Hallyday, avec la lettre de Laura à son père, l'ex-femme d'Alain Bashung, Chantal Monterastelli, décide pour la première fois depuis la mort du chanteur, en 2009, de s'exprimer publiquement[1]. Au nom de son fils, elle explique que ce que les enfants de Johnny découvrent, Arthur l'a vécu et que ce n'est pas fini. Autant de souvenirs douloureux réveillés en quelques jours. Il est vrai que dans leur noirceur, les deux histoires se ressemblent.

En 1999, Alain Bashung et Chantal divorcent. Ils ont un fils, Arthur, 15 ans. C'est le chanteur qui s'en va. Il est à un tournant de sa vie, mal dans sa peau, ne supporte plus de vivre loin de Paris et de son tumulte. L'abus d'alcool, les angoisses récurrentes, le manque de sommeil, la peur du lendemain ont fait rejaillir des tendances suicidaires. Le noir est partout qui accompagne son quotidien, et cette maison qu'il a voulue quelques années plus tôt est devenue la pire des menaces. Partir pour ne pas mourir…

1. *Le Journal du dimanche*, 17 février 2018.

Arthur restera naturellement habiter avec sa mère dans les Yvelines. Au moment du divorce, Bashung choisit de laisser la maison à son ex-femme et à son fils. Tout va bien, à ce moment-là, entre les époux divorcés. Ils n'ont pas de griefs l'un envers l'autre, se respectent et ont choisi de rester une famille, même si elle est désunie, en tout cas unie autour de l'amour pour leur fils. Alain Bashung est très clair sur ce point, il veut dans les années qui viennent veiller à ce que Chantal et Arthur ne manquent jamais de rien.

La situation va peu à peu changer puis se détériorer à partir de 2001, lorsqu'il se remarie avec une jeune chanteuse, Chloé Mons. Il apparaît assez clairement que Chloé Mons veut poser son empreinte sur la vie de son nouveau mari. Déjà, elle va patiemment, mais régulièrement, effacer peu à peu les traces d'un passé auquel elle n'appartient pas.

On pense à Laeticia revisitant patiemment la vie de Johnny Hallyday, au point de *réaménager* tout son entourage. Les ponts sont coupés avec nombre de proches, comme les musiciens habituels de Bashung, son parolier, Jean Fauque, un certain nombre d'amis de l'autre vie et, pour finir, ce sera le tour d'Arthur, ce fils qui appartient lui aussi à une autre époque…

Alain Bashung était, selon son ex-femme, un musicien incomparable, une personnalité monstrueuse dans l'exercice de son métier, mais il avait du mal, dit-elle, à s'imposer dans sa vie privée. Il y a des manières élégantes de dire les vérités qui dérangent. Comme Johnny Hallyday, c'est un homme qui n'aime pas les conflits et sa faiblesse, c'est déjà de vouloir absolument éviter de faire de la peine à ceux qu'il aime. Sans se rendre compte que c'est quand même le meilleur moyen de blesser. Chantal sait de quoi elle parle, elle a vécu dix-huit ans avec Bashung. Les années furieuses, celles de la gloire qui emporte tout, vous déracine et manque de vous tuer. Elle a vécu l'énorme dépression du tout début des années 1980, elle a été là tout le temps, pour tout. Il suffit d'avoir lu l'attachante biographie de Marc Besse[2] pour le comprendre.

Donc Bashung laisse faire. Avant de laisser tomber. Sa nouvelle épouse le détache de tout ce qui a été sa vie. S'en aperçoit-il ? On ne le saura jamais. Encore que sa finesse et son intelligence ont forcément dû l'alerter. Cela va aller jusqu'à une violente coupure avec son propre fils, ce qui paraît aujourd'hui encore invraisemblable.

Arthur est donc resté vivre avec sa mère. Il est en pleine adolescence, fragilisé par le départ de son père pour lequel il a une adoration. 15 ans, c'est aussi l'âge des premières révoltes. On se cherche, on cherche à l'occasion des conflits avec ceux que l'on aime le plus. La séparation de ses parents a été une douloureuse occasion. S'en prendre à sa mère ? C'est elle qui reste, esseulée et écartée.

Sa relation avec son père a changé au fil des mois. Ils se sont heurtés. Rien de grave, juste la vie qui passe, une jeunesse qui n'accepte pas les déchirures infligées par les adultes. Parler ? Il faudrait trouver les mots et ni le père ni le fils ne le peuvent. Pas en ces moments. Quand ils essaient, le ton peut monter vite, on s'énerve, on ne se pardonne rien.

2. *Bashung (s), une vie*, Albin Michel, 2009.

Alain Bashung n'a pas connu son père biologique. Pas de vrai père, même si l'homme qu'épousera sa mère lui donnera son nom et beaucoup de gentillesse. Il sait que l'inconnu est kabyle, qu'il a été une aventure d'un soir. C'est tout, il n'en saura rien de plus. Jamais. Pour lui, la paternité, c'est d'abord quelque chose qui fait mal. Alors, comment se débrouiller de la sienne ?

À la naissance d'Arthur, en avril 1983, il est fou de joie. Il a même voulu changer de vie. Enfin, de rythme de vie. « Après autant d'années à vivre la nuit, je redécouvrais l'énergie de la journée [3]. »

C'étaient les premiers jours, les premiers mois, les premières années. Quand tout est plus facile parce que l'enfance n'a pas besoin de beaucoup de mots.

Après, quand le gosse qui vous dévorait des yeux devient un adulte en formation et commence à changer le regard qu'il pose sur vous, c'est différent.

La vie du père a pris des contours dangereux pour les souvenirs d'enfance. Bashung a donc une nouvelle femme – une belle-mère, pour Arthur – et une nouvelle vie déjà bien organisée.

Chloé Mons, la nouvelle, aime à raconter qu'ils se sont connus en 1998 et qu'Alain sortait d'une période sombre avec plein de soucis et un divorce, qu'il était « seul comme un chien »... Ce n'est pas exact, c'est le moins que l'on puisse dire. La solitude de Bashung était voulue, c'est lui qui avait provoqué le divorce et personne ne l'a jamais abandonné comme un chien.

3. *Ibid.*

En 2001, il épouse Chloé Mons, la fête est belle, en 2002 naît leur fille, Poppée. Lorsque Arthur a dû changer d'école, il part vivre à Paris chez Alain, qui habite une maison, boulevard de l'Hôpital. Ce sera plus près pour lui, et puis, qui sait… l'occasion de renouer enfin ? Il apparaît vite qu'il ne sera pas facile de se faire une place dans cette maison qui ne sera jamais la sienne. Selon sa mère, tout a été fait pour l'écarter dès le début.

« Un studio avec une entrée indépendante lui était réservé. Un jour, il a découvert que le frère de sa belle-mère l'avait occupé. Un autre jour il n'a pas pu entrer : les serrures avaient été changées. Il n'a même pas pu récupérer ses affaires[4]. »

Le jeune homme qui rêvait d'une place au foyer de son père se retrouve à la porte. On n'a pas pris la peine de lui montrer le chemin de la sortie. Il suffisait de changer une serrure. Il est bien connu que la vie avec des jeunes adultes n'est pas toujours facile, tous les parents du monde savent ça. De là à les éliminer…

Les dix années qui ont suivi, Arthur n'a plus vu son père. Aucune nouvelle. « Alain avait fait un choix entre sa nouvelle femme et son fils. »

Ces années douloureuses sont prémonitoires. Lorsque Bashung tombe malade, les ponts sont coupés depuis longtemps, Arthur n'a plus de nouvelles de son père. Pour assurer sa propre vie sans l'aide de personne, il doit sacrifier son goût pour la musique et son envie d'en faire son métier. Il fait

4. *Le Journal du dimanche*, 17 février 2018.

des intérims un peu partout, va travailler en usine… Il faut gagner sa vie, c'est le premier défi, le seul qui compte à ce moment-là.

Quand il apprend que son père est soigné pour un cancer, il cherche à le voir, en vain au départ. Il finira par réussir à l'apercevoir quelques jours avant sa mort, à l'hôpital où Alain Bashung vit ses derniers moments. En tête à tête ? Même pas, Chloé Mons est toujours là.

Les obsèques de Bashung vont encore marquer une fracture en un moment qui favorise généralement les retrouvailles, l'union, voire la communion. La cérémonie est organisée avec une certaine rigueur, il y a une liste d'invités à l'église de Saint-Germain-des-Prés et bien entendu Chantal, l'ex-femme, n'en fait pas partie. Recalée. On n'a pas pu oublier le fils, mais il se retrouve seul au milieu de la foule des invités, loin de la famille, des proches. Cet instant consacre une solitude : il n'est ni un membre de la famille, ni un proche. Il est seulement le fils répudié du défunt.

Il n'est pas certain qu'on lui ait imposé cette mise à l'écart. Il a pu la choisir de lui-même. Sa mère est absente, son père est déjà trop loin, que ferait-il près des *autres*, sa belle-mère, le frère de sa belle-mère, le père de sa belle-mère, ce petit monde qui l'avait mis dehors de sa propre vie ?

Le pire est encore à venir. Lorsqu'il se présente à l'inhumation au Père-Lachaise, son père est déjà en terre… On lui avait communiqué un horaire inexact.

A-t-il entendu les mots de sa belle-mère qui s'adressait une dernière fois à son mari, et n'a pu s'empêcher de cingler Arthur, évoquant entre eux

« ce fil jamais rompu mais toujours emmêlé » ? À l'heure d'une mise en terre, il fallait y penser…

Quelques jours plus tôt, déjà, Arthur s'était rendu avec sa mère à la morgue pour rendre un dernier hommage à son père, en toute intimité, et ça s'était mal passé. « Chloé Mons qui était là, avec ses copines, a semblé furieuse en nous voyant. Un vigile était posté devant la chambre funéraire où reposait le corps. Nous avons franchi le rideau, puis j'ai voulu laisser Arthur seul avec son père. Compréhensif, le gars de la sécurité s'est éclipsé à son tour. En voyant ça, la femme d'Alain a pointé furieusement son doigt vers lui en lui ordonnant de retourner immédiatement auprès d'Arthur, qui n'a pu encore une fois être seul avec son père. Je ne digérerai jamais ce geste[5]. »

De déconvenues en humiliations, de vexations en mépris indifférent, la bataille autour d'Alain Bashung ne cessera pas. Le soupçon est né. Jusqu'à quel point Alain Bashung aurait-il été manipulé ? L'heure du testament a été un moment clé de cette haine qui ne cessait de monter.

Chantal, l'ex-femme, dit ses certitudes, affirmant qu'une semaine après le diagnostic du cancer d'Alain, Chloé Mons aurait déclaré devant témoin à sa maison de disques : « Nous sommes allés voir le notaire. »

Que voulait-elle dire par là ? Comment interpréter ses mots ? Ça ne présume pas forcément d'une captation d'héritage.

---

5. *Ibid.*

Chantal est ferme : « Alain était très malade, il avait des métastases au cerveau. Je sais à quel point, en dehors de sa carrière, il était un homme influençable. Lui faire signer ce testament n'a pas dû être bien compliqué. »

Le mot est dit, testament. Car Chantal n'en démord pas, Arthur n'a rien hérité de son père.

Il reste vrai qu'en France on ne peut pas déshériter son enfant. Mais la loi peut être complexe.

Dans le cas d'Alain Bashung, il a commencé par faire de sa femme sa légataire universelle. Celle-ci a utilisé une possibilité que la loi offre au conjoint survivant : opter pour l'usufruit qui porte sur la totalité des biens. C'est elle qui jouira des biens légués jusqu'à la fin de sa vie.

Arthur hérite en nue-propriété de sa part de la réserve héréditaire, 33 % pour chacun des deux enfants. La différence c'est qu'il ne pourra en disposer qu'après le décès de sa belle-mère.

Chloé ne ment pas lorsqu'elle dit qu'Alain Bashung n'a pas déshérité son fils, elle pourrait juste préciser qu'il devra attendre qu'elle ne soit plus là pour disposer de son héritage.

Et Chantal a raison quand elle dit qu'Arthur n'a rien reçu de l'héritage, la veuve disposant de l'ensemble de ses droits d'auteur, bénéfices artistiques, biens, meubles et effets personnels. Jusqu'à sa mort.

Bien sûr, Chantal pourrait préciser que son fils ne sera plus déshérité dans quarante ou cinquante ans. On doute qu'elle ait le cœur à faire des comptes teintés d'humour, en la circonstance.

Le testament d'Alain Bashung était tout à fait sérieux. Il y est même précisé qu'Arthur, ayant hérité avant la mort de son père de la maison des Yvelines, n'avait besoin de rien d'autre. Le plus douloureux pour Arthur c'est qu'il n'a aucun droit de regard sur l'utilisation de l'image de son père. Et, là encore, son histoire se rapproche étrangement de celle des enfants de Johnny Hallyday. Un héritage ce n'est pas seulement de l'argent ou des biens matériels. Ainsi Arthur n'a jamais récupéré une guitare que Bashung lui avait promise. Ou une collection de 33 tours de rock qu'Alain entretenait à l'époque pour son fils. Ou encore des cassettes audio qui portent son prénom et qui contiennent des enregistrements que père et fils avaient faits ensemble. Arthur n'a rien eu de tout cela et c'est le plus douloureux. Son tort, c'est d'exister, témoin dérangeant – au nom de quoi ? – d'une autre vie. Lui aussi a connu les visites en cachette. Et puis plus de visites du tout. Et ce n'est pas une part due à long terme dans une succession qui va le consoler de cela.

Pour la forme, il a fait un procès dont le jugement a été rendu en avril 2013.

Chloé a beau jeu d'exhiber dans *Paris Match* le jugement qui confirme le testament et de claironner qu'Alain Bashung n'a pas déshérité son fils. En attendant c'est elle qui possède 100 % de l'héritage et là aussi elle trouve ça normal. Il paraît qu'elle a du mal à travailler depuis qu'Alain n'est plus là. On veut bien la croire.

Elle n'a pas eu de mal en tout cas à sortir des inédits de Bashung, sans rien demander à personne, comme la loi l'y autorise. La voilà protégée, nous allions écrire, surprotégée pour le reste de sa vie. À 100 %.

Si Arthur avait pu disposer des 33 % de la réserve héréditaire, ce qui l'aurait bien aidé dans sa vie si mal partie, il serait resté 67 % à Chloé, si l'on ajoute la part de sa fille mineure. De quoi ne pas mourir de faim.

Un jour sans doute, quand il sera vieux, Arthur recevra sa part d'une histoire qui reste la sienne.

Cela ne le consolera pas des souffrances et des silences, des abandons et des oublis qui ont marqué la fin de son enfance, son adolescence et sa vie de jeune adulte.

Les abandons des hommes et les appétits des femmes ne font jamais que gâcher les vies de leurs enfants.

IV

Morts sous influence ?

Romy Schneider avait perdu son fils dix mois plus tôt. Une énorme dette fiscale pesait sur la vie qu'elle tentait de poursuivre, ne serait-ce que pour sa fille de 4 ans. Avant de mourir, elle a rédigé un étrange testament.

Charles Trenet, le fou chantant, poète génial, est mort dans une immense solitude. Il avait été adoré, célébré, vénéré, semblait désormais abandonné à sa vieillesse. Autour de lui ne restait plus personne à aimer, si ce n'est son secrétaire particulier qui était aussi son chauffeur. Il en a fait son héritier absolu.

Jean-Luc Delarue, l'enfant de la télé, devenu riche et célèbre grâce à ses émissions, a croisé la mort en pleine jeunesse ; elle avait le visage d'une poudre blanche et a fini par l'emporter si loin que sa famille n'a jamais su où était passé son corps.

Romy Schneider, le testament halluciné

Romy Schneider est morte le 29 mai 1982 dans des circonstances troublantes. Assez pour que perdure une forme de mystère sur les raisons de cette mort. Suicide ou mort naturelle ? Ni l'un ni l'autre puisqu'il ne s'agit pas d'un suicide, de toute évidence, et qu'il semble maladroit pour le moins, et même indélicat, d'évoquer une mort naturelle à propos d'une femme de 43 ans, l'une des plus belles de son époque, la plus séduisante sans doute. Il faut bien se résoudre à l'idée que ce jour-là, dans un appartement du 7e arrondissement de Paris, c'est le cœur qui a lâché, succombant à trop de chagrin et de douleur. Le cœur et rien d'autre.

Jean-Michel Darrois était l'avocat fiscaliste de Romy Schneider au moment de sa mort. Il avait été recruté par Pierre Hebey[1], l'avocat de beaucoup de comédiens, pour ses connaissances aiguisées de tous les problèmes fiscaux. Jean-Michel Darrois est aujourd'hui une référence absolue de la profession. Il y a trente-huit ans, il était très jeune et prometteur,

1. Avocat, essayiste, romancier, collectionneur d'art.

assez brillant déjà pour qu'un confrère prestigieux vienne le solliciter.

En 1981, les artistes les mieux payés faisaient parfois, et pour de très bonnes raisons, l'objet de la curiosité du fisc. Des montages financiers compliqués permettaient de payer en partie des salaires d'acteurs et d'actrices sur les comptes de sociétés basées à l'étranger – Luxembourg entre autres – avant que l'argent soit reversé – moyennant une commission bien naturelle – sur le compte ouvert dans une banque en Suisse par ces mêmes comédiens. C'était astucieux, certains, comme Romy Schneider, se faisaient prendre, d'autres comme Lino Ventura[2] y échappaient. Jean-Michel Darrois était appelé en renfort quand la situation l'exigeait.

« J'ai donc eu à intervenir pour Romy Schneider qui, manifestement, n'était pas très au courant de ce qui s'était pratiqué en son nom, et ne savait pas quelles sommes d'argent étaient rentrées, ni comment elles avaient été placées. Elle avait donc droit à un redressement important et nous avions trouvé un accord avec les impôts : payer les dettes par échéances et réduire le montant du redressement en invoquant certains motifs. Il ne suffisait pas de le vouloir, encore fallait-il trouver les arguments, aussi j'étais allé avec Romy au service des impôts de Paris. C'était en 1981, quelque temps après la mort de son fils, et j'avais été frappé par sa fatigue, son visage creusé, la lueur terne qui n'animait presque plus son regard. Lorsque je venais la chercher chez elle,

2. Voir le chapitre VI : « À se retourner dans sa tombe ».

elle avait toujours l'air épuisée, au bout du rouleau. Je me demandais même si elle arriverait à se déplacer. Puis, à ma grande surprise, lorsque nous nous préparions à partir et donc nous rendre aux impôts pour aller défendre son cas, elle se redressait et, en quelques secondes, changeait du tout au tout. Elle redevenait une femme magnifique, rien que par la force de sa conviction. Nous avions fini par obtenir un très bon arrangement avec le fisc, et je ne doute pas que son énergie, sa volonté de séduire, en tout bien tout honneur, n'y était pas pour rien[3]. »

Son fils était mort, sa vie était brisée à jamais, mais elle avait envie de vivre quand même, ne serait-ce que pour sa fille. « Ce n'était pas une femme résignée. J'étais moi-même très jeune à l'époque, plus jeune qu'elle, et j'admirais intérieurement cette énergie qu'elle voulait insuffler à tout ce qu'elle faisait, même si ses forces pouvaient l'abandonner d'un moment à l'autre. On s'est vus beaucoup, elle y tenait, car ce souci du redressement l'angoissait. Pas pour elle, mais pour Sarah. Elle ne voulait pas prendre le risque de laisser des dettes à sa fille. »

Le 29 mai 1982, Jean-Michel Darrois apprend la mort de Romy Schneider par la radio. Il se rend tout de suite sur place, rue Barbet-de-Jouy, dans le 7e arrondissement de Paris.

« C'était très étonnant d'être dans ce petit appartement de trois pièces qui lui avait été prêté. Elle était étendue là, dans la chambre. Il faisait très sombre, il y avait peu de monde, les gens sont

3. Entretien avec l'auteur, 12 novembre 2018 à Paris.

arrivés progressivement, les rumeurs de suicide ont commencé à courir très vite. J'étais sorti faire une déclaration à la presse. Il n'y avait pas grand monde encore et quelqu'un devait absolument y aller. On pensait que j'étais Laurent Davenas, le chef de la section criminelle du parquet, futur procureur de la République. Tout ce que j'ai dit a donc été mis dans sa bouche, ce qui donnait sans doute plus de majesté à mes propos. Par la suite, il a fallu aller choisir le cercueil et Magda Schneider, la mère de Romy, avec laquelle elle n'avait pas de bons rapports, n'étant pas arrivée, j'y suis allé avec le cinéaste Tariq Ben Ammar. Tout cela était sinistre. Un jour de deuil, une grande tristesse et ces minutes insoutenables dans la boutique de chez Borniol. Avec, pour couronner le tout, le gérant du magasin qui pour nous rassurer a trouvé bon de nous dire : "Ne vous faites pas de souci, on a fait Jean Gabin." En effet, il n'y avait pas de raison de se faire du souci… » Tant bien que mal, ils choisissent le cercueil et retournent rue Barbet-de-Jouy où les gens arrivent peu à peu.

C'est à ce moment que commencent à être évoqués les problèmes de succession. Déjà. Tout de suite apparaissent les noms de Laurent Pétin, le dernier compagnon, et de Daniel Biasini, l'ex-mari et père de Sarah.

« Les deux hommes, c'est de notoriété publique, ne s'entendent pas. C'est un euphémisme. Je me souviens que beaucoup de gens étaient remontés contre Biasini, accusé de tous les maux. À tort ou à raison. »

Laurent Pétin, c'est différent, le jeune homme fait preuve d'une certaine discrétion quand il accompagne Romy et il se montre d'une extrême douceur dans toutes les circonstances, personne ne peut imaginer qu'il lui fasse du mal. On dit beaucoup à l'époque qu'avec l'aide de sa famille, il soutient Romy, plutôt que de vivre à ses crochets comme certains l'en ont accusé.

Il l'accompagne souvent en Suisse, dans les semaines qui précèdent sa mort, se démène pour l'aider à résoudre ses problèmes financiers, il n'est donc pas étonnant qu'il ait récupéré ensuite la maison de Boissy-sans-Avoir, achetée quelques mois plus tôt et qui était en travaux au moment de la mort de Romy. Que Laurent Pétin vive dans cette maison n'était que justice, puisqu'il avait considérablement œuvré pour l'acquérir. Ça ne pouvait pas être du goût de tout le monde. Pas plus que la révélation quelques jours plus tard du dernier testament de Romy Schneider, daté du 10 mai 1982, dix-neuf jours avant sa mort, et rédigé de sa main à Zürich.

Ce testament, son étrangeté, à la limite de l'hallucination, poussera Daniel Biasini à mettre en doute la lucidité de son ex-femme à ce moment-là.

Voici le testament en question tel qu'il a été rédigé par Romy Schneider. Comme à son habitude, elle avait souligné plusieurs mots :

Mon testament
10.5.1982 – Zurich
Je prie le Dr H
Défaire remettre tout ce que je possède – moi – Romy Schneider : à Laurent Pétin et à ma fille Sarah !
J'entends par là : et je prends soin de le répéter,
Il s'agit de mon testament, – tout

Mon bien, appartient, est
Destiné à M. Laurent Pétin
Et Sarah ! Cela est ma volonté
Et demeure
Ma décision – Romy Schneider

On peut penser tout ce que l'on veut de ce testament, on n'obligera personne à le trouver choquant. D'abord, il se réfère aux deux êtres qui comblaient à l'époque la solitude et le désarroi de Romy Schneider, Sarah, sa fille, et Laurent, son dernier compagnon.

Ce testament n'est-il pas d'ailleurs, plus encore qu'une reconnaissance, une façon de remettre les choses à leur place ? Et dans ce cas, quoi de plus normal que Laurent Pétin ait pu habiter cette maison qui était la sienne ?

Jean-Michel Darrois se souvient qu'ensuite il a fallu reprendre les discussions avec le fisc afin d'obtenir un arrangement favorable pour Sarah Biasini, l'enfant de 4 ans qui venait d'hériter des dettes de sa mère.

« Il y avait ce gros passif fiscal, donc Daniel Biasini aurait pu renoncer à l'héritage au nom de sa fille. Je ne sais pas comment c'était organisé autour de la maison, je sais qu'il restait encore de l'argent, mais de toute façon, c'est Pierre Hebey qui a repris le dossier ensuite et je ne m'en suis plus occupé[4]. »

Ce qui reste de ce moment tragique, quand la mort semble balayer toutes les mesquineries

4. Pierre Hebey est décédé en 2015.

humaines et qu'on s'aperçoit que ça n'a pas été le cas, c'est l'animosité, parfois proche de la haine, qui subsistait entre Laurent Pétin et Daniel Biasini. À ceux qui croient encore que l'heure du deuil est celle du recueillement et qui espèrent qu'elle soit aussi un moment de réconciliation, il faudrait montrer toute la colère dont deux hommes qui ne s'aiment pas peuvent être porteurs.

Charles Trenet, l'héritage infernal

« Histoire lamentable
De fauteuils et de tables
Qu'un voisin détestable
Vint raconter chez nous »
L'Héritage infernal,
Charles Trenet (1943)

C'est une histoire de solitude. Encore. D'une vie qui finit mal, dans la tristesse et le désarroi. Charles Trenet a été un prince, il a incarné un talent coloré de génie, a révolutionné la chanson française, est devenu le « père » de tous les auteurs, compositeurs, interprètes de talent qui vont lui succéder.

Charles Trenet a eu une belle vie, aussi belle que ses chansons semblait-il. On n'en connaît pas tous les contours, ni les ombres, mais à la fin, c'est le chagrin, la maladie et la solitude qui l'emportent.

Lorsqu'il meurt en février 2001, on découvre qu'il a fait de son secrétaire particulier, Georges El Assidi, son légataire universel.

« Par ce testament formel et irréfragable, je lègue la totalité de mes biens à Monsieur Georges El Assidi [...] Ma villa de Juan-les-Pins [...] avec son mobilier et ses tableaux, mon manoir d'Aix-en-Provence, ses meubles, ses tapisseries, ses tableaux dont certains sont de moi, mon appartement de Canet Plage... »

Il ajoute qu'il lègue aussi ses deux comptes en banque, ce qui représente à l'époque 32 millions de francs, ajoute que « Bien sûr, toutes les sommes seront calculées en euros », ce qui démontre une belle santé intellectuelle à ce moment, et il précise, afin que cela soit bien clair pour tout le monde : « Monsieur El Assidi est donc mon légataire universel et nulle autre personne ne pourra se prévaloir en la matière... à moins d'un codicille écrit de ma main. » Il n'y aura jamais de codicille.

Ce testament, clair et lucide, rédigé à la main sur deux pages d'un papier à en-tête, est daté du 28 décembre 1999. Quatorze mois avant la mort de son auteur. Il n'était donc pas à l'agonie.

Georges El Assidi était jusque-là non seulement le secrétaire, mais aussi le garde-malade, l'homme de compagnie, l'homme de confiance de Charles Trenet. Sa gentillesse n'est contestée par personne, même si le testament en son entière faveur surprend. Pour le contester, il faudrait déjà oublier ce que fut la véritable fin de vie de l'artiste.

La grande solitude qui accompagne les derniers mois de la vie de Charles Trenet apparaît on ne peut plus criante. Au lieu de poser question, ce testament explique un état des lieux. C'est cruel mais réel.

Pourquoi donner tout à un étranger, même s'il est très proche de vous, même si l'on dit qu'il est ou qu'il a été votre compagnon, si vous avez une famille qui tient à vous et à laquelle vous tenez ?

Charles Trenet n'a pas de famille. Pas de famille à laquelle il tienne. Une demi-sœur, Lucienne, avec laquelle il est plus ou moins en froid. Il l'a toujours vue assez peu, son mari ayant décrété qu'il n'aimait pas les homosexuels… Un neveu, Wulfran, dont il ne veut plus entendre parler depuis longtemps. Il ne lui a pas pardonné de ne lui avoir jamais remboursé un prêt.

Il n'a pas non plus de femme, d'enfants et cela paraît normal au vu de ce que tout le monde connaît de sa vie. Ce n'est pas si évident. Si son homosexualité est indéniable, il a eu aussi dans sa vie un certain nombre de relations hétérosexuelles, ce qui est moins connu. Il y a bien longtemps, il a même failli se marier. C'est ce dont se souvient Jacques Pessis, grand ami de Charles Trenet, grand spécialiste aussi de sa vie et de ses œuvres, qui a même raconté dans un livre l'histoire de ce mariage avorté. « Charles était très amoureux d'une femme avec laquelle il voulait faire sa vie. Sa mère, toujours très accaparante, ne voyait pas cette liaison d'un très bon œil. Elle l'a donc convaincu que cette jeune femme ne pourrait pas avoir d'enfant quoi qu'il arrive. Elle le savait de source sûre. La mort dans l'âme, il a renoncé à ce mariage. Pour apprendre quelques années plus tard que sa belle s'était mariée et avait eu des enfants[1]. » À quoi tient un destin…

Lorsqu'il meurt à 87 ans, le 19 février 2001, à l'hôpital de Créteil, dans le Val-de-Marne, Charles Trenet est un homme seul, sans héritier, si ce n'est celui qu'il s'est trouvé, Georges El Assidi, l'homme qui l'a veillé jusqu'au dernier moment.

Georges El Assidi avait rencontré Charles Trenet à 20 ans. Il s'est attaché à lui, est entré à son service

1. Entretien avec l'auteur le 13 novembre 2018 à Paris.

et ne l'a plus jamais quitté. Son petit salaire lui suffisait, d'autant qu'il bénéficiait du train de vie de son maître. C'est un homme simple qui a aujourd'hui 59 ans et semble toujours ne pas savoir ce qui lui est tombé sur la tête. Georges est tout sauf un homme d'argent. Il est fragile dès le départ, fragilisé par la mort de son mentor, d'abord, puis par ce trésor qui s'est abattu sur lui. Comme une calamité ? La métaphore peut faire sourire, elle n'est pas si éloignée de la vérité.

À l'époque où il décède, Trenet est à la tête d'une fortune estimée à 8 millions d'euros, dans laquelle s'inscrivent deux maisons, une à Aix-en-Provence, l'autre à Juan-les-Pins. Ses droits d'auteur sont estimés à 600 000 euros par an. Ce n'est pas d'une mince fortune qu'hérite Georges El Assidi et, selon son dernier avocat, Francis Pudlowski, ce n'est pas facile lorsqu'on ne possède pas les structures nécessaires.

« Un peu comme les gagnants du Loto, une fortune leur tombe dessus et ils n'ont pas les moyens de gérer tout cela sans risquer des erreurs énormes. C'est un peu ce qui est arrivé à Georges El Assidi. »

Lorsqu'on évoque auprès de Maître Pudlowski les erreurs que son client a pu commettre, il s'irrite. « C'est facile de dire qu'il a tout dilapidé en quelques années. Lorsque quelqu'un qui n'a pas de lien familial hérite, il doit payer 60 % d'impôts à l'État. Cela change la donne. Vous êtes donc obligé de vendre des biens pour accepter l'héritage et l'assumer. Il voulait d'ailleurs conserver les maisons qui avaient appartenu à Charles Trenet, mais ça n'a pas été possible. »

Pour faire face aux exigences fiscales, et aussi, il faut bien le dire, à quelques dépenses inconsidérées au vu des charges qui allaient peser sur lui, El Assidi emprunte, en 2005, 3,75 millions d'euros auprès d'une banque. Il doit rembourser cette somme en deux ans.

« C'est ce qu'on appelle un crédit *in fine*, explique son avocat. Il était surendetté, mais avait un actif largement supérieur à ses dettes, l'une des deux maisons valant pas loin de 4 millions d'euros. »

Pour rembourser son crédit dans les deux ans comme prévu, il décide de faire affaire avec un dénommé Maurice K. rencontré en 2006 et qui se présente comme un homme d'affaires désireux de veiller sur plusieurs plans à la continuation de l'œuvre de Charles Trenet. Idyllique.

Affable, sympathique, un peu mystérieux aussi – mais après tout, toute vie a besoin de mystère, n'est-ce pas ? –, ce Marseillais qui vit depuis longtemps au Danemark semble brûler d'une passion irrésistible pour Charles Trenet…

Pour le moment Georges ne jure que par son nouvel ami, auquel il fait une confiance aveugle. « Il m'avait promis de tout régler. »

Comme il faut bien que Georges y mette du sien, Maurice K. lui demande de céder les droits d'auteur de Trenet à une société écran, Nest, domiciliée au Danemark, dont il serait l'actionnaire majoritaire à 70 %. En échange, une rente confortable lui sera versée jusqu'à la fin de ses jours.

Le *gentil* Maurice K. a construit un montage sans doute très adroit, mais auquel manifestement Georges El Assidi ne comprend rien. Lorsqu'il signe le contrat qui va le lier à la société Nest, Georges El Assidi ne s'offusque pas que le contrat soit en anglais, langue dont il ne comprend pas un mot. Cet homme simple n'est même jamais allé à l'étranger de toute sa vie.

Pour compliquer encore un peu plus les choses, le contrat dispose qu'en cas de litige, c'est le droit danois qui est applicable, avec un arbitrage à Copenhague. En effet, la société Nest a été créée à Copenhague où réside le dénommé Maurice K. Il ressort de cet accord et de ce contrat que Georges El Assidi a cédé ses droits d'auteur à la société danoise pour une somme de 1,5 million d'euros, somme dont il ne verra jamais le premier centime.

Pour résumer, Maurice K. n'a jamais versé d'argent à Georges El Assidi. Il a acheté les droits d'auteur pour 1,5 million d'euros et n'a rien payé.

Il s'est engagé à acheter un bien immobilier, la villa d'Antibes, pour 4 millions d'euros, n'a rien versé.

« Mais il l'a occupée gratuitement pendant six ou sept ans, précise Francis Pudlowski, et c'est là qu'il a été condamné en 2015 pour vol, car il est parti avec un certain nombre d'objets, le jour où nous avons enfin obtenu de le déloger. J'ai le jugement d'expulsion : c'est la banque qui a vendu la maison aux enchères qui l'a expulsé. El Assidi n'avait rien pu faire jusque-là. »

Maurice K. n'a rien payé à la banque, et a été condamné à restituer des sommes colossales. Ce que bien entendu il n'a pas fait.

En décembre 2006, il avait acheté 250 objets ayant appartenu à Charles Trenet et à la villa, pour 250 000 euros. Il n'a rien payé.

« Nous avons récupéré 90 % des objets quand le tribunal a annulé aussi ce contrat de vente en 2015. Les objets, il les avait depuis fin 2006. Il manquait des dessins de Cocteau notamment. Disparus. Nous avons donc déposé une plainte. »

Il est certain que s'il ne payait jamais, il était assez habile pour recevoir de très grosses sommes d'argent.

« Ainsi, la société Nest, c'est-à-dire lui-même, a reçu des droits d'auteur versés par la Sacem entre la signature du contrat en juillet 2006, sur la cession des droits d'auteur, et le séquestre du printemps 2007. Ce qui veut dire que pendant six ou sept mois, il a encaissé quelques centaines de milliers d'euros. Pourquoi ? Parce qu'il a obtenu d'Universal Music de recevoir des droits d'auteur dont il aurait pu bénéficier en effet, s'il avait honoré ses engagements. Il n'y avait pas de séquestre à l'époque et il a pu se faire payer, simplement en réclamant des droits d'auteur qui n'auraient jamais dû lui revenir. Malheureusement, Georges El Assidi a attendu février 2007 pour comprendre qu'il s'était fait avoir. »

Le séquestre a le mérite de limiter les dégâts et de stopper la fuite des capitaux. La situation de Georges ne s'améliore pas malgré tout. Il est ruiné, plus rien ne lui appartient. L'héritier magnifique vit au RSA, il est logé par une amie à Nogent-sur-Marne. C'est une chute effarante.

Là aussi on pense à ces gagnants du Loto qui reçoivent des millions mais finissent ruinés quelques années plus tard. Trop de naïveté, d'inexpérience. Pas de garde-fou.

Entre 2006 et 2012, il va vivre un calvaire. Et ne pas en voir le bout. Le contrat frauduleux a fait basculer Georges El Assidi dans un piège juridique ficelé à la perfection. Dépouillé, le malheureux n'a plus qu'à se tourner vers la société Nest qui l'a escroqué, pense-t-il. Il n'a pas tort, sauf que Nest est une société fantôme, sorte de coquille vide, située au Danemark. Et pour parachever l'œuvre, Maurice K. et son avocat complice, le Danois Johan Schlüter, ont pris soin d'insérer une clause perverse selon laquelle seul le droit danois est applicable. En cas de litige, l'arbitrage devra avoir lieu à Copenhague !

Georges El Assidi est au bord du suicide quand un miracle se produit. Un grand avocat spécialisé en droits d'auteur, Francis Pudlowski, accepte de s'occuper de lui. Enfin, un vrai avocat, pourrait-on dire tant ceux qui l'ont précédé se sont montrés, au mieux, médiocres.

Georges revit. Maître Pudlowski qui accepte de travailler sans être payé (« On verra plus tard ») se déchaîne et démontre que le montage de Maurice K., épaulé juridiquement par le cabinet Schlüter – très célèbre et respecté au Danemark –, n'était destiné qu'à spolier Georges El Assidi.

Après avoir gagné son premier procès contre la société Nest, il fait annuler tous les contrats et le tribunal lève le séquestre au profit de Georges El Assidi, sur la base du jugement avec exécution provisoire.

Il peut donc, enfin, récupérer les droits d'auteur. Entre les divers montages juridiques, tous versant dans l'illégalité, les entourloupes, les procédures malhonnêtes, les fausses factures, rien n'est réglé encore, même si Georges est désormais entre de bonnes mains.

En mai 2014, le tribunal correctionnel de Paris condamne Maurice K. et son associé danois à dix-huit mois de prison ferme et à verser 4 millions d'intérêts à Georges El Assidi qu'ils ont escroqué.

Maître Pudlowski révèle aussi que Maurice K. a un passé peu glorieux en France. Avec son avocat-associé il a été condamné pour la banqueroute de la filiale française d'une société danoise. Absents du procès, ils font l'objet d'un mandat d'arrêt international.

« Le jour où la décision sera définitive, ce qui n'est pas encore le cas puisqu'ils ont fait appel, ils pourront être arrêtés par la police en n'importe quel point du globe. » C'est un premier succès pour Francis Pudlowski.

Un an et demi plus tard, les sourires sont rentrés. La déception est énorme pour l'avocat et son client quand Maurice K. et Johan Schlüter sont relaxés en appel pour les faits d'escroquerie. La cour d'appel a estimé que Georges savait très bien ce qu'il faisait en signant avec Nest en 2006.

Ses adversaires ne l'emportent pas sur tous les tableaux.

Au civil, la justice continue de donner raison à Georges. En février 2015, elle ordonne la résiliation de tous les contrats avec Nest, condamnée à lui verser 2 millions d'euros pour ne pas avoir respecté ses engagements. C'est le moins que l'on puisse dire, pas un seul euro n'ayant jamais été versé à Georges.

Les deux acolytes doivent faire face aux éditeurs de Charles Trenet et à la Sacem. Pendant quelques mois, ces derniers leur ont versé des droits d'auteur, comme ils pensaient devoir le faire. Ensuite, ils n'ont plus payé et tout fait mettre sous séquestre.

Comme le culot n'est pas la moindre qualité du duo franco-danois, il dépose une plainte pour blanchiment contre les éditions Raoul Breton, qui commercialisent certains des plus grands succès de Charles Trenet, arguant que des droits d'auteur conséquents ont été détournés depuis des années par l'intermédiaire de comptes à l'étranger.

Selon Maurice K. et son acolyte, toutes les procédures engagées contre eux ne sont destinées qu'à dissimuler ces exactions… Dans son enthousiasme, l'irrésistible duo y mêle aussi la Sacem, accusée d'être complice. Tous des escrocs, pourraient-ils crier.

La justice va les ramener à une plus saine réalité.

D'abord, une condamnation à 50 000 euros d'amende pour « tentative d'escroquerie » au préjudice de la maison d'édition Raoul Breton et de la Sacem ; 10 000 euros d'amende pour « recel d'abus de confiance » dans un autre dossier, au préjudice de Georges El Assidi. Enfin, la société Nest est condamnée à 50 000 euros d'amende pour recel de droits d'auteur de la chanson *Que reste-t-il de nos amours* ? placés sous séquestre.

Pour des innocents triomphants, cela fait beaucoup.

De là à les imaginer à terre… Les contorsions de la justice, décidément incompréhensible, au mieux, schizophrène au pire, l'acharnement des adversaires de Georges, leurs ressources inépuisables pour trouver toujours de nouveaux terrains pour leurs mauvais coups, font qu'aujourd'hui encore, rien n'est définitivement joué.

« Aujourd'hui j'ai entre cinquante et soixante dossiers en cours contre ce monsieur », dit Maître Pudlowski.

La situation de Georges est moins grave qu'elle ne l'était il y a six ans, certes, mais le petit équilibre reste fragile. Et puis, tiendra-t-il longtemps comme ça ?

Son avocat n'est pas rasséréné. « Si El Assidi décède, s'il se suicide, parce qu'il n'en peut plus, il n'y aura plus personne en face de ces gens. C'est d'ailleurs leur jeu. Ils ont tellement tout embrouillé depuis des années. Qui sera l'héritier d'El Assidi ? Qui voudra se battre encore pendant sept ou huit ans de procédure ? Pour nous, rien n'est simple. Maurice K. est resté illégalement dans la maison d'Antibes – qu'il était censé acheter 4 millions d'euros. En prime, il a eu sous la main pendant des années tous les papiers de Georges El Assidi. Tous les documents personnels, officiels. Il a donc pu tout réunir et a fini par connaître cette affaire mieux que quiconque. Avec des documents ultrasensibles utilisables ou destructibles selon sa volonté. Aujourd'hui, c'est lui qui possède parfaitement la mémoire de l'affaire. Et qui décide du tour qu'il veut lui donner. El Assidi a été dépouillé de tout cela, en plus de ses biens, il n'avait même plus un justificatif administratif. Depuis des années, je m'acharne à reconstruire, pour essayer de sauver un brave type dont le destin avait fait un millionnaire, et qui s'est trouvé réduit à survivre dans une chambre de vingt mètres carrés avec la seule compagnie de ses trois chiens. »

Certaines rencontres sont plus dangereuses que d'autres…

Georges El Assidi a aussi pu faire la connaissance de Francis Pudlowski. Personne n'est à l'abri d'une bonne surprise. Pudique, l'avocat a du mal à concéder qu'il s'est battu pour son client bénévolement pendant les quatre ou cinq premières années.

« L'argent passe après dans certaines circonstances… Il fallait d'abord essayer de redresser la barre. J'y suis arrivé, mais ce n'est pas fini. Depuis 2015, El Assidi a le droit de récupérer ses droits d'auteur. Ça, c'est une belle victoire. Quand le tribunal a annulé tous les contrats passés avec Nest, il a été jugé qu'El Assidi avait été lésé, au sens qu'aucun des contrats n'avait été respecté. Un jugement avec exécution provisoire. La société Nest a fait appel, la cour a déclaré l'appel irrecevable. Nest ayant entre-temps déposé le bilan, on ne sait plus aujourd'hui qui va intervenir à ce niveau dans la procédure… Plus personne ? De toute façon ce ne serait pas terminé, car nous devons maintenant faire face au liquidateur de la société Nest, qui a donc obtenu le droit de plaider en appel ! C'est ubuesque. Surtout, on n'en finit plus.

D'ailleurs, on ne voit pas comment la cour d'appel peut donner raison à ce liquidateur et sur quelle base, en tout cas cela voudrait dire que le liquidateur de Nest récupérerait tous les droits de Charles Trenet, c'est-à-dire environ 400 000 euros pendant quarante ans puisque les droits d'auteur, c'est soixante-dix ans après la mort de l'auteur. »

Francis Pudlowski se souvient d'une discussion avec le juge d'instruction : « Très bon magistrat, plutôt rigoureux et dur, il m'a demandé le produit de l'escroquerie. Je lui ai répondu avec le plus grand naturel, comme si c'était normal, "Soixante-dix ans de droits d'auteur, 400 000 euros par an, ce qui fait pas mal d'argent. C'est mieux qu'un braquage de banque." Là, il a compris et lancé un mandat d'arrêt contre Maurice K. »

Ils en sont encore à se battre contre des moulins à vent en plus nocifs, Georges El Assidi et son avocat. Treize ans de lutte, l'héritier.

Comme disait Céline qui était assez désespérant – et désespéré – lui aussi, la vie est un petit bout de lumière qui finit dans la nuit. Pour Georges, il fait toujours nuit même s'il lui arrive parfois d'entrevoir des bouts de lumière.

Au moins, il en a fini définitivement avec une autre affaire qui était venue lui empoisonner la vie (comme s'il y avait eu besoin de ça), lorsqu'il a été accusé de captation d'héritage et d'abus de faiblesse – rien que ça – sur la personne de son bienfaiteur, par la demi-sœur, Lucienne, et le neveu, Wulfran, de l'artiste. Ce fragment de famille dont Trenet ne voulait même plus entendre parler.

C'était en 2008, sept ans après la mort de l'artiste, ce qui interroge… Sept ans pour nourrir des soupçons aussi lourds, c'est long…

Première salve lorsque Lucienne et Wulfran portent plainte pour abus de faiblesse, escroquerie, homicide. En 2010, c'est un prétendu fils adultérin qui se présente et dépose plainte à son tour. En septembre 2011, ce petit monde est débouté pour la troisième fois (!), ce qui n'empêche pas Lucienne de faire appel devant le tribunal correctionnel de Créteil.

Surtout, cela ne décourage pas les bonnes volontés : en janvier 2012, une cousine septuagénaire de Béziers surgissait à son tour pour porter plainte pour abus de faiblesse…

2012, c'est l'année où Georges El Assidi, lassé de se faire malmener sur tous les terrains, congédie l'avocate qui le conseillait (mal) depuis six ans et se tourne vers Francis Pudlowski. Celui-ci entre en action. Quelques semaines plus tard, il fait citer à comparaître Lucienne et Wulfran Trenet pour « association de malfaiteurs » et « escroquerie au jugement en bande organisée », et réclame 75 000 euros de dommages et intérêts.

Ô surprise ! Il fait également citer à comparaître Maurice K. Le même, celui que l'on retrouve partout. En tout cas dans les mauvais coups. À l'époque, il a déjà un palmarès qui en jette : huit mois de prison avec sursis et cinq ans d'interdiction de gérer, pour banqueroute irrégulière. Un jugement confirmé par la cour d'appel de Paris en 2008. Cela sans préjuger de ce qu'il a pu *réussir* au Danemark…

Au début, Maurice K. fait mine de ne pas comprendre pourquoi on lui cherche des noises à propos d'une affaire qui ne le concerne pas.

Il affirme qu'il ne connaissait pas Charles Trenet, oublie qu'il a quelques soucis avec son légataire et, peu à peu, les mâchoires de la vérité se refermant sur lui, ose suggérer qu'il est en fait un lanceur d'alerte. Très sensible aux histoires de captation d'héritage, il n'aurait fait que s'interroger sur les circonstances de la mort de Charles Trenet. Sa sensibilité – à fleur de peau, reconnaissons-le – l'aurait conduit, en un élan de générosité incontrôlé comme seules les âmes exquises en sont capables, à voler au secours de ces malheureux parents lésés.

Hélas pour lui, Georges El Assidi a changé d'avocat et Francis Pudlowski n'est pas très accommodant avec les adversaires de ses clients, ce qui peut arriver.

Il s'en est pris violemment aux Trenet mais sait qu'il y a autre chose.

« Je n'imaginais pas que les Trenet, sept ans après, piqués par on ne sait quelle mouche, aillent d'eux-mêmes déposer une plainte contre Georges El Assidi, affirmant que celui-ci avait extorqué son testament à un Charles Trenet mourant. Et ajoutant pour faire bonne mesure qu'il l'avait brutalisé dans sa chambre d'hôpital, qu'ils avaient entendu des cris horribles de l'autre côté du mur, après qu'El Assidi avait fait sortir tout le monde pour forcer Charles Trenet à signer. Forcément, quelqu'un tirait les ficelles. »

« C'est Maurice K. », jurent-ils entre deux sanglots. Interrogée par la police, Lucienne avoue : « Je me suis laissé guider bêtement », et désigne Maurice K. comme le personnage qui a « récupéré » les témoignages accablants contre El Assidi. Quant à Wulfran, il se plaint aux enquêteurs que Maurice K. « [l'] avait harcelé tous les jours », qu'il « produisait des documents en imitant sa signature » et qu'il « [l] e briefait sur ce qu'il devait dire ou pas. »

« Nous nous sommes retrouvés en correctionnelle et j'ai dit à cette femme, raconte Francis Pudlowski, que si elle osait maintenir sa plainte et ses propos accusant El Assidi d'avoir "débranché Charles Trenet", ce serait l'accuser d'assassinat... Alors elle s'est éteinte devant moi, prenant conscience de la gravité de ce qui était en train de se passer. Elle m'a dit qu'elle ne voulait pas dire ça et elle l'a dit au tribunal aussi. Elle a ajouté que c'était Maurice K. qui lui avait suggéré de tenir ces propos. C'est lui qui était allé déposer plainte pour la demi-sœur et le neveu. C'est lui qui a payé leur avocat, on a d'ailleurs retrouvé un contrat signé entre Maurice K. d'un côté, la demi-sœur et le neveu de l'autre. Ce contrat précisait que s'ils agissaient comme souhaité, un salaire leur serait payé chaque mois et tous leurs frais pris en charge. À l'arrivée, la demi-sœur et le neveu ont écopé d'un mois avec sursis pour dénonciation calomnieuse. Le neveu a été condamné à payer 17 000 euros entre les dommages et intérêts et les frais d'avocat. »

Georges El Assidi n'en a pas fini avec Maurice K. Tandis que son avocat travaille aux « cinquante ou soixante dossiers » qu'il orchestre contre le personnage, celui-ci ne manque pas une occasion de remettre du venin dans la machine. Au début de l'année 2018, Maurice K. dépose une énième plainte contre Georges, qui l'apprend par un ami, convoqué par la police. Furieux, Francis Pudlowski écrit alors une lettre au policier en charge de la plainte pour lui décrire en quelques mots à qui il a affaire.

« Hier, 20 mars 2018, le tribunal correctionnel de Grasse a condamné Maurice K. pour vol à trois ans de prison, dont un an avec sursis, 10 000 euros et 39 000 euros de dommages et intérêts. Et c'est cet homme, ce multirécidiviste, qui ose déposer une plainte contre mon client qui vient de le faire condamner ! » Francis Pudlowski n'a pas l'air de croire entièrement à l'histoire qu'il vit.

Nous avons du mal à y croire nous aussi. Même si nous avons croisé la route de Maurice K., ou peut-être à cause de cela[2].

Dix-huit ans après la mort de Charles Trenet, le tumulte et la hargne, la haine et une certaine violence, recouvrent l'histoire de son héritage. Les jugements s'accumulent, les coups pleuvent sur les tricheurs mais ils ne sont jamais là pour les recevoir.

Georges El Assidi va avoir 60 ans, il aura passé un tiers de sa vie, bientôt, à payer d'un calvaire infini des erreurs nées d'une immense naïveté, d'une inadaptation flagrante à son nouveau statut d'héritier, et d'une criante solitude.

La solitude. Elle envahit ce livre et la majorité des histoires qui le peuplent. C'est la solitude de Georges qui n'a d'égale que la solitude de Charles, aimé par des millions de personnes mais qui, sur la fin, n'a trouvé qu'un être pour lui donner de l'amour. La solitude, ça n'existe pas[3], chante le poète, celle de Charles et Georges est pourtant bien réelle.

2. Voir la note en fin de chapitre.
3. Chanson interprétée par Gilbert Bécaud.

Note

Le 14 septembre 2018, un avocat français de Maurice K. auquel nous sommes présentés nous met spontanément et aimablement sur la piste d'un scandale financier dans lequel seraient compromis Georges El Assidi, les éditions Raoul Breton, la Sacem. L'héritier de Trenet, ruiné par ses délires financiers, aurait revendu ses droits d'auteur à son client qui aurait payé la somme demandée sans rien obtenir, les comparses bloquant tous les droits d'auteur à venir. Deuxième volet, lors d'un entretien à son bureau, le 16 octobre 2018[4]*, cet avocat évoque à nouveau ce scandale financier – qu'il connaît très mal, dit-il (alors, pourquoi m'en avoir parlé ?) – et en plus une plainte pour captation d'héritage déposée par la famille de Trenet. Il nous propose de rencontrer son client qui souhaite nous inviter à déjeuner quand il viendra à Aix-en-Provence. Quelques jours plus tard, le 22 octobre 2018, nous joignons Maurice K. au téléphone. Cinquante minutes de conversation très agréable. Il ne nous dit pas grand-chose, nous parle surtout de cette captation d'héritage. Le 30 octobre 2018, nous parlons à nouveau avec Maurice K. au téléphone. D'abord nous avons pris rendez-vous pour un déjeuner à Aix-en-Provence autour du 10 novembre.*

4. Entretien avec l'auteur à Aix-en-Provence.

Le lendemain, nouvelle conversation. Soudain, Maurice K. s'inquiète de savoir quel but nous poursuivons. (!)

À peine avons-nous évoqué la société Nest qu'il entre en fureur. Cela ne le concerne pas, il n'a jamais voulu parler de cette affaire ! Il crie, hurle presque… (nous rappelons que c'est son avocat qui nous a attiré sur ce sujet et nous a mis en contact avec Maurice K.), et il nous accuse de les avoir manipulés lui et son avocat ! Nous sommes d'autant plus surpris que c'est par eux que nous avons entendu parler de la société Nest pour la première fois. Après une interruption bienvenue de la communication, nous parlons à nouveau avec Maurice K., qui vient d'avoir son avocat au téléphone. « Je lui ai dit que vous nous aviez manipulés. » Décidément, il insiste. Nous avons plutôt la sensation d'avoir été nous-même victime d'une tentative de manipulation de leur part. Pourquoi ? Nous allons avoir la réponse lorsque, entre deux agressions verbales, des menaces et trois compliments sur notre personne, Maurice K. nous dit que si nous voulons évoquer la captation d'héritage et la plainte des Trenet contre El Assidi, il est à notre disposition et il a déjà envoyé des premiers documents. Si c'est pour autre chose, pas question. Comme ça les choses sont claires. Nous répondons que, découvrant peu à peu cette affaire et ses méandres, nous tenons à parler de tout et avancer sans ce genre d'interdit. À la suite de cela, l'avocat de Maurice K. nous fait savoir par notre intermédiaire qu'il a cherché à nous faire passer un courrier pour nous interdire d'utiliser ce qu'il nous a dit à son bureau le 16 octobre. Courrier que nous n'avons pas eu alors qu'il s'est procuré notre adresse postale, ce qui n'est pas un secret. Il sait que nous l'avons enregistré avec son autorisation et qu'il a parlé librement.

Ces gens aiment beaucoup les interdits. Il a notre adresse mail et notre numéro de téléphone mobile, comme son employeur, mais nous n'entendrons plus jamais parler d'eux. Si ce n'est par Maître Pudlowski, l'avocat de Georges El Assidi, qui a entre autres mérites celui de ne pas pratiquer l'art de la menace, de la dissuasion et de la manipulation.

Nous rappelons que tout ce qui vient d'être raconté s'est produit au tout début de notre enquête, alors que nous ignorions à peu près tout des affaires autour de l'héritage Trenet, donc pas de préjugé, et que les deux premières personnes qui nous en ont parlé sont Maurice K. et son avocat.

Le nom complet de Maurice K. n'est pas donné ici car personne ne sait comment l'orthographier exactement. D'ailleurs, son frère et lui ne l'orthographient pas de la même façon. La plupart des journaux et magazines le citent par son nom complet, sans toujours être d'accord entre eux.

Nous précisons que les documents enregistrés, notamment la conversation avec l'avocat aixois de Maurice K. et ceux reçus de la part de Maurice K., ont été déposés au cabinet de notre Conseil.

Post-Scriptum

En 2021 la cour d'appel a confirmé l'annulation des contrats de droits d'auteur extorqués à Georges El Assidi. Celui-ci peut donc disposer librement des droits d'auteur qui lui reviennent. La décision de 2015 est confirmée en appel. La société Nest basée au

Danemark n'existe plus, elle a été dissoute. Pourtant, Maurice K. s'acharne et dépose un pourvoi en cassation qui sera rejeté, bien sûr, mais qui continue de pourrir la vie de Georges El Assidi comme c'est le cas depuis quinze ans. Dans quel but ? Nul ne peut le dire. Le mal a ses raisons que la raison ignore.

Le mariage funèbre de Jean-Luc Delarue

Il avait été un prince. Pendant près de quinze ans, entre la radio très tôt le matin, à l'heure où la vie s'éveille, et la télévision des soirées vacillantes, quand ç*a se discutait* jusqu'après minuit, Jean-Luc Delarue était la star incontestée d'une époque en train de plonger dans l'ambiguïté.

Le jeune homme parfait, cintré dans son costume noir, chemise blanche sans cravate, était beau, intelligent, à la fois familier et distant. Son visage juvénile, cerclé de petites lunettes rondes, comme pour donner un peu de sévérité à l'ensemble, affichait sérieux et mystère. Il incarnait, après Michel Drucker, une sorte de gendre idéal, même s'il ne se découvrait jamais tout à fait. Qui était-il ? De quelle enfance était-il fait ? À quoi rêvait-il ? De quoi souffrait-il ?

Nous avons ignoré ses failles car il semblait ne pas en avoir. C'était tout le contraire. Entre une enfance bousculée, privée de ses repères, et son adolescence, il avait déjà connu cette partie de la vie qui fait mal. Il s'en cachait sous des dehors de sourires graves et une humilité sereine qui rassurait.

Quand le succès est venu, et la gloire et l'argent qui coule à flots, comme un torrent incontrôlable, il a cru que c'était gagné. C'était le début d'une chute mortelle. La fortune et la gloire avaient attiré des marchands de mort, de drogue, vers une nouvelle proie, isolée dans son désarroi glacé. Lui, il était déjà fragile au départ. En quelques années, tout a été fini. La folie, la maladie, la chute, le cancer, la fin.

Longtemps avant sa mort, au mois d'août 2012, Jean-Luc Delarue n'était plus que l'ombre de celui qu'il avait été. Le public, effaré, l'a découvert au fur et à mesure alcoolique, drogué, capable de tous les délires, que ce soit dans un restaurant, dans un avion en plein ciel, incapable de tenir son rang où que ce soit, et encore moins de tenir une émission. Il était rongé par son mal, par ses maux, devrait-on dire. Jusqu'au jour où le cancer va s'emparer de sa vie, pour mettre fin à un calvaire interminable.

Il meurt en août 2012, à 48 ans, et on se fait la réflexion à ce moment-là que l'on ne connaît pas bien le défunt. Il ne ressemble que de très loin à Jean-Luc Delarue.

Dans sa défonce permanente, commencée en 2007, il est sur le point d'entraîner sa famille dans sa dérive lorsque Élisabeth décide que c'en est trop. Il lui faut protéger son fils, elle le sent, elle en est persuadée. Elle quitte donc Jean-Luc en janvier 2009, et il ne le lui pardonnera jamais. Peu importe alors, l'essentiel est de mettre son petit garçon de 2 ans et demi à l'abri.

Livré à lui-même, sans garde-fou désormais, il s'enfonce un peu plus. Jusqu'à la déchéance qui va le mener tout en bas. C'est le moment, inattendu, qu'il va choisir pour revivre. Trop tard ? Un cancer de l'estomac le frappe au cœur de sa rédemption.

Le châtiment n'est jamais loin de la faute. Il saura très vite qu'il n'a aucune chance de s'en sortir.

Alors qu'il lutte pour essayer de guérir, tout au moins retarder l'échéance, il voit revenir dans sa vie une jeune femme qu'il avait croisée auparavant. Elle s'appelle Anissa, ils ont commencé de se fréquenter au printemps 2009 jusqu'en mai de la même année. Elle est de retour quelques mois plus tard et, à partir de la découverte de la maladie de Jean-Luc, en novembre 2011, sa présence s'intensifie. Elle s'installe peu à peu à son domicile.

À partir de ce moment, ils ne vont plus trop se quitter.

Jean-Luc Delarue semble envoûté. Il ne conçoit plus la vie sans Anissa, on pourrait aussi dire qu'il ne conçoit plus la vie. Le 12 mai 2012, alors qu'il est au plus mal, il épouse Anissa, l'occasion d'une fête étrange au cours de laquelle la mort et la fatalité semblent rôder entre les tables où sont assis de prestigieux invités.

Sa mère n'est pas là, il y a longtemps qu'ils ne communiquent plus. En revanche, son père, Jean-Claude, avec lequel il s'est souvent heurté, est très présent dans ces moments périlleux. Il est là avec sa deuxième femme et il a insisté auprès d'Élisabeth Bost pour pouvoir emmener son petit-fils au mariage de son père. Cela fait tellement plaisir au marié. Jean a 5 ans. Il ne comprend pas tout mais il rit beaucoup et son père sourit dans ses yeux.

Quand il repart de Belle-Île, attristé par l'état de son fils mais heureux de lui avoir apporté sa présence, Jean-Claude Delarue ne sait pas qu'il ne le reverra plus que deux fois avant qu'il meure.

Jean-Luc est de nouveau hospitalisé en urgence le 17 mai 2012, à l'hôpital Beaujon à Paris, cinq jours après son mariage. Ses conditions de vie deviennent très pénibles, entre angoisse, panique et douleur.

Le 26 juin il est transféré à l'hôpital du Val-de-Grâce, le 31 juillet 2012, il faut le transporter à l'Hôpital américain de Neuilly-sur-Seine.

Au chagrin et à l'inquiétude, légitimes, vient s'ajouter pour sa famille un poids insupportable : elle n'a pas de nouvelles. Aucune.

Quand le temps viendra des règlements de compte, Jean-Claude Delarue évoquera l'éloignement de son fils, comme pris en main, écarté de sa famille, de son père, sa mère, son fils, ses frères. Il est certain qu'Anissa n'y est pas pour rien, elle a mis la main sur Jean-Luc et c'est elle qui décide. Dans l'état du malheureux, ce n'est pas très difficile.

Les dernières semaines, père et fils vont communiquer par texto. C'est tout ce qu'il leur reste.

Je pense bien à toi mon fils. Ton papa qui t'aime.

Papa, je suis en chimiothérapie, beaucoup de soins, difficile de répondre. Je sors dans deux jours.

Comment vas-tu aujourd'hui ? Sais-tu quand tu sors ? Je vais chercher Jean à l'école tout à l'heure, je l'embrasserai très fort pour toi. Je t'embrasse. Papa.

Pas de nouvelles de toi. Est-ce que je peux te parler en direct ? Je t'embrasse.
Le téléphone marche mal. Envoie un SMS.

Mon cher fils, ça fait plus d'un mois et demi que je ne t'ai pas vu. Je souhaite venir te voir cette semaine ou pendant le week-end. Ton papa.

Oui papa, je te réponds vite, j'ai beaucoup de traitements, de rendez-vous professionnels et de fatigue.

Je ne t'ai pas vu depuis très longtemps. Est-ce que tu crois que c'est maintenant possible ? J'aimerais beaucoup. Papa.

Trop fatigué par le traitement pour te voir cette semaine papa. Je reviens vers toi. Je t'embrasse. Ton fils.

Ce dernier SMS date du 22 août, veille de la mort de Jean-Luc. Il y a plusieurs semaines que son père essaie de le voir. En vain. Curieuse situation. L'impression est forte que quelqu'un décide pour tout le monde. Et ce ne sont pas les médecins. Pourquoi un parent doit-il adresser des SMS désespérés à son enfant à l'agonie pour espérer le voir ? Cela n'arrive pas dans la vraie vie. Sauf s'il y a une interdiction médicale ou judiciaire. Les textos montrent que père et fils n'étaient pas en conflit à ce moment de leur vie mais en tendresse. Dans les mots de Jean-Claude Delarue il y a beaucoup d'amour, celui qu'il veut apporter à son garçon mourant. Il y a aussi beaucoup de douleur parce qu'il en est empêché.

Et cette question qui revient, lancinante : pourquoi son fils peut-il lui écrire des textos et ne jamais parvenir à lui parler au téléphone ? Est-il seulement à portée de son téléphone ?

Après qu'il a déjà relevé plusieurs indices au cours de la journée du mariage, Jean-Claude Delarue ne doute pas, selon lui, que Jean-Luc soit sous contrôle. Et sous influence. L'heure n'est pas aux querelles mais à la désolation, au chagrin et à la prière. Son fils va partir, l'avenir s'arrête pour l'instant aux quelques jours qui viennent.

Ils ne seront en rien semblables à ce qu'il attendait. Ni à ce qu'il craignait, ni à ce qu'il espérait. Le vendredi 24 août à midi, un journaliste lui téléphone pour l'interroger à propos de la mort de son Jean-Luc... Le choc est double.

Ce n'est pas commun d'apprendre avec vingt-six heures de retard que votre fils est décédé la veille à dix heures.

Quand il appelle Arnaud Gachy[1] pour lui demander ce qu'il se passe, l'homme de confiance confirme sans expliquer pourquoi il n'a prévenu ni les parents, ni les frères, le fils ou l'ex-femme de Jean-Luc Delarue.

Pour le moment, on continue de les promener dans l'inconnu... Quelques jours après la mort de Jean-Luc, une douzaine de personnes dont la famille du défunt sont conviées à une cérémonie au cimetière du Père-Lachaise. Ils ne savent pas trop ce qu'ils font là. Une cérémonie pour quoi ? Une incinération ?

---

1. Attaché de presse de la société Réservoir Prod, créée par Jean-Luc Delarue, proche de celui-ci.

Un enterrement ? Dans ce cas, où est le corps ? Il n'y a pas de corps.

Le mystère devient insoutenable. Anéanti, Jean-Claude Delarue va confier sa douleur et ses soupçons au micro d'Europe 1. Il raconte son combat pour savoir où son fils est enterré. *Paris Match*, d'abord, puis l'AFP pour confirmation, vont l'aider à mieux comprendre ce qui s'est passé. Et c'est tout sauf un soulagement.

Jean-Luc a été inhumé deux fois. Bien sûr, aucun membre de la famille n'a été prévenu *de l'enterrement* qui a eu lieu le 24 août 2012 au Père-Lachaise, ni de celui qui a eu lieu le 7 septembre au cimetière parisien de Thiais dans une section consacrée aux familles musulmanes.

Deux enterrements (!) … Il leur a fallu beaucoup de temps pour en avoir connaissance, il leur en faudra plus encore pour l'intégrer.

Les journalistes l'ont appris après avoir découvert qu'une concession au nom de *Madame Delarue* avait été réservée au cimetière de Thiais. La sépulture se trouve dans une division du cimetière où sont regroupés des caveaux de familles musulmanes !

C'était ouvrir la porte à toutes les rumeurs, et déjà à la réalité d'une conversion de l'animateur à la religion musulmane. « C'est faux, devait dire Maître Szpiner, l'avocat de la veuve. Toutes les volontés de M. Delarue ont été respectées. » Anissa elle-même précisera que son mari, catholique, l'était resté. Donc, pas de confusion entre concession, conversion et religion ! Il suffisait de le dire.

Près de sept ans après, cette famille accablée n'en sait pas beaucoup plus, et l'autre scandale est là.

Plus violent encore que les rumeurs de *prise d'héritage à la hussarde* qui accompagnent forcément les derniers évènements dans la vie de Jean-Luc Delarue.

Trois mois avant le décès, Jean, le fils unique, était l'héritier. Son père lui aurait transmis la totalité de sa fortune qui aurait été administrée par sa mère. Désormais il n'héritait plus que de la moitié et c'était l'incontournable Arnaud Gachy qui serait nommé administrateur aux biens. Selon la déroutante *dernière volonté* de Delarue. Tout cela étant le résultat direct d'un mariage surprenant qui avait changé les données et surtout changé en profondeur la manière de voir du défunt. Troublant.

Ce n'était pas une fin, bien sûr, mais le début d'une empoignade qui, sept ans après, oppose toujours Élisabeth Bost, la mère de son unique fils, et Anissa Khelifi, épouse Delarue.

Première surprise, quand on découvre que le testament de Delarue, rédigé en février 2012, alors qu'il se sait gravement malade, a été modifié un mois avant sa mort. Ce testament répartit pour moitié son héritage, estimé à 22 millions d'euros, entre sa veuve Anissa Khelifi et son fils, Jean. C'est Jean qui héritera de la société de production Réservoir Prod, tandis qu'Anissa héritera des biens immobiliers et des œuvres d'art.

Première anomalie, selon la mère de l'enfant, son fils aura à payer 45 % de droits de succession, alors qu'Anissa Delarue sera exonérée en tant que veuve. L'idée est que cette injustice, Jean-Luc Delarue ne peut pas l'avoir cautionnée, ou alors c'est qu'il n'était pas dans un état normal. Aucun père digne de ce nom ne pourrait se livrer à un tel déni. Et Jean-Luc Delarue a toujours essayé d'être un bon père.

S'il s'est comporté d'une manière aussi extravagante, est-ce parce qu'il aurait été manipulé et que, affaibli par son cancer, il aurait subi manœuvres et influences diverses ? Est-il allé, sous influence, jusqu'à signer sans trop le savoir des documents officiels ?

En 2014, moins de deux ans après la mort de Jean-Luc Delarue, Élisabeth Bost ne sait pas encore comment aborder une éventuelle contestation du testament de son ex-compagnon. Elle pense avant tout aux intérêts de son fils et à ne pas faire de fausse manœuvre. Ce qui la préoccupe aussi, c'est que dans ce testament, Jean-Luc Delarue a demandé la nomination comme administrateur aux biens légués d'Arnaud Gachy, auquel il a confié également un mandat posthume. Arnaud Gachy, attaché de presse de Réservoir Prod, et sans conteste proche de Delarue. Élisabeth Bost, la mère de Jean, est persuadée qu'il ne présente aucune garantie d'objectivité. Elle a un certain nombre de raisons de le penser dès le départ, et les évènements qui vont suivre lui donneront raison[2].

2. Selon les représentants de Jean Delarue-Bost, « M. Gachy a donc agi perpétuellement, depuis le décès de Jean-Luc Delarue, en contradiction avec les intérêts de Jean Delarue-Bost : pour rappel, jusqu'au dépôt de la requête visant à nommer un administrateur *ad hoc* le 23 octobre 2012 par Mme Bost, M. Arnaud Gachy n'a fait prendre aucune mesure de nature à organiser le processus de cession de la société alors même qu'il y avait une urgence plus que manifeste à organiser cette vente dans l'intérêt du mineur. Et qu'il ne s'était pas non plus inquiété de savoir si Jean et sa mère avaient des ressources nécessaires pour assumer le quotidien. »

Première action, elle demande la désignation d'un administrateur *ad hoc* au tribunal. Il ne faut pas un mois pour que la justice réponde favorablement à sa demande, précisant que c'est en raison du conflit d'intérêts évident que le juge des tutelles, par ordonnance du 29 novembre 2012, a désigné un administrateur *ad hoc* sur demande d'Élisabeth Bost, relevant que « le conflit opposant Mme Bost à M. Gachy, notamment en ce qui concerne la valorisation du Groupe Réservoir et de ses filiales, constituant une part importante de l'actif successoral, compromet la bonne évolution des opérations de succession ; qu'une telle situation de blocage est nécessairement contraire aux intérêts du mineur ».

Anissa Delarue ne reste pas sans rien faire, déjà le 24 mars 2014 elle assigne à son tour Élisabeth Bost en sa qualité de représentante légale de son fils mineur pour faire dire et juger qu'elle pouvait opter pour un quart en pleine propriété et trois quarts en usufruit et valider ainsi l'option qu'elle avait exercée et notifiée par exploit d'huissier du 5 février 2014.

Surprenante, cette volte-face qui ressemble à un coup d'esbroufe. En effet, elle a toujours entendu bénéficier, comme en témoigne la signature de l'acte de notoriété le 21 septembre 2012, de la seule moitié des biens légués par son mari en pleine propriété ainsi que les dispositions testamentaires le précisent expressément. Cette assignation pouvait lui permettre de se voir attribuer la totalité de la masse successorale jusqu'à son décès, aux dépens de l'enfant mineur.

On imagine ce qui se serait passé sans ce renoncement : Jean Delarue n'aurait tout simplement eu le droit à rien, jusqu'au décès de la femme de son père, autorisée à exercer l'usufruit sur 100 % des biens !

Le 8 avril 2014, Anissa Khelifi-Delarue assigne à nouveau Élisabeth Bost, toujours en sa qualité de représentante légale de son fils mineur, en la forme des référés, pour obtenir le versement à titre d'avance sur succession d'une somme de 2 millions d'euros, sans apporter, précise Isabelle Wekstein aucune justification et alors même qu'elle s'était opposée au versement à l'enfant des sommes lui permettant de payer les importants droits de succession exigés immédiatement par le Trésor public.

Dans les conditions fixées par le testament, Arnaud Gachy a énormément de pouvoir et notamment celui de décider personnellement ce que l'on fait ou ce que l'on ne fait pas de l'argent qui revient à Jean Delarue. La mère de celui-ci n'a aucun pouvoir là-dessus. Elle doit se contenter, pour élever son enfant, d'une pension pour laquelle elle doit se battre. Elle existait, confortable, du temps où Jean-Luc Delarue vivait encore. Jamais il n'aurait accepté que son fils manque de quoi que ce soit. Depuis, on a voulu réduire cette pension… Élisabeth n'a pas cédé. Elle en vit aujourd'hui, car elle a perdu son travail il y a quelque temps et que son fils de 12 ans ne peut aucunement bénéficier de la fortune héritée de son père tant qu'il ne sera pas majeur. Tout est entre les mains d'Arnaud Gachy. Situation improbable.

D'ailleurs, toujours en 2014, Élisabeth entame une action pour essayer d'exclure Arnaud Gachy de son rôle d'administrateur des biens légués.

Et elle y parvient grâce à un jugement du tribunal qui lui octroie d'ores et déjà une réserve de 800 000 euros, sans même attendre le verdict de la Cour de cassation. Laquelle rétablira de façon surprenante Arnaud Gachy dans ses fonctions, exigeant d'Élisabeth Bost qu'elle rende les 800 000 euros reçus. D'errements en contradictions, la justice inquiète parfois plus qu'elle ne rassure.

Comme si Jean-Luc Delarue était encore vivant, cette affaire prend des allures d'extravagance. Les décisions les plus folles sont prises, les actions extrêmes et les coups de théâtre semblent remplir le quotidien de tous les acteurs.

En 2016, Élisabeth Bost va à nouveau en justice pour demander la nullité du mariage de Jean-Luc avec Anissa, ainsi que celle du PACS qu'ils avaient passé au printemps 2012, quelques semaines avant leur mariage. Et, enfin, l'annulation du codicille de juillet 2012, qui figure dans le testament, et octroie 50 % à Jean Delarue et 50 % à sa veuve.

Que penser du comportement de Jean-Luc Delarue dans les trois derniers mois de sa vie? Incohérent et violemment à l'opposé du personnage. Il n'était pas comme ça et comment imaginer qu'il le soit devenu à quelques jours de sa mort? Refuser de voir ceux qu'il aimait le plus au monde au moment de mourir? Qui peut croire cela? L'échange de SMS avec son père est un aveu terrifiant. Omettre les siens? Les rayer de sa mémoire? Ce n'est pas crédible.

Il est certes, au bout de l'histoire, usé par ses excès, esquinté par ses dérapages et enfin terrassé par une maladie foudroyante. Sa vie fout le camp par tous les bouts mais c'est un autre Jean-Luc

Delarue qui a vécu les derniers jours, quand même. Trop loin de ce qu'il était.

Dans le combat déséquilibré qu'elle a entrepris au nom de son fils, Élisabeth Bost est épaulée par le père et la mère de Jean-Luc, ainsi que par ses demi-frères, Thomas et David Rivoire. Ceux-ci n'ont pas oublié son grand état de détresse tout au long de la cérémonie de mariage, une immense fatigue l'obligeant à aller se reposer régulièrement.

« L'état de Jean-Luc Delarue s'était aggravé deux jours avant son mariage », confirme Isabelle Wekstein[3].

L'avocate et sa cliente pensent qu'on ne peut pas faire confiance à Anissa Delarue, pour la bonne raison qu'elle a essayé d'abuser de leur bonne foi. Faire croire qu'elle avait encore la possibilité de prendre l'option de l'usufruit, alors qu'elle avait signé le contraire dans le testament, c'était assez audacieux. Quoi qu'il arrive, et même si elle n'obtient pas satisfaction, Élisabeth Bost veut tout faire pour que soient retenus les doutes énormes sur l'état physique et mental réels de Jean-Luc Delarue au moment où il a pris des décisions qui engageaient l'avenir de son fils.

« Même si le tribunal a débouté Élisabeth Bost de sa demande d'annulation du testament et du mariage de Jean-Luc Delarue, les juges ont précisé que « néanmoins Jean-Luc Delarue était malade depuis sept mois à la date de son mariage, atteint

3. Entretiens avec l'auteur, les 9 et 21 février 2019.

d'un cancer découvert au stade 4 et passé en phase terminale à cette date. »

Isabelle Wekstein tient à cette précision, et elle cite un extrait du jugement : « Il résulte en effet du compte rendu médical d'hospitalisation de l'hôpital Beaujon que Jean-Luc Delarue présentait une sérieuse et profonde altération de son état général, des troubles de la vigilance avec ralentissements psychomoteurs, ainsi que des hallucinations nocturnes, dues à la prise de médicaments, ayant nécessité une hospitalisation en urgence le 17 mai 2012. » Et le rapport indique donc que deux jours avant son mariage, l'état de Jean-Luc Delarue s'est encore aggravé.

Cette bagarre est une affaire de femmes qui ne peuvent pas se supporter, pourrait-on dire. Une affaire de femmes se déchirant autour du souvenir d'un homme, qui ne s'acceptent ni l'une ni l'autre, l'une parce qu'elle a été la dernière épouse, l'autre parce qu'elle est la mère de son seul enfant.

Il y a des nuances, quand même. Lorsque l'une se bat avant tout pour son fils, l'autre mène un combat que l'on a du mal à identifier. Le pouvoir est un argument insuffisant. Et d'ailleurs quel pouvoir, et pourquoi ? Peut-être l'idée de s'inscrire dans une histoire, même si son mari est mort au bout de trois mois. Si c'est le cas, ce n'était sans doute pas la meilleure façon de commencer.

Et puis il y a l'argent, plus qu'un alibi. Présent, dans son énormité – 22 millions d'euros – et dans sa monstruosité. L'argent qui peut tout dévorer, jusqu'au proche avenir d'un enfant.

V

La belle histoire

Jacques Brel avait trois filles. Parce qu'elle n'acceptait pas la mort de ce père qui avait illuminé son enfance et donné un sens à sa vie quand elle était encore toute petite, France, la deuxième, a choisi de continuer à le faire vivre et créé à Bruxelles une Fondation Jacques Brel qui palpite au cœur de la ville depuis près de quarante ans. Ni un exploit, ni une performance et surtout pas le sacrifice d'une vie à un souvenir. C'est juste normal. Après tout, quand on n'a que l'amour…

Françoise Sagan n'avait qu'un fils et nous oserons dire qu'elle l'avait bien choisi. À la mort de sa mère, Denis avait un choix crucial à faire : refuser l'héritage plombé par des dettes abyssales et continuer sa propre vie à l'abri de toute poursuite, ou l'accepter, prendre les dettes sur soi, sacrifier au moins quinze ans de sa propre vie mais gagner en même temps le droit de continuer à faire vivre l'œuvre de Sagan, la relancer, lui donner une nouvelle jeunesse.

Serge Gainsbourg aurait pu passer des nuits et des nuits à plancher sur son testament. Parce qu'il était à la tête d'une fortune, déjà. Et aussi parce que sa situation familiale était des plus compliquées. Fidèle à sa manière, c'est-à-dire à l'inverse de ce qui se fait généralement, Serge Gainsbourg décida de ne rien décider. Pas de testament, que tout ce petit monde se débrouille! On pouvait craindre le pire et des conflits à n'en plus finir et ce fut le contraire.

Jacques Brel et la fille au père

Il faudrait n'avoir jamais entendu du Jacques Brel ou être sourd et aveugle pour ne pas être saisi. Elle est l'une de ses trois filles, ça la distingue déjà.

France, la deuxième fille de Jacques Brel, celui que l'on était fier d'aimer, l'homme d'*Amsterdam*, d'*Orly* et de *Ces gens-là*, de *Les Vieux*, de *Voir un ami pleurer* et de *Ne me quitte pas*.

C'était notre vie et ça le reste, bien plus que nos souvenirs. Quarante ans après, nous écoutons toujours Brel au jour le jour parce que ses textes, quel que soit leur âge, sont toujours neufs, à défaut d'être nouveaux. On l'aime sans mesure, indéfiniment et tout à fait.

Rencontrer l'une de ses filles n'est pas banal. C'est un peu dangereux pour l'émotion. Mais comment se passer d'une rencontre avec une héritière qui, depuis près de quarante ans, consacre ses jours et parfois une part de ses nuits à l'œuvre de son père ? Aux admirateurs venus de partout, à leurs questions et à leurs curiosités. Et cela, il faut bien le dire, sans ostentation, en absence de tout profit.

Au cœur de Bruxelles, sur une petite place historique qui réchauffe les souvenirs, même en décembre, une veille de Saint-Nicolas, se trouve la Fondation Jacques Brel. Au numéro 11 de la place de la Vieille-Halle-aux-Blés. C'est là que travaille tous les jours France Brel, avec une petite équipe et le soutien indéfectible de son mari, Francis de Laveleye.

Les visiteurs vont et viennent, ils écoutent des chansons, regardent des films de concert, des enregistrements, des interviews du grand Jacques, de sa veuve, Thérèse Michielsen, devenue « Miche » il y a si longtemps, de personnes qui ont œuvré à ses côtés. Il y a des documents rares, Pierre, le frère aîné de Jacques, qui parle, son enfance qui remonte, dans des casques, pour écouter à l'abri du monde. Même le silence est chaleureux. On est chez Brel, pas dans une cathédrale. La vie est partout, rien n'est prétentieux, ce n'est pas une exposition pour m'as-tu-vu, c'est un hommage infini, et si l'on ne craignait de le contrarier, même à longue distance, nous dirions que l'atmosphère est à la communion. Sans curé, bien sûr. L'histoire est belle et l'on a du mal à se souvenir qu'elle n'avait pas si bien commencé.

1978. C'est l'image d'une vie, c'est l'image d'une mort, c'est l'image d'un enterrement. Miche Brel et Maddly Bamy dans les bras l'une de l'autre, deux femmes qui auraient pu être des rivales, réunies dans les larmes, au moment des obsèques de Jacques Brel.

Il était le mari de la première et n'a jamais cessé de l'être, à sa manière. Il était le compagnon de la seconde et c'est elle qui a accompagné les quatre dernières années, les derniers mois, les dernières secondes de sa vie.

Dans cette image à la fois étonnante et émouvante, il y a sans doute tout Jacques Brel, l'homme sans harnais, sans code, si ce n'est les contraintes qu'il avait choisi de s'infliger parfois.

Au moment de sa mort, Jacques Brel ne voit plus beaucoup sa famille. Ni sa femme, ni ses trois filles. Ce n'est pas une décision liée à un état de fait récent. Depuis qu'il a quitté Bruxelles dans les années 1950 pour aller tenter sa chance à Paris, il a, d'une certaine manière, distendu, sans les rompre, les liens avec sa famille. Jamais Miche et ses filles ne sont venues le rejoindre pour mener une vie commune à Paris. Sauf à Montreuil, de novembre 1955 jusqu'en février 1958, peu avant la naissance d'Isabelle. Miche n'appréciait pas Paris et préférait attendre les retours de son mari baladin à Bruxelles, là où se trouvent sa famille et ses amis. C'était comme ça et ça l'arrangeait bien.

Il revenait régulièrement et, reprenant sa place comme si de rien n'était, s'installait dans son rôle de chef de famille avec l'assurance et le confort d'un homme qui était juste parti le matin pour travailler : « Je n'aime pas l'idée qu'un homme qui exerce un métier passionnant, et qui le fait bien, ne montre de lui à ses enfants que l'image terne d'un bourgeois, d'un pépère qui rentrerait tous les soirs pour se mettre les pieds sous la table. Quand on est un grand médecin, il est plus intéressant pour vos enfants de vous voir exercer, plutôt que de vous contempler en train de manger votre soupe le soir venu. Moi, je veux que mes filles me voient sur scène, qu'elles aient cette image de moi, c'est la meilleure impression que je puisse leur donner. »

La mauvaise foi est bien utile parfois, surtout quand elle est pimentée d'un immense talent, et Jacques Brel ne manquait ni de l'une ni de l'autre.

Il aimait s'expliquer, se raconter, il aimait défier les raisonnements bourgeois et encore une fois ça l'arrangeait bien.

Parce que sa vie, à partir du moment où il est parti à Paris, a été dévouée à son métier bien sûr, à toutes ces années enragées, consacrées à essayer de réussir, en vain pendant très longtemps. Aussi à l'amour. À l'amour qu'il était capable de donner à plus d'une femme. Cœur généreux plutôt que cœur fidèle.

Certaines ne sont pas des inconnues, elles ont défilé, mais elles n'ont jamais menacé Miche, l'épouse sereine et silencieuse, on allait dire mutique, qui ne disait rien et tenait surtout son foyer en attendant que le mari prodigue revienne. Il y a eu des moments plus brûlants que d'autres. Par exemple lorsque Miche Brel se retrouve enceinte de leur troisième fille, Isabelle, et que cela provoque la rupture de Jacques avec la jeune artiste Suzanne Gabriello, foudroyée d'apprendre que la femme de son amant vient d'accoucher alors qu'il lui soutenait depuis plusieurs mois ne plus avoir de relations avec elle.

Ainsi va la vie avec Jacques Brel, ses petits mensonges, ses grandes tristesses, ses chagrins fous lorsque, pris sur le fait, il voit son univers s'écrouler.

Cela aura au moins eu le mérite de le voir écrire, sans doute pour Suzanne Gabriello[1], *Ne me quitte pas*, cette chanson qu'on a pu penser dédiée à beaucoup d'autres. Il est vrai qu'elles étaient quelques-unes à jurer que la chanson avait été écrite pour elles…

---

1. Entretien avec l'auteur en février 1988 : « C'est pour moi qu'il a écrit *Ne me quitte pas.* »

À la fin de sa vie, et après tant d'autres amours, c'est Maddly qui occupa le terrain du cœur. Il l'avait rencontrée sur le tournage de *L'aventure, c'est l'aventure*, le film de Claude Lelouch. Cette Antillaise racée était comédienne, elle avait été la compagne fugitive d'Alain Delon et était aussi la sœur d'Érick Bamy, l'homme qui doublait, dans certains concerts, la voix de Johnny Hallyday.

Pendant les quatre dernières années, Maddly occupe la vie de Jacques Brel à plein temps, riant de tout, calme, reposante, aimante.

Miche reste l'épouse, celle que l'on va voir parfois, celle à qui l'on écrit, par exemple lorsqu'on tombe malade et qu'on sait que cette fois ça va être grave, une confidente, une amie, un amour, sa femme.

Maddly est là pour le reste, pour l'emmener dans une autre vie, loin de tout ce qu'il avait appris à détester au fond et que l'on peut nommer, peut-être, la civilisation. Jacques connaissait déjà la mer, le bateau et les traversées. Il veut retrouver cela mais ne souhaite pas voyager en solitaire. Maddly l'accompagne cette fois jusqu'aux Marquises, cette île près de Tahiti, où il écrira ce qui est, sans doute, son plus grand album, le plus beau, et nous ne disons surtout pas cela parce qu'il est le dernier. Simplement parce qu'il est immense.

Il s'est enfui sur les mers, éperdu, égaré, et au hasard du voyage il trouve une maison qui sera sa dernière.

Ces années vont alterner entre l'hôpital en région parisienne et en Belgique et la mer turquoise des Marquises. Les chansons extraordinaires qui composent son dernier album arrivent chez les disquaires quelques mois avant sa mort. *Orly*, *Voir un ami pleurer*, *Jojo*, *Jaurès*, *Les Marquises*… Que des chefs-d'œuvre, un premier testament.

France Brel aura été la dernière des trois filles à voir son père, à avoir une relation – même chaotique – avec lui. France et Jacques, une sorte de binôme tempétueux, arc-bouté sur un amour qui ne veut pas dire son nom, qui devient encombrant parfois, une relation père-fille qui briserait le cœur de n'importe qui d'autre. La dernière fois qu'ils se sont vus, c'était sur ce bateau qui devait naviguer durant trois ans. Ça s'est mal terminé, il l'a débarquée dans un port et est reparti. Il n'en pouvait plus, elle non plus.

« C'est lui qui m'avait proposé de venir sur le bateau. J'étais heureuse. Il m'avait prévenue qu'il y aurait des "dames". Je n'étais pas surprise. » Ce n'est donc pas la présence de Maddly qui pouvait perturber France. Maddly Bamy, bien entendu, mais dès le début de notre entretien, France m'a averti qu'elle ne nommerait aucune des dames. Y compris celle-là.

Ce qui l'a perturbée, dit-elle, c'est le comportement de son père. À cran avec elle, comme s'il était sur le pied de guerre… Comme nous lui demandons pourquoi, selon elle, France répond : « Après le décès de son ami Jojo et depuis l'annonce de son cancer au poumon, Jacques dialoguait avec la mort et mes 20 ans découvraient la vie. Confrontation d'univers. »

Il la fait descendre brutalement à Fort-de-France, l'expulse du bateau sans ménagement, l'abandonne sans un centime sur elle et repart en laissant là sa fille de 21 ans.

Le souvenir ne fait toujours pas sourire France mais elle rappelle, comme pour l'adoucir : « J'ai croisé sur le port de Fort-de-France, un autre jour, un marin qui m'a confié tout le bien que mon père disait quand il parlait de moi. Il était, paraît-il, très fier de sa fille. »

Elle voudrait que le souvenir de cette traversée ne se résume pas à cette fin brutale.

« Sept mois avec son père pour traverser l'Atlantique sur un voilier de soixante pieds de long, c'est quelque chose ! On était partis d'Anvers vers le sud de l'Angleterre, les Açores, les Canaries, une vie de marin. J'avais 21 ans, nous naviguions sans pilote automatique, à la barre nous recevions des paquets de mer, j'étais heureuse, nous aimions ça, même si tout s'est dégradé peu à peu quand j'ai compris que la dame de passage dont j'ai fait la connaissance sur le bateau ne céderait pas sa place aux autres dames invitées. Les consignes de base d'avant le départ n'étaient plus respectées. »

C'est ainsi que sont les émotions à la mort de Jacques Brel, douloureuses, contradictoires, distantes, voire très éloignées. Que sont les sentiments, que reste-t-il des saisissements, des émois, de l'amour, quand on a si peu l'occasion de le donner ? Ce n'est pas facile pour une famille d'être tenue à distance d'un homme qu'elle adore.

Ce n'est facile pour personne, surtout quand la mort approche et qu'elle va tout emporter. Il fallait en passer par là puisque Jacques le voulait. Ni les filles ni l'épouse n'ont contesté. Elles ont souffert, en silence, le plus souvent. Comme Jacques leur avait souvent appris à le faire face aux circonstances difficiles de la vie, elles ont respecté le moment de sa mort, le moment de ses obsèques qui a appartenu avant tout à Maddly.

Celle-ci n'a pourtant pas prévenu la famille lors de sa dernière hospitalisation en urgence quelques jours avant son décès, que Miche et ses filles apprennent une heure avant que la presse ne diffuse l'information. Selon le vœu de Jacques Brel, connu de tous, il allait être enterré aux Marquises. Maddly a pris, seule, les choses en main, écartant l'épouse et les filles.

Plus tard, la famille rentrerait dans ses droits et ses devoirs.

La succession de Jacques Brel ne présente en apparence aucun souci. C'est une succession classique puisque le chanteur a fait un testament le 7 janvier 1973. « Ce soir-là, mon père dînait à la maison avec un ami notaire et il lui a parlé de son intention de partir en mer pour trois ans. L'ami lui a alors conseillé de faire un testament, puisqu'il n'en existait pas jusque-là. Et à la fin du dîner, mon père a rédigé, au bénéfice exclusif de ma mère, son unique testament. » Miche est donc désignée légataire universelle de son mari, à six mois de ce premier départ en bateau.

À la mort de Jacques, c'est à elle de gérer la succession et notamment les biens immobiliers. Certains étaient occupés par des *dames*. Situation délicate à gérer, il n'y aura pas toujours des moments faciles. Les unes ou les autres, et elles étaient nombreuses, se référaient à ce que leur aurait dit Brel pour solidifier leur position.

« Il faut savoir que mon père était un homme généreux qui avait offert beaucoup de choses, et notamment des appartements à des *dames*, sans se soucier de récupérer un jour ces cadeaux. Ma mère a toujours respecté cela, comme elle a toujours respecté les actes de mon père. Cela a forcément mené à des abus. Ainsi, Jacques avait donné à l'une d'elles un appartement dont l'usufruit était pour ma mère. Elle n'a jamais cherché à se débarrasser de la personne, ni même récupérer les effets de son mari qui étaient là, du fait qu'il avait aussi vécu dans l'appartement. Si Jacques l'avait installée dans cet appartement, Miche ne se sentait pas le droit de la déloger. Ni de retirer quelque objet que ce soit. Malheureusement, tout le monde n'a pas sa délicatesse. Des effets de mon père qui se trouvaient là seront finalement vendus aux enchères, en 2008. Trente ans après. Triste. Mais pas de nature à faire changer ma mère, qui n'a jamais rien réclamé pour elle, et a toujours considéré qu'elle devait être fidèle aux dernières volontés exprimées par Jacques dans son testament. »

Quand elle parle de son père, France dit parfois Jacques, sans distance aucune, avec même un surcroît de tendresse. Après tout, elle peut bien l'appeler par son prénom, elle a désormais une bonne quinzaine d'années de plus que lui…

Les conflits apparus après la mort de Brel ont été multiples et la famille a dû s'opposer à Maddly Bamy, la dernière compagne. Celle que France s'obstine à ne jamais citer.

Maddly est restée vivre deux ans, après la mort de Jacques, dans la maison des Marquises, jusqu'à ce que la propriétaire ait besoin de la reprendre. Mais même à distance, les relations entre elle et la famille vont se détériorer.

Déjà, Miche et ses filles ont un haut-le-cœur quand elles reçoivent la facture des obsèques, alors qu'elles ont été organisées, du début à la fin, par Maddly qui ne leur a surtout pas demandé leur avis sur quoi que ce soit. Et sans avoir eu la moindre intention de les inviter à accompagner Jacques vers sa dernière demeure.

Imperturbable, Miche paie la facture. Pas question de s'abaisser à discuter le coût des funérailles. Mais elle n'oubliera pas.

Brel était un généreux, conscient qu'il ne savait pas dire non. Quand il rédige son testament en faveur de Miche, en 1973, c'est le moment où Maddly s'installe dans sa vie et il voit d'autres femmes. Un an après, à la faveur de sa traversée vers les Marquises et une autre vie, sa relation avec Maddly a pris un tour plus exclusif. Aussi, sans rien trahir de son attachement et de ses devoirs vis-à-vis de sa famille, il veille à ce que, le jour venu, elle ne se retrouve pas démunie. Il lui offre entre autres une maison à Uzès. Il met à son nom son avion privé, le *Jojo*, elle pourra revendre aussi voiture, moto, cave à vin…

Maddly s'en contenterait sans doute si elle ne se retrouvait à 35 ans sans travail, sans avenir. Elle était second rôle au cinéma, danseuse, après toutes ces années d'interruption elle n'existe plus dans le métier. Même si elle a de quoi subsister, le plus dur pour elle c'est sans doute de ne plus être *Madame Brel*. Elle n'est pas la première à qui cela arrive. De tout temps, les *dames* qui partageaient des morceaux de la vie de Brel ont été appelées ainsi par des voisins, des commerçants.

Depuis la mort de Jacques, il n'y a plus qu'une Madame Brel, et c'est Miche. Les autres sont redevenues Monique ou Sylvie ou Maddly. Celle-ci le vit beaucoup plus mal que les autres. Elle s'était habituée à son rôle…

La plus violente polémique va naître autour du dernier disque, *Brel* (même si on a tendance à le nommer aujourd'hui *Les Marquises*, comme le treizième et dernier titre de son treizième et dernier album), sorti en novembre 1977, onze mois avant la mort de son auteur.

Jacques Brel avait voulu cette pochette composée d'un infini ciel bleu et rien que les quatre lettres de son nom en matière de titre. Une sorte de salut puisqu'il savait, au moment de l'enregistrement, entre septembre et octobre 1977, qu'il était condamné.

Jacques Brel avait-il dit à Maddly qu'il lui donnerait les droits de l'album ?

Cela paraît curieux. Pas tant au vu du succès record rencontré tout de suite par l'album et qui ne s'épuise pas quarante ans après, puisqu'il en est aujourd'hui à près de 1,2 million de ventes.

Ce disque était aussi un testament. Et on ne peut pas penser sérieusement que Jacques Brel ait choisi d'en déposséder toute sa famille. Toute sa vie, où qu'il soit, il a tenu avant tout à protéger les siens. C'est vrai que Maddly a revendiqué avec force et virulence, à l'époque. Sûre de son fait. Cet album, Jacques lui aurait promis que les droits lui en reviendraient, dans leur intégralité.

À l'appui de ses dires, elle cite François Rauber, l'arrangeur, qui aurait entendu Brel dire que les bénéfices de l'album iraient à Maddly.

« Il avait fait son dernier album pour moi mais il n'a pas eu le temps de le faire notifier par un notaire. »

On peut s'étonner évidemment que le couple ait eu, ensuite, le temps de faire un demi-tour du monde sans jamais passer chez un notaire.

Et puis Brel n'a jamais signé ou même écrit le moindre mot pour exprimer une telle volonté. Rien. Pas une trace d'une telle décision qui n'était pas minime, quand même.

En onze mois, entre la sortie de l'album et sa propre mort, n'aurait-il pas pu signifier sa volonté, si elle était évidente ?

« Nous n'étions pas au courant. Il n'y avait aucun document, confirme France. D'ailleurs, je pense que cet événement illustre bien tout le côté à la fois touchant et irritant de Jacques. Mon père était capable de tenir de nombreux discours, c'était un homme qui ne supportait pas de ne pas être gentil, il était donc gentil tout le temps, avec tout le monde. Mais à un moment il faut assumer et ce n'était certes pas la spécialité de Jacques… »

Les faiblesses des hommes provoquent tant de blessures. Presque toutes les histoires de ce livre regorgent de ces souffrances, de ces faiblesses, de ces lâchetés qui ne disent pas toujours leur nom. Aux familles de se débrouiller avec cela ensuite.

France est lancée. Elle parle de son père, de ses défauts, comme s'ils étaient des qualités, elle évoque des souvenirs douloureux pour elle comme s'ils étaient des bienfaits. Et ça semble être le cas.

Elle parle, elle égrène ses mots et nous captons sans cesse son regard au fur et à mesure. Il y a dans ces regards tellement d'amour pour son père, qui résonne beaucoup plus fort que les mots.

Elle a compris, enfant, que *Jacques* était un être différent. Elle pouvait l'appeler papa et savoir qu'il était aussi Jacques Brel, un être exceptionnel, hors-norme. Sans ostentation et sans gêne, elle dit, « J'étais subjuguée. »

Elle revient sur la polémique autour du dernier album.

« Il disait, mais il n'écrivait pas! D'ailleurs, il n'était pas idiot et s'il avait vraiment voulu que cette personne jouisse des droits de son dernier album, il aurait préparé les choses, ce sont des choses compliquées qui ne se font pas comme ça. »

France Brel est tout en pudeur. Elle ne cherche jamais à blesser, effleure les souvenirs lorsqu'ils sont trop acides, caresse certaines émotions, calfeutre ses désarrois lorsqu'ils l'assombrissent.

Ainsi, elle ne met pas en avant l'existence d'un document dont l'exhibition pourrait mettre un terme à toute polémique autour des droits du dernier album. C'est une lettre adressée à Miche le 2 février 1978, alors que l'album est en vente (triomphale) depuis trois mois: « Après ma mort, c'est toi qui auras mes quelques biens immobiliers et les droits à venir. Toi et les filles, bien sûr... Grâce au dernier disque (Bon sang on ne pouvait pas le vendre plus bêtement) toi et les enfants ne risquez pas la misère avant quelques années. »

Cette lettre est à la Fondation, soigneusement conservée. Si le public n'y a pas accès, on peut la lire dans le cadre de son travail et de ses recherches, nous avons pu le vérifier.

Lorsque nous abordons la naissance de La Fondation et même son essence, France s'illumine. Son visage semble dévoré par la passion. Pour elle, c'était une évidence, elle a su tout de suite que son désir était là. Il n'y avait pas d'autre choix. Créer, offrir, donner. C'était plus qu'un rêve, une certitude. Mais il fallait peser le pour et le contre, quand même, ne pas agir alors que le chagrin était encore vivace. Elle s'est laissée plusieurs mois de réflexion.

Elle repart en arrière, quarante ans en arrière, lorsque son père était devenu un sujet de questionnement, le jour et la nuit.

Que devait-elle faire, pourquoi allait-elle le faire ? Qu'y avait-il pour l'empêcher de le faire ?

La colonne des « pour » débordait de frénésie et d'engouement.

« Jacques m'avait toujours intéressée, passionnée, depuis ma petite enfance. J'étais admirative de cet homme pas comme les autres. Quand il venait à la maison, je l'observais intensément, je me taisais pour l'écouter. C'était même beaucoup plus fort, il représentait pour moi la seule solution pour rester en vie sur cette planète. Lorsqu'il était là, c'était comme une fenêtre ou une porte qui apparaissait alors. Lorsqu'il n'était pas là, nous étions une famille banale avec une mère et trois filles. Et pour moi, il ne se passait rien, il n'y avait pas de soleil, une vie vide de sens… J'étais une enfant très renfermée, me posant toujours beaucoup de questions, me demandant ce que je faisais sur cette terre, on disait de moi que j'étais mal dans ma peau. Ma mère et mes sœurs aimaient beaucoup sortir, moi pas du tout. Et, quand mon père apparaissait, j'avais l'impression d'être en contact avec la bonne planète, je me disais que vivre c'était ça. Mais en dehors de lui, de sa présence, tout ce qui donnait de la vie et du mouvement à la maison ne m'intéressait pas. Le "pour", c'était donc tout cela, la passion pour mon père, le désir de faire ça pour lui. Et aussi parce qu'il y avait un public qui attendait cela. »

Le « contre » c'est ce que pourraient penser certaines personnes, qu'elle tombait dans la facilité, qu'elle aurait pu avoir d'autres ambitions que celle de s'occuper de son père. Que peut-être elle avait versé dans une certaine forme de commodité, à *reprendre ses chaussures*, comme elle dit, sans son talent, juste pour faire fructifier ce qu'il avait créé. Il y a de quoi vous faire réfléchir.

« En 1981, je me décide. Parce qu'autour de moi j'entends parler de projets, d'associations, de *Centre Brel*. Et si un étranger allait se lancer dans quelque chose qui ne me conviendrait pas, et qu'il soit trop tard ensuite pour moi ? Je me dis que si je ne le fais pas maintenant, je ne le ferai jamais, donc je passe à l'acte. »

L'idée de cette fondation est avant tout de pouvoir réunir la famille autour d'elle. France demande à quelques-uns s'ils souhaitent devenir membres fondateurs. Son oncle Pierre, le frère aîné de son père, et ses deux sœurs acceptent. Ils signent chez le notaire le 29 septembre 1981, presque trois ans après la mort de Jacques. La base de La Fondation, ce sont les archives, c'est le public et le contact que France organise entre les deux. « Ce n'est pas une fondation créée pour mon père, c'est une fondation pour le public, pour lui donner accès à ce que Jacques Brel lui a laissé. »

Après, elle entreprend de faire éditer l'œuvre intégrale de son père et de permettre l'écriture d'une biographie. « Je suis donc allée voir le grand éditeur Robert Laffont, qui publiera l'intégrale des textes à ma demande, ainsi qu'une biographie d'Olivier Todd, intitulée *Une vie*. La seule bien documentée, et sans doute encore aujourd'hui insurpassée. »

Dans les locaux qui accueillent le public à Bruxelles, l'architecte scénographe Joana Gilson, la fille de France, a repensé l'endroit récemment, ne lui donnant pas seulement un coup de neuf. Elle l'a hissé à la dimension de Brel, sa palette de talents, ses rêves les plus fous, entre Don Quichotte et Vasco de Gama. La fondation ressemble plus encore aujourd'hui à Jacques Brel, mêlant sa vie d'apprenti voyageur, de Bruxelles aux Marquises, à son univers artistique.

Il y a tout, tout ce que l'on a envie de voir, de savoir. La sphère des archives regorge de richesses. En 1981, la notion d'archives n'était pas du tout à la mode. Lorsque France disait qu'elle avait recensé les documents, lettres, photos, etc., ayant appartenu à Jacques Brel, qu'il avait envoyées, écrites ou reçues, ça faisait plutôt sourire. L'époque n'était pas à ça. Aujourd'hui, c'est très en vogue.

Et puis, comme elle le pressentait, France va se heurter au mauvais esprit de beaucoup : « J'entendais dire que, oui, la fille de Brel a un œdipe mal résolu. On disait aussi que je ne pensais qu'à faire du fric, ce qui est une grave erreur. Tout ce qui est à

La Fondation, c'est moi qui le paie et croyez-moi, je serais plus riche si je n'avais pas créé cette fondation. L'une des difficultés que j'ai affrontées, c'est de n'avoir bénéficié d'aucun soutien des instances publiques, ni l'État, ni la Fédération Wallonie-Bruxelles, ni la Région, ni la Ville de Bruxelles. Pour eux c'est clair, je suis la fille de Brel, donc je suis forcément riche. De la même manière, je n'ai eu aucun soutien des proches de sa vie parisienne. En revanche, ses intimes, lesquels disaient, après le décès de mon père, qu'ils ne parleraient jamais de lui, qu'ils garderaient tout pour eux, ont fini, pour beaucoup, par écrire un livre. Ces gens, qui l'entouraient à l'époque, qui ont vécu avec lui, partagé mille choses, ne m'ont rien transmis ou donné comme documents. J'ai eu droit à tous les prétextes. Certains disaient que leur cave avait été inondée, d'autres m'ont juré qu'ils n'avaient rien à me remettre, alors que quelques années plus tard, ils ont vendu des documents dans la fameuse vente publique… Avec la création de La Fondation, j'ai eu vraiment l'impression de déranger. Au fil du temps j'ai tenté de construire une légitimée filiale et, par la suite, celle d'une personne qui pouvait affirmer connaître l'homme et l'artiste.

À côté de ces difficultés, France a eu un certain nombre d'atouts pour se lancer sereinement dans son projet : « Parce que lorsque j'ai créé la Fondation Brel, ma mère s'occupait toujours de la maison d'édition qu'elle avait créée à la demande de Jacques en 1962. Donc les rôles étaient parfaitement répartis. Moi, je m'occupais du public, des archives, Chantal, elle, était mère de famille et Isabelle dans son monde équestre. Chacune son territoire. »

Lorsqu'elle donne son accord à Eddie Barclay pour la sortie des chansons inédites auxquelles, soi-disant, son père ne voulait pas qu'on touche, ce n'est pas sa famille qui se montre outrée. « Je me suis fait traîner dans la boue par pas mal de gens, notamment par les musiciens qui disaient que j'outrageais les volontés de mon père, lequel aurait interdit la publication de ces cinq chansons. Ils ne m'ont plus jamais adressé la parole. Le directeur artistique de la maison Barclay, qui avait assisté aux enregistrements de ces chansons, m'a confié, lui, que Jacques n'avait jamais dit ça, comme tant d'autres choses qui se sont dites après son décès. C'est étrange, mais depuis le vent a tourné et ils sont nombreux à me remercier d'avoir accepté cette publication. »

C'est, encore une fois, ce qu'on appelle faire parler les morts. Il était tellement facile de faire dire à Jacques Brel des choses qu'il ne pourrait plus contredire. Ces fameuses chansons, quand on les a entendues une seule fois, on a en effet surtout envie de remercier France Brel.

Elles ne pouvaient pas figurer sur le même album, parce qu'il fallait faire un choix. Il a bien fallu en éliminer quelques-unes. Treize chansons, c'était un maximum, il ne pouvait pas y en avoir dix-huit… Il fallait faire un choix.

Lorsque nous lui demandons ce que signifient pour elle les notions d'héritage, de succession, de droit moral, de droit patrimonial, le regard se perd, on sent qu'elle réfléchit au plus profond d'elle-même.

« L'héritage, c'est tout ce que nous recevons, le positif comme le négatif, avec les conséquences du talent ; on hérite des qualités des gens, de la disponibilité, de la franchise, de l'énergie. C'est ce que le public attend de moi, il ne peut imaginer que je sois autrement. Mais on hérite aussi des disputes, de ce qu'il y a à l'intérieur de la personne, de ses lâchetés. Quand je dis que j'ai eu des soucis avec certains proches, je pense fermement que Jacques avait des conflits avec certaines personnes et que, les choses n'ayant pas été dites de son vivant, c'est avec moi qu'on les règle. Donc il ne faut pas que je prenne les choses pour moi, c'est un règlement de choses entre lui et les autres, j'en suis simplement l'intermédiaire. »

Le testament ? « Ça vient du mot témoignage. Pour moi, c'est témoigner de quelque chose et c'est l'essence de mon travail. Être témoin c'est une responsabilité. Quand on a cette chance, il faut l'assumer. Et le témoignage que l'on apporte permet le processus de la transmission. On témoigne de ce qu'on a vu, entendu, c'est très important. Le grand drame de notre vie, je l'ai compris très jeune, c'est que nous attendons d'être aimé. Et c'est là que la catastrophe arrive. Il n'y a qu'une seule solution, c'est d'aimer, personne ne nous empêche d'aimer et cela nous permet de traverser le tsunami de la vie. En aimant les gens sans attendre, on est beaucoup mieux, alors qu'on se ronge à attendre, on se fait des cancers en attendant et ça, c'est le drame d'une vie. »

Le droit moral ? « C'est un merveilleux exercice de remise en question, quotidienne. Ça veut dire que je dois dire oui ou non et que je dois en faire état aux autres personnes de l'indivision. J'ai la casquette Éditions Brel, Fondation Brel et aussi celle de l'indivision quand je représente la famille.

Donc quand un dossier arrive, qu'il nécessite une autorisation et que je dis oui, pas besoin de contacter les uns et les autres et de discuter à n'en plus finir. Je décide et on a gagné des mois. »

Elle sourit lorsque nous lui demandons ce qui se passe lorsqu'une des personnes de l'indivision n'est pas d'accord avec une décision, avec un problème qui se pose, avec un projet…

« Ça ne s'est jamais produit. En fait, je pense parfois qu'ils sont tous très contents que je m'occupe de ça. Ils recueillent le résultat et pour le reste, ils me font confiance, conscients de l'expérience acquise au fil du temps. Une fois par an, je leur fais un état des lieux de ce qui s'est passé dans l'année. Je leur dis qu'on a reçu 309 dossiers qui concernent l'indivision, dont 81 de synchronisation, 57 d'interprète, 6 de traduction… "Voilà ce que j'ai accepté, voilà ce que j'ai refusé et pour quelles raisons." Ils regardent, posent une ou deux questions et ensuite nous partons manger au restaurant. »

France Brel est heureuse dans cette vie. Elle sait qu'elle l'a consacrée à son père, entièrement. Elle sait que ça finira comme ça et c'est un vrai bonheur. Elle a le goût de la lutte, le goût des choses impossibles que l'on s'acharne à rendre possibles, même si elle regrette les obstacles qui subsistent, qui jonchent sa route, année après année, mais plus par patience que par hostilité. « Pour les archives, quand j'ai commencé à demander des documents pour les nourrir, aussi incroyable que cela puisse vous paraître, les premiers qui m'ont répondu, les premiers fidèles, ont été les Flamands. Pourtant on ne peut pas dire que Jacques a été très aimable avec eux. »

C'est peut-être la leçon que devraient retenir tous les héritiers, protège-toi de tes amis, tes ennemis, tu t'en charges.

Françoise Sagan, un peu de soleil dans l'eau froide[1]

Elle a 69 ans, tout va mal, elle est ruinée, couverte de dettes, pourchassée par le fisc, on a saisi ses biens, ses revenus, ses voitures, maisons et appartements. Elle est hébergée par une amie qui a racheté sa maison en lui laissant l'usufruit de celle-ci, à Équemauville, à côté de Honfleur. Sa santé est très mauvaise, elle s'est cassé le col du fémur trois ans plus tôt, a été mal opérée, mal soignée et n'a pas fait sa rééducation. Elle se retrouve donc alitée la plupart du temps. Elle qui aimait tant se promener, aller voir des amis.

A-t-elle compris bien avant l'heure que sa vie était finie ? Il est certain qu'elle n'a jamais été douée pour le malheur. Il ne lui reste plus qu'à s'en aller…

Françoise Sagan meurt le 24 septembre 2004, à trois heures de l'après-midi, à l'hôpital de Honfleur qui se trouve à deux kilomètres de l'endroit où elle réside. Son fils unique, Denis, est présent. Il se sent seul et ce n'est pas une illusion.

1. *Un peu de soleil dans l'eau froide* est le titre d'un roman de Françoise Sagan tiré d'un poème de Paul Éluard.

Les dernières années ont été tendues entre cette mère d'exception et ce fils qui aime sa mère d'un amour entier. Denis a 42 ans au moment où Sagan disparaît. Il n'a pas toujours été très sage, sa jeunesse n'a pas été studieuse. Difficile de trouver un équilibre quand on vit une enfance et une adolescence dans les nuages. Sagan a été une mère déroutante, comme on l'imagine, mais pas comme on le croit. Elle lui a donné une vraie éducation, avec des règles, des codes. Avec l'âge, Denis s'est calmé, il est devenu un photographe de talent. Dans les dernières années, les rapports se sont inversés. Sagan vacillait, son fils a donc puisé de la force pour deux. Elle a eu du mal à l'accepter. Des périodes de chaud et froid se sont succédé. À cause de petits riens qui avaient sans doute leur importance. L'inversion des rôles entre parents et enfants est sans doute le moment d'une vie le plus tragique et le plus traumatisant. Pour les uns comme pour les autres.

Les premières disputes d'importance ont eu lieu alors que Sagan habitait avenue Foch, chez son amie Ingrid, celle-là même qui la logera plus tard en Normandie. Elle n'allait pas très bien.

Quand Denis raconte[2], il parle vite et à voix basse, choisissant ses mots comme pour n'effrayer personne. « Elle avait un petit problème de vue et à deux reprises, alors qu'elle conduisait encore, elle avait cogné des voitures dans la contre-allée de l'avenue Foch. Puis elle s'était garée l'air de rien et était remontée chez son amie… Comme elle prenait

2. Entretien avec l'auteur les 5 et 6 octobre 2018, au Mans.

pas mal de produits interdits à l'époque, j'avais dit à Ingrid que je ne voulais pas qu'elle conduise, j'avais peur qu'elle finisse par écraser une vieille dame sur un passage piéton. Pour plus de sûreté, je lui avais pris les clés de sa voiture. Ça l'avait rendue folle de rage, on s'est fait la gueule pendant trois mois à cause de ça. Elle m'en voulait à mort, j'en souffrais mais pour moi, elle n'était vraiment pas en état de conduire. Sinon, sur le fond, on s'entendait bien, il y avait cette complicité qu'on n'a jamais perdue. C'était compliqué de la voir aussi souvent que je le souhaitais quand elle était chez cette amie qui avait tendance à la… garder pour elle. On va le dire comme ça. La porte était souvent close, même ses amis se plaignaient de ne pas pouvoir la voir. Elle était assez cloîtrée et ça ne facilitait pas nos relations. »

Quand la santé de Françoise Sagan a décliné, Denis a pu se rapprocher de sa mère. Les derniers moments ont été pour eux, entre eux, tout à eux. Ce n'était pas une victoire, juste une solitude partagée.

Il tirera plus tard sa force de combattre d'une peine immense ressentie dans ces moments de désespérance. Il a compris dans quels tréfonds a plongé sa mère. Elle est engloutie dans sa tristesse et un sentiment d'abandon.

Elle n'a plus rien, elle est persécutée par ses créanciers, le désespoir est devenu le dernier compagnon de ses jours et de ses nuits… C'était Sagan. Ça ne l'est plus et Denis ne supporte pas ces images d'une fin de vie qui se dissout dans l'indifférence.

Elle avait fini dans cet état de dénuement, cette décrépitude extrême. Le souci premier, dans les jours qui ont suivi, n'était pas de savoir si Françoise Sagan laissait un testament en bonne et due forme.

« Elle en avait rédigé plusieurs, très antérieurs à la date de son décès, parce qu'elle changeait souvent d'avis. Elle vivait des amitiés qui étaient plus certaines que d'autres et parfois elle se prenait d'affection pour quelqu'un de nouveau, ou elle accordait soudain un surplus de confiance à l'un de ses proches et là, elle changeait tout. Selon les testaments, certains de ses amis proches héritaient de 30 % du droit moral et devenaient en partie responsables de la pérennité de son œuvre. Et puis, elle changeait d'avis, à cause d'une déception ou d'une trahison. Elle avait des amitiés fugaces ou très longues, très violentes aussi. Elle m'a fait lire deux projets de testament mais je sais qu'il y en a eu beaucoup d'autres. Moi, j'avais 27 ou 28 ans quand a commencé la "valse des testaments". Je passais mes nuits dehors, je n'étais pas très sérieux… C'est sûr qu'elle ne pensait pas à moi pour reprendre le flambeau. Toujours est-il qu'il n'y a pas eu de testament déposé chez un notaire et aucun n'est apparu au moment de son décès. Ce qui avait pu exister était introuvable, envolé. »

Denis était le seul enfant de Françoise Sagan, dont le dernier mari, père de Denis, Bob Westhoff, était décédé depuis longtemps. Tout lui revenait, c'est-à-dire rien, plus une dette énorme. Environ 1,2 million d'euros. 95 % de cette dette concernait le fisc. Pour le reste, il s'agissait de créanciers privés, sa secrétaire, le propriétaire de l'appartement qu'elle occupait, une banque, des gens qui lui avaient prêté de l'argent, des éditeurs qui lui avaient versé des avances…

Une idée l'anime, plus brûlante au fil des semaines, il y a sans aucun doute une dette énorme qui plombe tout mais la vérité absolue, la seule dont il doit tenir compte s'il veut avancer, c'est qu'il n'est pas n'importe quel héritier, il est l'héritier d'un patrimoine littéraire. C'est un honneur – périlleux dans ce cas – mais c'est un honneur qui doit se contempler avec déférence.

Une fois qu'il a eu intégré cette idée, il lui faut passer à l'action.

« Durant les mois qui suivent son décès, je décide de faire le détail des créanciers. Déjà je ne suis plus seul car j'ai rencontré un avocat, un mois après la disparition de maman. Il m'avait été présenté par la sœur de mon amie de l'époque. Coup de chance, Jean Aittouares était un jeune avocat spécialisé en propriété intellectuelle et droits d'auteur. Dès le premier rendez-vous, ça a accroché entre nous… Le pauvre ne savait pas encore ce qui l'attendait. Même s'il connaissait, bien sûr, Sagan. On a commencé à batailler sur tous les fronts : droits d'auteur, propriété intellectuelle, les dettes, avec des volets fiscaux, du pénal quant à ses condamnations, que ce soit pour l'affaire Elf ou celles relatives à l'usage de stupéfiants… C'était un dossier colossal. »

En face, il n'y avait pas grand-chose. Rien en tout cas qui pourrait lutter avec cet amoncellement de dettes. D'éventuels futurs droits d'auteur ? Déjà, Sagan était en 2004 un écrivain presque oublié. En voie de disparition. On n'achetait plus ses livres, on ne la connaissait plus. Espérer rembourser 1 200 000 euros en exploitant une œuvre en jachère, il ne fallait même pas y penser. La raison imposait de renoncer au risque d'y brûler sa propre vie.

Car il est toujours possible de refuser un testament. Pas de dettes, pas de soucis. Une façon de tirer un trait définitif sur ce marasme.

En revanche, si on l'accepte, on devient le détenteur de la dette. Dès que vous avez dit oui, les créanciers se présentent, « Votre mère me devait tant, aujourd'hui, c'est vous qui me les devez. » C'est tout. Il n'y a pas de discussion possible.

« J'ai vu ma mère très malheureuse à la fin de sa vie. C'était quelqu'un de gai, qui ne se plaignait jamais, qui ne parlait jamais d'elle. Et là, pour la première fois, je l'ai vue triste, amère et ne sachant plus quoi faire. Elle avait commencé l'ébauche d'un livre et puis elle n'est pas allée au bout, elle disait qu'ils lui prendraient tout si elle le faisait, qu'elle ne toucherait rien. Elle était faible, complètement déprimée, elle avait perdu son père, son mari, sa mère, sa meilleure amie, son chien… C'était plus qu'une série noire. Avant même qu'elle ne parte, je savais que j'allais accepter. » Denis parle à voix basse mais avec une grande fermeté. Il évoque une folie et reconnaît qu'il l'a commise sans hésiter. Et sans ciller. Elle a fini sa vie dans l'eau froide, il sera son soleil, même s'il est un peu tard.

En refusant l'héritage, il se serait acheté une paix apparente. Il savait qu'il ne s'en serait jamais remis. Certains remords sont encombrants et vous empêchent de bien dormir la nuit. Peut-on vivre en paix quand on a abandonné sa mère, sa vie, son œuvre ? Refuser le testament c'était aussi renoncer à tous ses droits, et donc ses devoirs, sur l'ensemble de son œuvre. Refuser le testament, c'était accepter que l'État garde la propriété les livres de Sagan, qu'il en dispose et puisse les céder, les brader, les vendre aux enchères… en faire ce qu'il voulait.

Les droits d'auteur sont des droits patrimoniaux au même titre qu'une table, une chaise. À l'époque l'État possédait déjà la moitié des droits sur l'œuvre de Sagan et son fils ne le savait pas. Une vieille histoire d'impôts non payés, une fois de plus. Et un arrangement très tordu. Pour lui permettre d'échapper à des poursuites fiscales, en 1993, une opération compliquée avait été organisée par le ministère des Finances sous la haute protection du président de la République, François Mitterrand.

« Elle avait fait une donation de ses droits d'auteur à l'État en échange de sa dette fiscale. Une opération complètement farfelue, on le vérifiera par la suite, puisqu'elle avait déjà cédé ses droits à des éditeurs ! Elle n'aurait donc pas dû pouvoir les céder de nouveau à l'État français. Moi, j'étais réservataire à 50 %. Pour les autres 50 % il me fallait les racheter à l'État français si je voulais les exploiter. »

L'État détenait les droits patrimoniaux. En revanche, Denis conservait le droit moral sur l'œuvre, puisqu'il est incessible, inaliénable et intouchable. Donc il n'était pas possible de revendre des droits sans obtenir son autorisation. Ça devenait ingérable pour l'État français : chaque fois qu'il y avait une demande, il devait passer par lui, et ça prenait un temps fou, quatre à six mois… Le meilleur moyen de laisser passer des opportunités.

« On a fonctionné comme ça au début, puis on s'est vite aperçus que ça devenait ingérable.

En commençant par exercer une énorme pression sur moi, les services de Bercy pensaient sans doute me faire céder. D'abord sur le droit patrimonial, puis en obtenant ensuite un accord un peu bancal sur le droit moral. En fait, le dossier de ma mère était complètement plombé au ministère des Finances, plus personne ne voulait y toucher. Il apparaissait de plus en plus que je devais reprendre le flambeau. Ce n'était pas évident car je n'avais jamais fait la moindre incursion dans son monde professionnel. Je n'y connaissais rien. Jamais un tel scénario n'avait été envisagé. De toute façon, elle et moi ne parlions jamais d'affaires, d'argent ou d'édition. »

Il fallait repartir de très bas tant le déclin de Sagan avait été impressionnant. Une vie qui fout le camp par tous les bouts. Ensuite, ce sera presque pire. Entre 2004 et 2007, s'écoulent trois années épouvantables.

« Avec Bercy, aucune discussion n'est possible. J'y vais une fois accompagné de mon avocat et nous sommes très mal reçus. Je leur avais expliqué que je souhaitais récupérer les droits d'auteur dont ils étaient pour partie détenteurs, je voulais savoir ce qu'ils escomptaient en termes de compensation. Ils devaient me rappeler vite. Un mois ou deux. Après trois mois sans nouvelles c'est moi qui ai commencé à les relancer. Sans retour. Au bout de cinq mois j'ai fini par parler à la personne en charge de mon dossier. Ce fut bref : elle m'a simplement dit qu'ils ne pouvaient rien faire pour moi, avant de raccrocher.

Là, j'ai commencé à angoisser. Avant d'accepter ou refuser une succession on bénéficie d'un délai de réflexion. Compte tenu de la complexité du dossier, ils m'avaient laissé un peu plus de temps, mais ce délai arrivait à son terme. Je savais que j'allais dire oui et qu'au moment où j'accepterais, ils commenceraient à me hacher menu. » La dette de sa mère deviendrait sa propre dette.

Une première chance va s'offrir à lui quand il fait la connaissance, par l'intermédiaire d'une amie de lycée, d'un jeune avocat. Brillant, très proche des gens les plus influents du moment – c'était un an avant l'arrivée de Nicolas Sarkozy à la présidence –, celui-ci connaît très bien ces hommes et ces femmes qui vont bientôt accéder au pouvoir. Il est d'ailleurs très proche de Nicolas Sarkozy qui est alors ministre de l'Intérieur, il est conseillé à Denis de chercher un contact avec celui-ci. Quelque temps après, il dîne avec Frédéric Mitterrand. Le neveu de l'ancien président, au courant de ses soucis, lui demande où il en est.

« Je commençais à avoir quelques articles de presse, tout le monde était au courant car, dans ma colère, j'appelais les journaux pour les informer de ce qui se tramait avec la succession de Françoise Sagan. J'insiste : si je refusais l'héritage de ma mère, je ne pourrais plus rien faire pour son œuvre et, dix ans plus tard, Sagan n'existerait plus. Ni elle ni ses livres.

Et personne ne me tendait la main pour trouver une solution. Il y avait de quoi être en colère. Frédéric Mitterrand, qui aimait beaucoup Sagan, venait de publier un livre, *Les Mauvais Garçons*, dans lequel tout un passage lui est consacré. Il s'est montré bienveillant à mon égard et m'a demandé s'il pouvait m'aider. Je lui ai dit que j'étais proche d'une avancée, que l'on m'avait conseillé d'écrire à Nicolas

Sarkozy. Il m'a proposé que nous fassions cette lettre ensemble. Et il a en fait rédigé lui-même une lettre qui était très formelle, très efficace et très bien tournée. Je l'ai envoyée au ministère de l'Intérieur et Nicolas Sarkozy m'a répondu tout de suite en me disant qu'il était très conscient de mes difficultés, très sensible à ma demande, et qu'il s'occuperait de moi dès que possible. Il ne semblait pas avoir de doutes sur son avenir politique à brève échéance. En effet, il est élu en mai 2007. En juillet ou août 2007, je lui envoie une petite lettre, pour me rappeler à son bon souvenir. En septembre, je reçois un coup de fil du ministère des Finances pour un rendez-vous. Premier étonnement. Tout semblait s'accélérer. Je n'étais pas au bout de mes surprises. À Bercy, on m'accueille cérémonieusement et on me déroule le tapis rouge. Je suis reçu au cabinet du ministre et il y a douze personnes autour de la table : le directeur de cabinet du ministre, les services domaniaux, les services du Trésor public du 7e, du 6e, du 13e arrondissement, ceux de Honfleur... Tous les créanciers étaient là. Le bras droit du ministre, Éric Woerth, menait le débat avec une seule volonté : sortir ce dossier de la boue, trouver une solution. On a eu trois ou quatre rendez-vous... »

En abordant cette réunion, Denis savait ce qu'il était décidé à faire, rembourser jusqu'au dernier centime, mais ne savait pas du tout comment. Il s'accroche à cette idée qui devient obsessionnelle : rembourser la dette de sa mère. Une manière de continuer à respirer librement. Le fisc a besoin d'un plan un peu plus concret que des émotions filiales. « Je leur ai dit que j'entendais relancer l'exploitation des œuvres, faire rentrer des droits d'auteur et avec ceux-ci les rembourser. Il fallait que l'œuvre de ma mère vive de nouveau. C'était cela le deal et le but. » La moitié des titres portant la signature de Françoise Sagan n'était même plus exploitée. Un premier pas vers une disparition définitive. Cela est déjà arrivé à des auteurs de très grande qualité et à peu près aussi célèbres qu'elle. C'est donc une menace réelle et inquiétante... D'un autre côté, avec beaucoup d'ennuis autour, le fisc voyait bien qu'une Sagan aussi mal exploitée ne rapportait rien. Que des soucis.

Denis a donc proposé de racheter les droits de façon à être à 100 % détenteur de l'œuvre, et pouvoir l'exploiter à sa guise. Ils ont accepté.

« Ensuite, il fallait valoriser l'œuvre, afin d'estimer la part qu'ils détenaient. Des simulations ont été faites sur la base de calculs très compliqués. Il existe une équation qui permet de valoriser une œuvre, quelle qu'elle soit, en fonction des droits, des ventes, des cessions, le tout sur un certain nombre d'années, le coefficient de notoriété, etc. Chaque auteur en France a un coefficient de notoriété qui va de 1 à 5. Camus, Malraux, de Gaulle, c'est 5. Ma mère, je crois que c'était 4, donc on multiplie par 4 le coefficient, puis on divise par le nombre de mois et on tombe sur une valeur estimée. Bercy m'a fait confiance, ils m'ont laissé faire les calculs qui étaient très compliqués parce que je n'avais pas encore accepté la succession. De ce fait, n'étant pas ayant droit, je ne pouvais pas avoir accès aux extraits de compte, alors que pour valoriser l'œuvre il fallait que j'aie un regard sur les exploitations des sept dernières années. Donc il fallait que je demande aux éditeurs des comptes sur cette période, mais n'étant pas héritier ou ayant droit, ils n'avaient pas le droit de me les donner ! Avec mon avocat, on a dû se débrouiller et nous sommes finalement parvenus à obtenir ces chiffres. On a donc pu faire les calculs. À ma grande surprise, du fait que l'œuvre n'avait pas été exploitée pendant sept ans, elle ne valait pas grand-chose. »

Il appelle Bercy pour communiquer les résultats auxquels il est arrivé. À leur tour, ils sont très surpris et décident de faire leurs propres calculs ! Cela dure un an…

Denis est encore photographe à l'époque, il habite chez une amie, n'a pas de charges très importantes. Il vivote gentiment, ça allait encore. Sa seule crainte, c'est qu'on vienne le saisir. Après le rendez-vous de Bercy, il sait qu'il est sauvé…

L'accord consiste à ponctionner sur ses revenus 40 % de ce qui rentre jusqu'à amortissement de la dette. Où ça se complique c'est que s'il gagne 100 euros, il doit donner au fisc 40 euros mais sera imposé sur 100. Autre contrainte : à partir du moment où il a accepté l'héritage de sa mère, la dette de celle-ci étant devenue la sienne, tout ce qu'il peut gagner personnellement, avec des photos ou en écrivant des livres, est soumis au même régime : 40 % vont au fisc et l'imposition est sur 100 %.

« Très vite, mon comptable me dit que je ne pourrai pas tenir sur ce rythme. J'ai donc écrit au ministère des Finances pour leur dire que c'était vraiment très, très étroit. Je n'avais aucune marge. J'ai donc obtenu qu'on baisse un petit peu le pourcentage des revenus alloué au remboursement, pour que ce soit tenable, même si cela a bien évidemment allongé la durée. »

Ils ont été très compréhensifs. Ce protocole était généralement appliqué à des joueurs de football, qui gagnent des sommes folles. Quand ils ne paient pas leurs impôts, ils se retrouvent dans des situations épouvantables vis-à-vis du fisc. On leur impose donc ce même dispositif en ponctionnant 40 % de ce qu'ils touchent. « Mais les revenus de footballeurs sont bien évidemment plus conséquents que les simples droits d'auteur des livres de ma mère. »

Cet accord ayant été trouvé avec Bercy, il récupère les droits dont il se retrouve titulaire. Il lui faut maintenant relancer l'œuvre. Une bonne partie se trouve alors chez Julliard. Inexploitée. Pas de réédition, sauf pour les plus célèbres : *Bonjour tristesse*, *Aimez-vous Brahms ?* et *Un certain sourire*… Tout le reste est complètement abandonné. Julliard se contente de céder les droits à l'étranger, lorsqu'il y a des demandes. Pour le reste, c'est quasiment néant.

« Dès que je suis devenu l'héritier officiel, à l'été 2007, j'attaque Julliard en justice afin de récupérer ces droits inexploités. Mon avocat avait d'abord écrit à Julliard en demandant pourquoi ils n'exploitaient pas mieux les droits de Sagan. Ils ont répondu que c'était un auteur qui appartenait à une autre époque et qu'ils n'avaient donc pas jugé utile de la rééditer. J'ai alors demandé à reprendre ces droits. C'est là qu'ils ont tout réédité, d'un bloc ! Cela n'avait aucun intérêt pour qui que ce soit… Pendant le procès, leur ligne de défense était de dire qu'ils avaient arrêté d'éditer parce que ça ne faisait qu'aggraver les dettes de ma mère, que c'est elle qui le leur avait demandé. Mais ils n'avaient aucune preuve écrite. »

Comme pour tant d'autres, on faisait parler les morts.

Toujours est-il que la justice a donné raison à l'éditeur.

Denis Westhoff ne se décourage pas. Il n'y a pas que Julliard, après tout, qui ait publié Sagan.

Il récupère les droits détenus par Flammarion, et fait un inventaire des grands éditeurs susceptibles de donner une nouvelle vie à l'œuvre de sa mère: Grasset, Gallimard, Albin Michel…

Les réponses ne sont pas enthousiasmantes. Peu d'entrain, beaucoup d'hésitation: « On veut bien ci, mais pas ça… »,

« On veut bien les romans mais pas le théâtre… » Un autre lui dit: « Oui mais pas tout de suite… », et encore: « On veut bien éditer en poche mais pas en collection première, en grand format. »

Jusqu'ici, tout va mal. Denis sent qu'il a besoin d'un miracle, sinon il risque d'attendre deux cents ans avant de rembourser la dette… Gagner sa bataille avec le fisc était une chose. Le voilà héritier à 100 % mais son héritage n'intéresse pas grand monde. Restent les soucis, les démarches qui n'en finissent pas, les refus, les moues dubitatives qui sont à chaque fois une injure à la mémoire de Françoise Sagan. Elle a été un grand écrivain. Parmi les meilleurs. Et elle le reste. Alors, traiter ses livres comme ça, avec ces airs un peu blasés, ces regards fuyants qui semblent se demander sur qui et sur quoi Denis veut attirer l'attention de ses interlocuteurs…

Une rencontre va changer les couleurs d'une vie qui s'épuise à courir après l'impossible. Jean-Marc Roberts[3]. Il a été un très jeune romancier couronné de succès. La cinquantaine venue, il s'épanouit dans sa fonction d'éditeur. Il adore cela, presque autant que ses propres écrits. C'est un passeur, un écrivain qui aime les livres, ceux des autres qui ont du talent. Leur donner une chance, les aider à grandir, les conforter, c'est son bonheur. Il prend des risques, se trompe rarement et n'hésite jamais à mêler ses découvertes et ses vieilles admirations. Sagan, justement, est dans son cœur depuis toujours. Une vieille histoire d'amour et d'engouement. Lorsque Denis lui demande un rendez-vous, au siège des éditions Stock, que Roberts dirige, il l'obtient très vite, pour dans quelques jours. On ne fait pas attendre le fils de Françoise Sagan.

« Je me présente au bureau de Jean-Marc Roberts un jeudi après-midi. Il me reçoit, me prend dans ses bras, pratiquement tout de suite, et me dit : "Je vous attendais." On a connu des accueils moins chaleureux… Et ce n'était pas fini. Il savait pourquoi je venais car le bruit courait dans Paris que je voulais faire rééditer les œuvres de ma mère. Il me parle comme si ma venue était une bénédiction. Au bout de cinq minutes de discussion, et alors que je suis en train de lui expliquer la situation, il me dit qu'il prend tout, sans condition, sans restriction… »

---

3. Jean-Marc Roberts (1954-2013), romancier (*Affaires étrangères*, *L'Ami de Vincent*, *Méchant*), scénariste et éditeur français, a dirigé les éditions Stock de 1998 jusqu'à sa mort.

Jean-Marc Roberts prend les pièces de théâtre, les romans, les nouvelles, il prend même une bande dessinée. Le tout avec des à-valoir très importants pour chacun des titres. Et il ajoute : « Tu reviens lundi ou mardi, les contrats seront prêts. »

« J'étais fou de joie. J'ai passé le week-end à la campagne et lorsque je suis revenu le lundi chez Stock pour signer les contrats, Jean-Marc m'a accueilli, encore plus épanoui que moi : "Je suis très heureux que tu sois là, parce que j'ai cru que c'était un rêve ce qui m'était arrivé jeudi, un songe éveillé. Mais tu es là, nous allons vraiment signer ces contrats ensemble." Il a été extrêmement gentil et attentif dès la première minute de notre relation et n'a plus jamais cessé de l'être. Nous sommes alors au printemps 2008. »

Son projet est de tout republier, en espaçant de plusieurs mois chaque parution. Et à chaque parution, on fait une grosse campagne de communication, presse, publicité… Pour chaque titre, une campagne bien distincte. On a fait ça en quatre fois. Une première série de trois livres, puis trois autres, trois mois après, et la même chose encore trois mois plus tard. Et enfin les trois derniers au bout d'un an. Le tout avec une belle promotion. Il avait rédigé lui-même les supports pour les campagnes de presse. Pour *La Femme fardée*, c'était *Sagan au Sud*… Il avait trouvé les accroches pour chaque roman qu'il publiait.

En promotion télé et radio, Denis et sa mère sont mis sur le devant de la scène. Dans les six mois qui ont suivi, on ne parle que du « retour de Sagan » ! Il y avait les gens qui connaissaient Sagan, qui ne l'avaient pas lue depuis vingt ans et étaient contents de la retrouver. Il y avait aussi les curieux, ceux qui ont découvert Sagan à l'occasion de cette réédition. C'était une opération délicieusement aboutie. La passion d'un fils, l'enthousiasme d'un éditeur. Il n'y a pas de recette plus efficace.

« En plus de la réussite commerciale, il y avait pour moi un triomphe sentimental. Je commençais à peine à rendre justice à ma mère. Et ça faisait du bien. Travailler sur ce projet avec Jean-Marc Roberts augmentait le plaisir. Je dirais que c'était du bonheur en plus tant il avait de l'admiration et beaucoup de tendresse, d'amitié, de respect pour elle. Beaucoup de respect pour son travail, son œuvre. À l'époque il y avait encore des gens qui disaient que Sagan, c'était de la littérature de quai de gare. Certains l'accablaient de cette réputation, sans doute sans l'avoir jamais lue. Dès que les rééditions se sont trouvées sur le marché, ce genre de jugements n'a plus été audible. »

Denis a donc commencé à percevoir de l'argent et le processus de remboursement s'est mis en marche. Julliard n'a pas voulu rester passif et a commencé de valoriser les titres conservés – parmi les plus célèbres – et faire de très bonnes ventes. De ce côté aussi, Denis touchait des droits d'auteur en tant qu'héritier.

À partir de 2008, il commence à rembourser selon les accords. Plus de dix ans se sont écoulés et il avoue, avec un petit sourire presque soulagé, qu'il commence à en voir le bout. D'ici quelques mois et en fonction des rentrées, il aura fini de rembourser. Galvanisé, il songe désormais à publier de nouvelles œuvres de Sagan. Des chroniques, des BD, des inédits… *Toxique*, sorti en 1964 et passé inaperçu, est republié en 2009 sous la couverture bleue de Stock.

« J'ai aussi rassemblé toutes les chroniques, tous les papiers qu'elle a pu faire pour la presse française comme étrangère. À l'époque, j'avais rencontré une éditrice qui m'avait proposé d'éditer des carnets recueillant ces textes de ma mère. C'est donc ce qu'on a fait et c'est la première édition des œuvres de ma mère qui fut réalisée après que j'ai accepté l'héritage. Ce sont *Les Carnets de l'Herne*. Bon, ça n'a pas très bien marché car l'éditrice en question, Laurence Tacou, ne s'en est pas bien occupée. »

La résurrection de Françoise Sagan est en cours. Avec des parutions étonnantes parfois. Ainsi, cette BD, inédite, que va publier Stock en 2010. *La Fourmi et la Cigale* –, c'est son titre est une parodie du texte de Jean de La Fontaine à partir duquel elle avait tout inversé. À la fin, c'est la fourmi qui se retrouve défavorisée et démunie ! Ensuite, Stock publie des nouvelles, trois pièces de théâtre et aussi tous les romans déjà édités chez Stock.

Les ventes sont bonnes. Très bonnes même pour des romans comme *Des bleus à l'âme*, *Un peu de soleil dans l'eau froide*, et le recueil de nouvelles, *Des yeux de soie*.

Denis écrit, lui aussi. Un très beau livre broché, *Sagan et fils*, paru chez Stock, comme il se doit, en 2012, et la même année un magnifique album, *Françoise Sagan ma mère*, publié par Flammarion, qui lui permet d'ouvrir sa collection personnelle. Sur la couverture de chaque livre, il est en photo, auprès de sa mère, petit garçon. Il livre des annotations personnelles, évoque des souvenirs intimes, des personnages familiaux ou familiers. Quand c'est possible, il a choisi de donner le plus souvent la parole à Sagan pour commenter des clichés. Il y a ses propres écrits, riches d'une extrême sensibilité, qui se mêlent à des extraits d'écrits de sa mère, et tout cela donne une sensation délicieuse: *les Sagan* œuvrent ensemble.

En revanche, le film de Diane Kurys, *Sagan*, sorti en 2008, ne l'a pas convaincu, c'est le moins que l'on puisse dire. « On n'y voit jamais Sagan travailler. L'impression est que ma mère faisait mille choses de ses journées, s'amuser, boire, folâtrer, jouer, rire… tout sauf écrire. C'est dommage car elle était avant tout un écrivain et travaillait beaucoup. » Il regrette que personne ne lui ait demandé son avis:

« Je n'ai pas à donner mon autorisation, ma mère est un personnage public, on peut en faire ce qu'on veut à partir du moment où on n'est pas injurieux. C'est regrettable mais c'est la loi… »

Même s'il replonge sans cesse dans le passé pour redonner vie et faire briller à nouveau certains textes de sa mère, Denis ne s'enlise pas dans les rancœurs, il préfère se tourner toujours vers le futur. Sagan, c'est l'avenir, il en est convaincu. Les projets fusent. Un an après avoir fait publier aux Éditions Rue de Sèvres une BD de Frédéric Rébéna, adaptation talentueuse de *Bonjour tristesse*, il travaille à l'idée d'un très beau livre en série limitée qui serait abrité dans un coffret. En 2018, deux spectacles se sont joués autour de l'œuvre de Sagan. Celui de Caroline Loeb, autour de *Toxique*.

Les projets fusent. « Il y a aussi quelque chose d'énorme en préparation autour d'un inédit qu'on a retrouvé dans l'œuvre de ma mère, un manuscrit inachevé. J'ai donc récupéré le texte, que j'ai décidé de faire éditer en l'état, en annonçant que c'est un roman inachevé et qu'il faut le prendre tel quel. C'est un livre formidable, très drôle… Le titre sera *Les Quatre Coins du cœur* ou *Le Cœur battu*… »

Denis n'en finit plus de dialoguer à sa manière avec cette mère qui le hante et le porte. L'héritage, c'est cela sans doute. En tout cas pour lui. S'il ne prétend à rien du côté du talent – l'humilité n'est pas sa plus mince qualité –, il regarde en arrière avec un petit sourire plus nostalgique que triste.

Le chagrin existe aussi, il le garde pour Jean-Marc Roberts, fauché par un cancer. Jean-Marc sans lequel…

« Je ne pensais pas que ça m'apporterait autant de bonheur de m'engager dans cette aventure ; ça m'a passionné, à tous les égards, moral, sentimental, affectif, légal… J'adore maintenant tout ce qui touche aux questions de droit d'auteur. Donc c'est un plein de satisfaction, de voir les œuvres rééditées, que les gens les lisent, de savoir qu'elle n'est pas tombée en désuétude. Sagan m'avait donné la vie, elle serait fière de voir que depuis sa mort, j'y ai trouvé un sens. »

Serge Gainsbourg, après lui le déluge

Serge Gainsbourg, c'était un style. Débraillé au-dehors, rigoureux à l'intérieur, cela, tout le monde ne le sait pas. Un peu maniaque, très à cheval sur les bonnes manières, d'une grande rectitude, il était ainsi, loin de l'image qu'il s'était évertué à donner toute sa vie.

Gainsbourg a élevé ses enfants à sa façon, selon sa vision de la vie, modelée en partie par son éducation rigide. Ses parents juifs russes émigrés en France avant sa naissance, et soucieux de respecter les lois de leur pays d'accueil, lui ont inculqué des principes de probité, de générosité et de fidélité. Ils sont devenus français et leur fils naît français en 1928.

Soixante-deux ans plus tard, au moment de sa disparition, le petit Lucien Ginsburg est devenu Serge Gainsbourg, une star absolue des arts, de la musique et des lettres. Auteur, compositeur, pianiste, chanteur, réalisateur, acteur, écrivain, peintre… il a touché à la réussite dans presque tous les domaines, avec en plus un art unique de la provocation.

À sa mort, le 2 mars 1991, il est à la tête d'une fortune importante. Il laisse environ cinq cents chansons dont des dizaines et des dizaines de tubes, des films, un hôtel particulier à Saint-Germain-des-Prés, rue de Verneuil. Pour le reste, il ne fut jamais collectionneur de belles voitures, de yachts, d'avions privés, de belles maisons à travers le monde et autres fantaisies qui coûtent très cher et ne rendent pas toujours en joie de vivre les millions d'euros qu'elles coûtent.

Serge Gainsbourg laisse beaucoup d'argent et aussi beaucoup d'enfants. Dans un ordre quelque peu dispersé, comme s'il avait voulu marquer, avec sa progéniture, la fantaisie qui avait accompagné ses différentes vies matrimoniales.

Son premier mariage, avec Élisabeth Levitsky, dure six ans mais reste sans enfant. L'époque est dure, Serge se cherche entre rêves de peinture et obligation de jouer les pianistes de bar pour gagner petitement sa vie. Il en reste quelques beaux souvenirs pour un couple soudé dans les difficultés, et une chanson, *Élisa*, écrite pour sa femme.

En secondes noces, Gainsbourg épouse Françoise Pancrazzi, surnommée avec affectation la princesse Galitzine. Pas plus princesse que cela, Françoise Pancrazzi, qui se fait plutôt appeler Béatrice, a seulement été l'épouse d'un prince Galitzine. Son statut de princesse a disparu le jour de son divorce…

De ce deuxième mariage naît Natacha en 1964, avant que le couple ne se sépare et divorce. Incompatibilité d'humeur, pourrait-on dire. Gainsbourg s'installe dans une chambre d'étudiant en 1966 mais il n'a pas perdu de vue Françoise, ou Béatrice ou la princesse Galitzine, comme on voudra. Au point qu'il la retrouve en 1967. La joie est telle qu'ils donnent naissance à un deuxième enfant qu'ils prénomment Paul, tout en prenant l'habitude de l'appeler Vania… C'est une manie !

Ce retour de flamme s'avère être une illusion. Le temps des rires et de l'insouciance est passé. La passion envolée, qui permettait de ne pas voir ce que l'on ne voulait pas voir, la relation avec Françoise est entrée dans le dur. C'est d'autant plus périlleux que deux enfants sont au milieu de ce marasme, trop jeunes pour être conscients, assez grands pour souffrir. Serge, lui aussi, et plus que quiconque, va souffrir longtemps à partir de la deuxième séparation. La rupture ayant été âpre, il se retrouve vite dans la peau de ces pères divorcés auxquels on fait payer doublement le divorce, en obtenant une belle pension et en les privant de voir leurs enfants.

Les années passent sans qu'il puisse réellement jouer son rôle de père, et c'est une souffrance infinie. Sa pudeur lui interdira longtemps d'évoquer et ce mariage, et les enfants qui en sont nés. Après tout, pourquoi parler d'un fils et d'une fille quand on ne sait pas le bonheur d'être père ? Plus tard, il en parlera par bribes, en de rares occasions, restant toujours dans le flou et l'amertume. « Je suis juste bon à payer les pensions alimentaires », dit-il à son ami Yves Salgues, journaliste et écrivain de talent. C'est au point que lorsque Charlotte, fille de Jane Birkin, vient au monde en 1971, Serge fait exactement comme s'il devenait père pour la première fois. On trouve même des interviews dans ce sens ! Il n'aura jamais épousé Jane Birkin et pas plus Bambou, avec laquelle il a la joie d'avoir un dernier enfant, Lulu, en 1986. Cinq ans avant sa mort, l'occasion d'une dernière joie.

Pour résumer, quatre enfants de trois unions différentes, ce n'est pas si simple à gérer au moment d'envisager le jour où il ne sera plus là. Les aînés ayant grandi loin de lui, on pourrait imaginer qu'une certaine distance affective s'est instaurée. Heureusement, le temps aidant, Gainsbourg a pu retrouver, ou tout simplement trouver, des relations plus complètes avec Paul et Natacha. Il n'est pas le genre d'homme qui fait payer à ses enfants les séquelles douloureuses d'un divorce houleux. Faire attention à tout, être minutieux, ne pas commettre d'erreur, ménager les sensibilités… Quand on aime ses enfants et que l'on déteste l'injustice, il y a beaucoup de précautions à prendre.

Histoire de ne pas se tromper, il décide de ne rien faire. Fidèle à son instinct, à son refus de se soumettre aux lois universelles, il ne rédige pas de testament et adopte un mot d'ordre qui lui va très bien : « Après moi le déluge. » Ce qui signifie, sans aucun doute : ils se débrouilleront entre eux, après tout ce ne sera plus mon problème.

Il n'est pas sûr que ç'ait été son problème un jour. Épris de liberté, il refuse d'imposer ses volontés aux êtres qu'il aime le plus. Et encore moins *son* héritage. Ce n'est pas pour autant une manière de se défausser, il veut donner une chance supplémentaire à ses enfants.

Il sait ce qu'il fait parce qu'il a confiance. Ses enfants vont se débrouiller. Pour devenir peut-être plus grands, plus forts, en gérant cette situation sans avoir à obéir à des ordres et des schémas qu'il aurait lui-même décidés.

« On ne savait pas trop ce qu'il fallait faire, reconnaîtra Charlotte Gainsbourg, moi j'avais

19 ans, Lulu avait 5 ans, Paul et Natacha avaient seulement quelques années de plus que moi[1]. »

Testament ou pas testament, la succession d'un artiste est toujours très complexe. Le défunt a géré ça toute sa vie avec l'aide de personnes qu'il a mises en place au fur et à mesure de sa carrière. Tout est structuré. Cela ne peut pas se passer aussi bien lorsque des héritiers, qu'ils soient désignés ou pas, se retrouvent, plus ou moins démunis, face à une montagne de demandes des uns, des autres. Quand un artiste du calibre de Gainsbourg meurt, on sait quelle folie cela peut représenter. Les demandes affluent, les projets, la télévision, les maisons de disques, les agents, les médias, les organisateurs d'évènements, les producteurs… Ne pas perdre la tête face à ce déferlement est une force. Sans jamais paniquer, les enfants Gainsbourg se sont organisés.

Charlotte dira modestement qu'ils se sont débrouillés, comme si finalement ce n'était pas grand-chose. Puisque tout revenait aux enfants, ils ont décidé de tout partager, y compris le droit moral. Une personne a été nommée pour centraliser les demandes et y répondre après l'accord de tout le monde. C'est simple.

Le pivot de toute la succession, ce sera en définitive la société d'édition de Serge Gainsbourg, Melody Nelson Publishing, que l'artiste avait créée au début des années 1970 afin de gérer les droits de son œuvre. De son vivant, il avait cédé 20 % du capital à Jane Birkin et cette dernière a fait en sorte

1. *Le Parisien*, 10 avril 2018.

qu'aujourd'hui les sommes perçues par la société se répartissent à parts égales entre les quatre enfants de Serge Gainsbourg.

Par rapport à d'autres successions, on a l'impression de décrire un monde rêvé. Sans embrouilles, sans coup bas, tourné vers l'amour que l'on portait à la personne disparue. Une manière de l'honorer sans disputes, sans frustration, les quatre enfants jouissent aujourd'hui d'un héritage qui leur rapporte entre 350 000 et 450 000 euros par an. À un seul moment il y aurait pu y avoir conflit, lorsque Charlotte s'était mis en tête de racheter l'hôtel particulier de son père, rue de Verneuil, pour en faire un musée. Ses frères et sœur ne l'ont pas voulu. Aujourd'hui, elle mobilise son énergie pour transformer ces lieux privés en musée enfin ouvert au public, ce qui est quand même le rêve de centaines de fans.

L'idée est de racheter l'appartement juste à côté pour rendre une circulation possible des visiteurs. « Mais il me manque des sous[2] », soupire-t-elle.

Ne se contentant pas de faire appel à des fonds privés pour soutenir le projet, Charlotte essaie d'obtenir aussi l'aide de la Mairie de Paris.

Entre cynisme affiché et pudeur contenue, Serge Gainsbourg avait aimé ses enfants avec une éloquence baignée dans les larmes, parfois ; il n'avait pas pour autant souhaité que ceux-ci prolongent l'admiration que lui vouent des milliers de fans depuis cinquante ans. Il n'avait rien demandé mais

2. *Ibid.*

il serait ébloui de voir comment, par la grâce de sa progéniture, son souvenir brûle encore.

Post-Scriptum

Quatre ans plus tard, Charlotte a enfin gagné son pari insensé. Il fallait racheter leurs parts à Natacha et Paul, les demi-frère et sœur, obtenir des aides, des autorisations, racheter un nouveau bâtiment pour créer un musée, la maison en elle-même étant trop étroite (130 m²) pour que les visiteurs circulent aisément, s'assurer de l'appui de Lulu, le quatrième enfant.

Enfin, après des années de combat, alors que l'exposition Serge Gainsbourg, le mot exact, battait son plein à la Bibliothèque publique d'information (BPI), Charlotte Gainsbourg pouvait annoncer, le 2 avril 2023 (jour du 95e anniversaire de la naissance de son père) la date d'ouverture de la tant attendue Maison Gainsbourg à Paris. Après plusieurs reports, la maison et le musée, dédiés à la transmission de l'œuvre et l'histoire de l'auteur, compositeur et interprète, allaient enfin ouvrir.

La nouvelle institution culturelle se déploierait sur deux sites différents de la rue de Verneuil – Paris, 7e arrondissement. Au 5 bis, derrière la façade recouverte de graffitis en hommage à Gainsbourg, le public pourrait enfin visiter la maison historique où l'artiste a vécu pendant 22 ans. Figé dans le temps, l'intérieur de la demeure est resté intact depuis le décès de Gainsbourg, en 1991.

« C'était un musée, déjà. Je n'ai rien touché, bougé. C'est un lieu qui est modeste », confie Charlotte.

Au 14, rue de Verneuil, en face, un musée retracerait la vie et la carrière de l'artiste. Un café piano-bar, Le Gainsbar, *permettrait de prolonger la visite en musique. Une librairie-boutique serait également en libre accès.*

« J'espère proposer au public, une expérience à part, qui permettra peut-être une nouvelle écoute de son œuvre. Une expérience si possible à la hauteur de ce qu'il nous a laissé », explique Charlotte.

La Maison Gainsbourg espère accueillir près de 100 000 visiteurs par an. Ambitieux ? À partir du 20 septembre 2023 et son ouverture au public, les réservations s'accumulaient et en quelques heures, les deux premiers mois à partir de l'ouverture affichaient complet.

Pour Charlotte, le 5 bis, rue de Verneuil, était depuis plus de trente ans, un souvenir douloureux lié à la mort et aux derniers jours de son père. Les blessures ne saignent plus, désormais, même si les cicatrices demeurent.

VI

À se retourner dans sa tombe

Lino Ventura, acteur sobre, mari modèle, père de famille exemplaire, citoyen au-dessus de tout soupçon. Si l'homme parfait existe, ne cherchez pas plus loin. Même son testament, son héritage, rien à dire, pas de remous. Sauf que trente ans après sa mort un bas de laine dans sa version luxe surgit d'un compte en Suisse…

Agnès Le Roux, la fille de la propriétaire du casino du Palais de la Méditerranée, à Nice, va trahir sa mère pour 3 millions de francs, offrant sur un plateau le trésor familial à un mafieux avant de disparaître. Elle a une excuse, elle a fait cela pour l'amour d'un étrange avocat qui va s'empresser de l'assassiner.

Yves Montand a beaucoup fauté dans sa vie amoureuse, il en a payé le prix longtemps après sa mort d'une exhumation, ce qui n'est pas courant. Quand il s'agit de défendre un héritage, tous les moyens sont bons. Ce qui est encore plus rare, c'est quand une jeune femme – Catherine Allégret – se fait adopter par son beau-père puis révèle trente ans après ce qu'il lui a fait subir lorsqu'elle était enfant.

Trois histoires à se retourner dans sa tombe…

Lino Ventura, le magot caché de l'homme modèle

« La mort ne révèle pas tous les secrets de la vie. »
François-René de Chateaubriand

Sa force, son charme, sa solidité. Lino Ventura, l'acteur emblématique des années 1970 et 1980, celui avec lequel on ne risquait rien. L'honnêteté, la sérénité, l'homme modèle.

En 1987, à sa mort, son épouse Odette hérite d'un patrimoine important. Une maison et des terrains à Baracé, dans le Maine-et-Loire, une maison au Val-Saint-Germain, des locaux commerciaux à Boulogne-Billancourt, des bijoux estimés à environ 200 000 euros et surtout un hôtel particulier à Saint-Cloud dans le fameux parc Montretout, à quelques dizaines de mètres de l'hôtel particulier de la famille Le Pen, estimé à plusieurs millions d'euros.

Tout cela représente une petite fortune, et il y a ce qu'on ne dit pas : des liquidités notamment.

Pas de quoi déchirer une famille longtemps unie autour du patriarche puis soudée dans son souvenir.

Lino Ventura, en dehors de ses succès d'acteur, aura laissé son nom attaché à une magnifique association d'aide aux enfants handicapés, Perce-Neige. Il était en effet lui-même concerné puisque l'une de ses filles était née handicapée. C'est à partir de cette souffrance qu'il a décidé de créer l'association Perce-Neige en 1966 et il a consacré une bonne partie de son temps libre, pendant plus de vingt ans, à s'occuper de cette association et à la faire vivre.

C'est l'image que nous avions envie de garder de Lino Ventura. Celle-là et celle de l'acteur impeccable dans son humanité. Et du père de famille idéal. Quatre enfants et une seule épouse pour toute une vie. Odette lui a donné Mylène, née en 1946, Laurent en 1950, Linda, l'enfant dont le handicap a changé la vie de son père, née en 1958, et Clelia, née en 1961.

À la mort de Lino, apparaît une famille unie autour de sa veuve, digne dans son chagrin. On est fidèles à l'image qu'a laissée le père, on ne parle pas d'histoires d'argent, il n'y a pas d'histoires d'argent. Tout a été réglé auparavant, et c'est désormais Odette qui gérera la suite des évènements. Et en effet, pendant vingt-cinq ans, ce sera comme si Lino était toujours là. Personne ne bronche, l'harmonie règne, jamais un désaccord.

En 2013, Odette meurt. Le temps d'écluser son chagrin, d'enterrer la veuve et de sécher ses propres larmes, chacun se retrouve soudain sur le pied de guerre. L'ambiance a changé et ça se lit dans les regards et le ballet soudain des avocats qui commencent à s'affronter au nom de tel ou tel descendant.

À se retourner dans sa tombe.

Qu'est-ce qui a fait que tout se soit ainsi déréglé en quelques semaines ?

La faute en revient à un secret. On pourrait dire, un secret de famille. Tu depuis des décennies et que l'on va être obligé de révéler. C'est un compte en banque en Suisse, bien caché, bien rempli, épanoui. Un compte qui va être le détonateur, près de trente ans après la mort de Lino Ventura, d'une querelle de famille aux accents sanglants.

Pourquoi cette explosion ? En 2014, le ministre du Budget, Bernard Cazeneuve, publie une circulaire destinée à encadrer la régularisation des exilés fiscaux. À savoir que l'on propose à tous les Français possédant un compte secret en Suisse de le rapatrier, en payant des impôts dessus bien sûr, mais sans les pénalités et les amendes qui accompagnent notamment ce genre de pratiques.

C'est l'occasion de découvrir que la famille Ventura a un compte en Suisse depuis plus de trente ans, ouvert par Lino, bien évidemment. Un compte que Laurent, le fils aîné de la famille Ventura, souhaite rapatrier immédiatement.

La demande de Laurent Ventura n'a rien d'extraordinaire, elle va même dans le sens de ce qu'exige le ministre du Budget, dans le sens de la loi.

Pourtant, deux petits-enfants de l'acteur s'y opposent. Ils sont les enfants de Mylène, fille aînée de Lino Ventura, décédée dans un accident d'hélicoptère avec son mari, quelques années plus tôt. Christophe et Laurent Lasserre (ils sont aussi les petits-fils du célèbre chef qui avait donné son nom à son restaurant parisien) représentent donc leur mère, et avec une certaine vigueur. Déjà, ils s'opposent par la voix de leur avocat au rapatriement de l'argent figurant sur ce compte suisse, qu'on peut estimer à plusieurs millions d'euros.

« Mes clients estiment qu'il n'y a pas d'urgence à rapatrier cet argent, tant que n'auront pas été révisés les comptes de la succession de Lino et Odette Ventura », explique Maître Christophe Scotti[1], qui défend les intérêts de Christophe et Laurent Lasserre.

Laurent Ventura s'obstine, il ne veut rien entendre. Alors le ton monte. Cette fois, on ne s'écharpe plus autour du rapatriement du compte suisse, mais plutôt autour d'une partie du magot qui ne dort plus…

Il apparaît qu'une somme importante a été retirée de ce compte entre 2009 et 2012. Donc, dans les quatre années qui ont précédé la mort d'Odette Ventura.

Pour les deux petits-enfants de l'acteur, il ne fait pas de doute que Laurent et Clelia Ventura se sont servis généreusement.

C'est désormais la guerre ouverte, tout ce qui a été propriété de Lino et Odette Ventura est disputé avec un acharnement nauséabond. Rien n'échappe au combat de rue par avocats interposés que se livrent les membres de cette famille qui fut si longtemps modèle. Même les dons faits à l'association Perce-Neige sont réclamés par les uns ou par les autres.

À cet instant, nous repensons à un très joli vœu en forme de profession de foi prononcé par Jean-Michel Jarre, hélas pour lui l'un des héros de

1. AFP, 1er mai 2018.

ce livre : « Il est urgent d'ajuster et de moderniser la loi, pour dépasser cette image balzacienne archaïque de la famille qui s'affronte autour du bas de laine caché sous le matelas, et de prendre en conséquence la dimension humaine, morale et économique que représente une succession au XXIe siècle. »

Tout y est, le bas de laine, l'affrontement, le matelas... Nous ne sommes pas certains qu'il pensait à la famille Ventura en exhortant à dépasser ces clichés... S'il y avait pensé il aurait sans doute employé le terme plus consistant de magot au lieu de bas de laine.

On pourrait espérer en dernier lieu que la justice règle définitivement le problème. Ce petit monde désenchanté se retrouve devant le tribunal d'Angers. D'un côté, Laurent Ventura réclame toujours le rapatriement de l'argent qui reste sur ce compte en Suisse, de l'autre, on estime que la gestion du patrimoine du couple Ventura s'est faite à sens unique, au profit de Laurent et Clelia et avant même le décès de leur mère. Maître Scotti précise même : « 610 000 euros ont été prélevés de ce compte entre 2009 et 2012, alors que Mme Ventura avait plus de 90 ans et ne souffrait pas de problèmes de trésorerie[2]. »

Le malaise grandit. On ne peut s'empêcher de penser à l'image de Lino Ventura, cette solidité, cette franchise, cette honnêteté qui se dégageait de

2. *Ibid.*

chacun de ses gestes, de son regard. On n'échappe pas à cette vision.

Même les juges sont ébranlés. Déjà ils constatent que la succession d'Odette Ventura n'a toujours pas été ouverte. Donc, le juge des référés d'Angers renvoie tout le monde dos à dos et indique qu'il va se charger de désigner lui-même un administrateur très prochainement.

Il est des affaires tellement entortillées, tellement complexes, qu'elles ne peuvent trouver une résolution convenable. Après avoir beaucoup travaillé, l'administrateur judiciaire chargé de régler l'affaire décide qu'il n'arrivera pas à un accord entre les parties. Dans ce cas, une issue est possible, déplaisante, décevante, et qui peut résonner comme un constat d'échec sur toute une vie : l'ensemble des biens sera mis aux enchères[3].

Le bas de laine caché de Lino Ventura, pillé en secret, n'aura apporté que de la colère, du soupçon et pour finir de la haine. La cupidité reste le meilleur moyen de détruire une famille.

---

3. En juillet 2016, on apprend que l'acteur Jean Dujardin vient de s'offrir l'ancien hôtel particulier de Lino Ventura, cette demeure magnifique de 400 mètres carrés qui le faisait rêver depuis longtemps, moins pour son côté maison d'époque napoléonienne que pour l'histoire qu'elle contenait et l'hôte qui l'avait précédé. Jean Dujardin a fait une assez bonne affaire puisque, pour 3 millions d'euros, il vient d'acquérir une maison estimée quelques mois plus tôt à 4 millions d'euros.

Yves Montand, la mémoire d'outre-tombe

C'est un monde étrange, une famille désordonnée, déchirée, désunie par des rancœurs, réunie par quelques haines communes, puis dispersée encore à force de souvenirs odieux.

C'est une famille qui a bien du mal à se reconnaître. Tout cela sonne faux. C'est peut-être un détail, mais personne ne porte le même nom, quand bien même ils sont la famille, la tribu. Ils sont artistes, c'est un point commun. Et puis Montand. On dit Montand depuis toujours, c'est une règle non écrite que tout le monde respecte avec naturel. Il est d'ailleurs le seul à s'appeler Montand là-dedans. Sa dernière compagne, c'est Carole Amiel ; Valentin, le fils qu'il a eu avec elle, s'appelle Livi, le vrai nom de son père. Il y a Catherine Allégret, la fille de Simone Signoret, l'unique épouse de Montand, il y a Benjamin Castaldi, le petit-fils de Simone Signoret et fils de Catherine Allégret. Tout cela ne fait qu'un seul Montand à l'arrivée et pourtant tout tourne autour de lui.

Pour essayer de s'y reconnaître, démasquer les démons qui minent cette famille depuis plus de cinquante ans, il faut remonter loin en arrière.

Et remarquer qu'avec eux au moins les soucis n'ont pas commencé avec les batailles d'héritage.

Catherine Allégret est née en 1946. Fille du réalisateur Yves Allégret[1] et de l'actrice Simone Signoret. Deux ans après sa naissance, sa mère quitte son mari pour Montand, Catherine ne verra plus beaucoup son père.

C'est un peu la faute d'Yves Allégret, très lointain, qui ne se précipite pas pour souhaiter les anniversaires de sa fille, mais il est si rarement autorisé à la voir.

En plus, il n'a pas digéré la rupture. Allégret est lui-même un grand metteur en scène, il évolue dans le même milieu que Montand, c'est encore plus humiliant pour lui d'avoir été abandonné dans ces conditions.

Tout le cinéma français est au courant, et connaît parfaitement chacun des protagonistes. Ce n'est pas très agréable… S'il n'a pas pardonné à Simone de l'avoir trahi pour « ce grand con de Montand », elle ne lui pardonne pas d'être ce qu'il est, et tient à le faire savoir. La grande Signoret a un don pour les jugements abrupts. Elle peut foudroyer en quelques mots. Allégret est devenu un ex que l'on *casse* méchamment, dont on dit du mal souvent, y compris devant sa fille.

La vie avec Montand est très belle et joyeuse dans les premières années. Simone est heureuse avec son homme, tellement heureuse qu'elle en néglige sa fille.

---

1. Yves Allégret (1905-1987) a tourné notamment *Les Orgueilleux* (1953), *Dédée d'Anvers* (1948), *Quand la femme s'en mêle* (1957), *Une si jolie petite plage* (1949).

Catherine grandit à l'écart de ce couple magnifique qui fait la une des magazines et l'admiration de millions de gens. Ils sont beaux, elle est intelligente, il a du charme, tout va bien. Les premiers écueils arrivent lorsque Montand, apparemment insatiable, s'offre quelques aventures piquantes, la plus glamour avec Marilyn Monroe. Signoret gronde, Montand fait le dos rond, abandonne Marilyn à ses angoisses et rentre dans le rang. Pas pour longtemps, d'autant que Simone, abîmée par la vie, les déceptions, les attentes, a perdu de sa beauté et de sa séduction des premières années. Le malheur ne lui va pas si bien, elle boit trop, s'empâte, l'esprit perdure mais la lumière décline. Avec l'élégance qui le caractérise, Montand dira plus tard : « C'était facile d'être l'amant de Casque d'or, mais il fallait beaucoup d'amour pour continuer à aimer Madame Rosa. » La classe !

Il suffit de regarder Simone dans ces années-là, les années 1970, jusqu'à sa mort, pour voir comme cette femme a souffert. On pense à Marilyn, à d'autres liaisons ou aventures, on ne pense pas au pire, pas encore. De toute façon, personne ne sait.

Simone meurt en 1985, Montand affiche alors au grand jour une liaison qu'il entretenait déjà avec la jeune Carole Amiel. Cela ne heurte personne, tout le monde fait les yeux doux à Montand, il a tellement de charme…

Coup de tonnerre en 1988, avec la naissance de Valentin, l'enfant que Montand n'attendait plus si tant est qu'il l'ait cherché longtemps. Le voilà père à plus de 65 ans. Il a l'air à la fois content et gêné aux entournures.

Presque dans le même temps, on apprend qu'il a adopté Catherine Allégret sa belle-fille, à laquelle il a, semble-t-il, voulu donner son nom. Le père de Catherine, Yves Allégret, est toujours vivant. La démarche à suivre était simple: Catherine, qui avait alors passé la quarantaine, devait obtenir une autorisation officielle de son père biologique pour être adoptée. Cela peut paraître gênant. Qui s'imaginerait aller voir son père pour lui demander l'autorisation d'être adoptée par un autre homme? Ça ne gêne pas plus que ça.

Catherine qui fait cette démarche, obtient la signature de son père et devient officiellement la fille d'Yves Montand.

On a pu dire plus tard que c'était une manière de se protéger après la mort de sa mère, et de ne pas être exclue d'un héritage de Montand, ce qui aurait été d'autant plus déplaisant que Montand avait lui-même hérité de Simone Signoret.

Il est vrai qu'en faisant des calculs savants et même en excluant la naissance de Valentin, il était possible, sans cette adoption, qu'une partie des biens ayant appartenu à Simone Signoret se retrouvent un jour appartenir à Carole Amiel.

Il y avait encore la solution de faire confiance à Montand…

Catherine Allégret a préféré se faire adopter.

C'était en tout cas un embarras de réglé. Comme dans cette famille les soucis chassent d'autres soucis et semblent promettre de nouveaux ennuis, dans les mois qui suivent la naissance de Valentin, une dénommée Gilberte Drossart se présente – sous le nom plus charismatique d'Anne Fleurange – en claironnant qu'elle est la mère d'un enfant de Montand, une fille, Aurore, née le 6 octobre 1975. La jeune fille a alors entre 13 et 14 ans et cet appel lancé par Gilberte Drossart va provoquer un tumulte médiatique et procédural qui va s'étaler sur des années. Montand nie en bloc. Il nie d'abord avoir eu toute relation et connaître cette femme, ce qui sera infirmé assez vite.

Il connaît cette femme, il a eu des relations avec elle, c'est lui qui l'a présentée au metteur en scène Claude Sautet avant le tournage de *Vincent, François, Paul et les autres*, Sautet en témoignera, même s'il n'a pas retenu la candidature de la jeune comédienne.

Elle était même présente sur le tournage du film *Le Sauvage*, au Venezuela, ce qui est certifié notamment par le metteur en scène du film, Jean-Paul Rappeneau. Tout ça ne signifie pas que Montand est le père d'Aurore, mais quant à dire qu'il n'a jamais été l'amant de Gilberte Drossart[2]...

Le 18 juin 1990, Montand refuse de se rendre à une convocation à un premier test ADN. Il en a le droit mais ça ne fait pas très bon effet.

Le 15 avril 1991, deuxième refus. Cela devient suspect car la justice enquête, écoute les témoignages, pendant qu'Aurore et sa mère arpentent les médias. Il est vrai que le visage de la jeune fille souligne un air de famille et une ressemblance prononcée avec Montand.

2. Bien entendu, Gilberte Drossart, parfois appelée Anne Drossart dans la presse, et Anne Fleurange, ne sont qu'une seule et même personne.

Le 14 mai 1991, Montand dépose plainte contre Gilberte Drossart, qu'il accuse d'avoir inventé cette histoire.

En septembre 1991, la justice penche dans le sens de la version Drossart. Elle considère que des éléments probants plaident en faveur de la paternité de Montand.

Le 8 octobre, Maître Vergès, l'avocat de Gilberte Drossart, réclame pour la petite Aurore une allocation de subsides pour veiller à son éducation. Sa demande sera jugée le 9 novembre.

Le 9 novembre Yves Montand meurt…

En février 1992, les héritiers de Montand reprennent à leur compte la plainte qu'il avait déposée.

Le 22 juin 1993, après deux ans d'enquête, le juge déclare un non-lieu. La justice considère qu'Anne Drossart n'a pas menti. La guerre peut continuer, seul Montand manque désormais à l'appel.

En septembre 1994, moins de trois ans après la mort de Montand, un jugement du tribunal de grande instance de Paris dit qu'Aurore Drossart est la fille d'Yves Montand.

Comment le tribunal a-t-il pu trancher sans analyse sanguine ? Notamment en se fondant sur la ressemblance physique… D'autres éléments ont aidé à la décision, déjà les présomptions graves pesant sur les « suspects » qui refusent de subir le test. Et les témoignages de proches sur la réalité de la liaison. Par exemple, il sera établi formellement que neuf mois avant la naissance d'Aurore, sa mère avait accompagné Montand sur le tournage du *Sauvage* au Venezuela.

Considérée comme enfant adultérine, née pendant le mariage de Signoret et de Montand, Aurore pourra percevoir un sixième de l'héritage, soit la moitié de ce que doit recevoir un enfant légitime.

La bataille continue. Les deux femmes, Carole Amiel et Catherine Allégret, qui se sont regardées avec beaucoup de défiance pendant tant d'années, sont cette fois liguées contre l'intruse, Aurore Drossart. Il faut faire front et empêcher la nouvelle venue de venir grossir le cheptel.

Il n'y a pas si longtemps, Valentin aurait pu être fils unique, le voilà en passe de se débattre entre deux *sœurs*.

Les héritiers font appel de ce jugement, proposent différentes vérifications, entre autres de comparer les ADN de Valentin et d'Aurore Drossart, ce qui ne peut pas être une preuve absolue. Le résultat est négatif.

Au début de l'année 1997, ils obtiennent un référé concluant, « sans certitude absolue » à la non-paternité d'Yves Montand.

Reste, selon Gilberte Drossart, à faire le test avec… Montand. Le seul qui donnera un verdict juste, selon elle. Aucune des deux parties ne veut en rester là ? La preuve, Carole Amiel et Catherine Allégret ne s'opposent pas à une exhumation du corps de Montand pour que son ADN soit comparé à celui d'Aurore. L'épreuve ultime. La décision du tribunal fait scandale. On ne comprend pas qu'on déterre un homme pour fouiller sa vie privée.

Les morts n'ont pas de vie privée, dit-on. Est-ce une raison de bafouer celle qu'ils ont eue lorsqu'ils étaient vivants ?

Reste à savoir si cette affaire de paternité ne concerne que la vie privée d'Yves Montand. Aurore Drossart a tout de même quelques droits, dont celui de chercher à savoir qui est son père. Le respect des morts ne doit rien ôter au respect des vivants. S'il y a une possibilité de trancher définitivement sur l'identité d'Aurore, pourquoi ne pas le faire ?

Carole Amiel et Catherine Allégret semblent très sereines bien que le public trouve leur attitude ambiguë. Pourquoi ne pas s'être opposées à cette exhumation ? Elles sont calmes, sûres d'elles. Comme si elles n'avaient aucun doute sur le verdict.

Catherine Allégret y va de sa petite boutade, disant à la radio que si la preuve est faite de la non-paternité de Montand, « Aurore Drossart ne saura toujours pas qui est son père mais elle saura qui est sa mère ».

Mot cruel, juste pour rire du désarroi et de l'égarement d'une jeune fille qui n'est de toute façon pas responsable de la situation. Mais qui se soucie des enfants ? de leurs peines ?

La dépouille de Montand est exhumée le 11 mars 1998 et le 11 juin, trois experts rendent leur rapport : Montand n'est pas le père d'Aurore.

L'instinct de Catherine Allégret avait vu juste.

Voilà les deux héritières triomphantes. Elles ont gagné leur bataille contre l'usurpatrice. C'est une victoire arrachée *in extremis*.

Elles ne prennent pas le temps de la célébrer trop longtemps, et se replongent vite dans leur hostilité mutuelle à peine voilée.

Si l'histoire se terminait là, elle aurait démontré, au moins, que deux adversaires endurcies peuvent très bien faire front commun autour d'un morceau d'héritage en péril. Simple, trop simple. Et dans cette famille, on n'aime pas les choses trop simples.

En mai 2004, Benjamin Castaldi, animateur de télévision et fils de Catherine Allégret, publie un livre intitulé *Maintenant, il faudra tout se dire*[3], dans lequel il évoque le douloureux secret de sa mère, Catherine Allégret. C'est écrit avec des mots calfeutrés, mais il soulève une vérité hallucinante que personne avant lui n'avait évoquée officiellement.

« Montand n'avait pas toujours avec ma mère l'attitude qu'on attend d'un beau-père, tandis que sa propre mère, Simone Signoret, avait balayé le problème en le parant de romantisme. » À la fin du livre, ayant voulu signer l'épilogue, Catherine Allégret remercie Benjamin : « Mon fils, tu m'as libérée du poids de la honte, celui qui vous étouffe et vous submerge de toute la force de son silence. »

Pour ceux qui n'auraient pas compris, ce qui est évoqué à mots couverts, ce sont les *relations* qu'a eues Montand, le beau-père, avec Catherine Allégret, la belle-fille, lorsque celle-ci était enfant.

Le 6 octobre 2004, cinq mois après la publication du livre de Benjamin, c'est Catherine Allégret elle-même qui publie un livre, *Un monde à l'envers*[4], dans lequel elle évoque beaucoup plus clairement, beaucoup plus crûment, ce que lui a fait subir Montand.

Catherine Allégret décrit, détails à l'appui, les gestes intrusifs de son beau-père alors qu'elle n'est

---

3. Éditions Albin Michel.
4. Éditions Fayard.

qu'une enfant. Elle raconte que le harcèlement se poursuit jusque dans son adolescence et dans son âge adulte. Elle ne sait pas comment lui échapper, en parle à sa mère, pour rien. Ça se terminera par une paire de gifles qu'elle reçoit pour avoir repoussé une énième avance d'un : « J'aime pas les vieux. » Au moins, après ça elle aura la paix, écrit-elle.

Simone Signoret fermait les yeux ou les ouvrait de temps en temps pour dire que tout cela était assez joli, que finalement, cela prolongeait leur propre histoire... Surréaliste !

L'histoire est moche, déjà. Et douloureuse, on n'en doute pas. Elle amène aussi une question inévitable. Comment peut-on souhaiter ou même accepter d'être adoptée par l'homme qui a saccagé votre enfance et forcément esquinté le reste de votre vie ? Par intérêt ? Catherine Allégret le nie. Selon elle, Montand s'était amendé avec le temps, il était devenu un *gentil petit papa*. Ah ! bon...

Il est aussi possible de poser la question de savoir jusqu'où on peut aller pour figurer sur un testament.

Le testament et l'héritage sont considérés parfois comme une façon de rattraper une injustice. De réparer. Là, nous y sommes.

Il n'y a pas que cela. L'oubli est une faculté et un démon. Il peut changer la perception que nous avons de notre vie. Transformer un monstre et une victime pour les ramener dans la vie normale.

Catherine Allégret n'a pas toujours tout oublié de ce que fut sa jeunesse. Benjamin Castaldi raconte ce que lui a dit sa mère, au téléphone, le matin de son mariage, lorsqu'elle lui a annoncé qu'elle ne viendrait pas : « Tu ne pourras jamais comprendre, mon petit

Benjamin. Sache que j'ai prié, quand je t'attendais, pour que tu sois un garçon et surtout pas une fille. »

La peur était restée longtemps, de l'homme trop familier, mais elle avait continué de vivre dans son cercle, dans son ombre, et avait souhaité, bien des années plus tard, devenir sa fille.

Agnès Le Roux,
la mort en héritage

Cela pourrait s'appeler *Pas d'orchidées pour Miss Le Roux*. C'est un roman de Série noire, avec ses décors ombrageux, son atmosphère menaçante, ses personnages troubles. Un avocat véreux, un patron de casino mafieux, une jeune femme amoureuse qui trahit sa mère, elle-même propriétaire de casino, une interminable disparition, un meurtre, un compte secret de 3 millions de francs devenus 3 millions d'euros, Nice et ses noirceurs, la Suisse et ses ambiguïtés, un mystère insondable, même lorsqu'il aura semblé être résolu.

Agnès Le Roux a disparu en 1977, elle avait 29 ans. L'histoire, qui est tout sauf belle, commence un an plus tôt, sur la Côte d'Azur, si attrayante que plusieurs mondes s'y croisent, parfois des personnages peu recommandables. Au bout du soleil, avant de fondre sur Monaco et ses autres dangers, il y a Nice, sa promenade des Anglais, ses casinos, sa faune, l'argent qui s'échange, la mer, impassible. Ici, la mafia se porte comme un charme. Elle a l'accent corse ou marseillais, avec de fortes consonances niçoises. C'est normal, comme on dit en football, *on est chez nous !*

Cela, c'était avant. Aujourd'hui on en est très loin, le crime organisé a pris l'accent russe, ce qui n'est pas plus rassurant. Même s'il est moins bruyant. La violence est plus feutrée. Les mœurs ne sont pas moins douteuses mais elles sont vite condamnées quand elles sont trop visibles. Là est la différence. Merci, Internet et les réseaux sociaux.

Racket, assassinats, bars incendiés, attaques de banque, les années 1970 ne sont pas lascives. Moins tonitruante, la guerre des casinos existe. Même si c'est très bien d'être planté sur la promenade des Anglais, face à la mer, on rêve d'être un peu plus seul, un peu plus puissant, quand même. Éliminer les concurrents, ce n'est jamais un problème, il faut choisir la bonne manière. Pas forcément la plus brutale. Beaucoup d'argent, de la malice, quelques manipulations et voilà comment on s'empare d'un bien sans violence. Après, si les méthodes feutrées échouent, il y a d'autres solutions.

Renée Le Roux, la propriétaire du casino du Palais de la Méditerranée, fait des jaloux. Magnifique casino, superbe exposition, une histoire et de la tradition. En plus, elle n'est même pas du sérail, entendez par là qu'elle n'a pas de lien avec la mafia. Certains se demandent ce qu'elle fait encore là, surtout depuis la mort de son mari. Une femme seule dans ce monde sans pitié, ça ne fait pas sérieux.

C'est ce que pense Jean-Dominique Fratoni, un rival installé à quelques dizaines de mètres de là, au Casino Ruhl dont il est propriétaire. Fratoni, c'est le méchant. Cet homme d'affaires – c'est comme cela qu'il se présente – est surtout un mafieux de première classe, il essaie depuis longtemps de s'accaparer le

Palais de la Méditerranée, en vain. Il avait même un informateur sur place, un infiltré pourrait-on dire, chargé de gagner la confiance de la propriétaire.

L'homme en question est un séduisant avocat, Maître Maurice Agnelet. Il est marié, père de famille, très coureur, infidèle, on le dit déloyal dans son métier, et il n'a donc pas très bonne réputation, pas plus sur le plan professionnel que sur le plan privé. Ceux qui l'approchent ou l'ont approché n'en gardent jamais de très bons souvenirs. Il est une sorte de pervers narcissique qui attire les femmes d'abord, peut les séduire, mais les fait fuir assez vite. Il a un certain charme, pas seulement avec les femmes, mais il est dangereux et peut-être cruel, dit-on. Agnelet est un mystère que personne n'a déchiffré quarante ans après. Comme tous les personnages mystérieux, il inquiète. On lui prête parfois plus de noirceur qu'il n'en possède. Son comportement social n'est pas perçu de la même façon par les uns ou par les autres. Il peut être jugé sournois, inquiétant, terrorisant par des collègues, consœurs ou employées mais quelques secrétaires de l'époque en gardent le souvenir charmant d'un patron un peu comédien, agréable et toujours prêt à rire et faire rire. Pas facile de s'y retrouver.

Agnelet a donc été l'homme de confiance de Renée Le Roux. Difficile de savoir ce qu'il faisait pour elle. Lui-même prétendra qu'il a collaboré bénévolement de 1973 à 1976, ce qui n'est pas le genre du personnage, et ce qui surprend quand on sait qu'il intervenait dans les affaires et la vie d'un casino, loin du monde des œuvres de bienfaisance et de charité. Mais s'il était là pour piéger Renée Le Roux, il était peut-être rémunéré par ailleurs…

La collaboration, bénévole ou pas, s'arrête brusquement en 1976, Renée Le Roux ayant surpris Maître Agnelet en train de fouiller dans son bureau, ce que démentira toujours l'avocat. Sa défense est de dire qu'au bout d'un moment, il a voulu être rémunéré, tout travail valant salaire, et que Mme Le Roux a essayé de l'escroquer. Le ton serait monté et la rupture devenue inéluctable.

Maurice Agnelet se retrouve dehors du casino du Palais de la Méditerranée et c'est bien embêtant pour Fratoni, dans son plan de conquête. Maintenant qu'Agnelet est hors-jeu, il va falloir trouver une autre solution.

Heureusement, il y a Agnès Le Roux. La fille de la propriétaire, 29 ans, plutôt jolie, assez malheureuse et le plus souvent en conflit avec sa mère. Agnès ne guérit pas de la mort de son père, en veut au monde entier. Les relations sont difficiles avec Renée Le Roux, qui ne sait pas toujours trouver les mots. Chaque fois qu'elle parle à sa fille, celle-ci ressent encore plus douloureusement l'absence de son père. Dans les mois qui ont précédé cette année 1976, Agnès a eu un petit coup de cœur pour le beau Maurice Agnelet, sans le lui dire. Tant qu'il était dans le giron de sa mère, pas question de trop s'approcher. Lui n'a pas vu ou alors a fait semblant de ne pas voir. La situation ne s'y prêtait pas.

On ne saura jamais si c'est lui qui finit par se rapprocher d'Agnès, laquelle devient son dernier atout, ou si Agnès, désormais libérée de ses blocages, fait le pas qui compte. Ils finissent par tomber dans les bras l'un de l'autre.

Maurice Agnelet comprend vite qu'il va pouvoir compter sur Agnès sans concession. Il sait qu'elle fera ce qu'il voudra, ce qui est assez réconfortant. Agnès est en rébellion contre Renée et, selon son avocat, François Saint-Pierre[1], Maurice Agnelet comprend vite que les deux femmes sont en conflit ouvert sur un point précis : Agnès veut récupérer la part d'héritage qui lui vient de son père et Renée ne veut pas la lui donner pour le moment. Elles sont butées toutes les deux. C'est l'occasion pour Agnelet de jouer les sulfureux intermédiaires. Et d'aider Fratoni à réaliser son rêve. Il va diriger Agnès comme une marionnette consentante. Le couple déroule un scénario diabolique entre manipulation et trahison. Après avoir exigé une dernière fois sa part d'héritage paternel, Agnès vend ses parts du casino à sa mère puis – pour 3 millions de francs – vend son droit de vote au conseil d'administration du Palais de la Méditerranée à Jean-Dominique Fratoni. L'assemblée générale des actionnaires a lieu le 30 juin 1977 et Agnès Le Roux, comme prévu, vote contre sa mère, ce qui doit permettre à Fratoni de prendre le contrôle du deuxième casino de France.

Immédiatement, l'argent file en Suisse sur un compte commun ouvert par Agnelet et Agnès Le Roux.

« Tu t'es vendue deux fois », lance Renée Le Roux à sa fille, ce qui laisse entendre qu'elle-même

1. Entretiens avec l'auteur les 20 décembre 2018, 28 février et 2 mars 2019.

lui avait payé ce qu'elle réclamait. C'est la dernière conversation entre les deux femmes car Agnès va disparaître de la vie de sa mère en même temps que l'argent, ou plutôt quelques jours plus tard.

Tout ce que l'on en saura dans un premier temps, c'est que les 3 millions ont été déposés par Agnelet à la SBS de Vevey, devenue plus tard l'UBS. Un compte a été ouvert au nom d'Agnelet-Le Roux. Maurice Agnelet, lui, reste bien visible, cible du courroux de Renée Le Roux qui a bien compris quel rôle il a joué dans la trahison de sa fille. Elle attaque Fratoni pour l'achat irrégulier du vote d'Agnès, et dépose parallèlement une demande en nullité de la vente d'actions. Fratoni est contrarié par la disparition d'Agnès car il ne suffisait pas d'avoir mis Renée Le Roux en minorité. Il fallait encore qu'Agnès vote en sa faveur pour qu'il puisse entrer au conseil d'administration et prendre les commandes du casino. C'est pour ça qu'il a payé. Or, il ne récolte rien que des plaintes et des poursuites. Inculpé en octobre 1978, il s'enfuit d'abord en Italie en 1980, puis en Suisse. Il ne rentrera plus en France, échappant à un destin mauvais, le vent ayant définitivement tourné. Comme on ne le recherche pas très activement et qu'il ne risque pas d'extradition pour le genre de délits qui lui est reproché, Fratoni reste libre, riche et tranquille – même s'il est condamné par défaut, en 1983 et en 1985, à cinq ans de prison pour des infractions financières. En 1994, à 71 ans, il meurt d'un cancer de la prostate à Lugano, en Suisse. Il n'aura jamais reconnu sa participation à la disparition d'Agnès Le Roux. Il ne sait pas, a-t-il toujours affirmé, ce que la jeune femme est devenue.

Reste Maurice Agnelet. Depuis le début, Renée Le Roux a confié ses doutes à la police. Pour elle, le responsable de tout c'est lui. Et c'est lui qui a l'argent. C'est aussi lui, et lui seul, qui sait ce qu'il est advenu d'Agnès. Il la dernière personne à avoir vu Agnès Le Roux, il est aussi celui qui a ouvert un compte en Suisse avec elle… ou en tout cas en utilisant son nom.

Le commissaire Nogueira, qui a enquêté entre 1978 et 1983, à Nice, sur la disparition d'Agnès Le Roux, n'a jamais pensé que Maurice Agnelet était un tel pervers qu'il ait conçu l'assassinat d'Agnès froidement, et depuis le début. Il était arrivé à la possibilité d'une sorte de crime passionnel, de bagarre entre amoureux qui aurait mal tourné. Après, Maurice Agnelet aurait pris la mauvaise décision de camoufler son crime plutôt que de l'avouer. L'engrenage fatal…

Tout ce qu'il a pu faire par la suite l'a desservi, comme un fait exprès. « Il a toujours voulu composer un personnage diabolique aux yeux des autres », analyse son avocat, François Saint-Pierre. On a envie d'ajouter qu'il a réussi à merveille. Parfois, au regard de cet itinéraire torturé, long de quarante-deux ans de tourments qui pourraient être un chemin de pénitence, l'envie nous prend de croire que cet homme s'épuise à expier son crime. D'autres fois, quand sa morgue ressort, rien de ce qu'il dit ne peut émouvoir.

Maurice Agnelet se décrit comme un amant passionné, mais n'a jamais bougé le petit doigt pour essayer de retrouver Agnès depuis sa disparition à la Toussaint 1977. Il aura beau jeu plus tard, au cours de ses différents procès, d'employer l'expression *la pauvre Agnès* chaque fois qu'il parlera de sa maîtresse. Il ne reste pas moins totalement inactif quand il s'agit de savoir ce qu'elle est devenue.

En revanche, l'argent d'Agnès, l'argent de la trahison, bouge, à l'intérieur de la même banque. Sur ordre de Maurice Agnelet, le compte Agnelet-Le Roux devient le compte Agnelet-Lausseure, du nom d'une autre maîtresse de l'avocat, qui deviendra d'ailleurs son épouse. C'est elle qui lui a fourni pendant plus de trente ans un alibi indestructible pour la période de la disparition d'Agnès.

Quelques mois vont s'écouler avant que ce compte, Agnelet-Lausseure, laisse filer les 3 millions de francs sur un autre compte, ouvert cette fois au seul nom de Maurice Agnelet.

« Pour le mettre à l'abri des convoitises de Renée Le Roux », soutient Maurice Agnelet, qui n'a décidément peur de rien.

Le corps d'Agnès Le Roux ne sera jamais retrouvé. Sa mère ne cessera jamais de chercher la vérité, et surtout d'essayer de confondre celui dont elle est convaincue qu'il est l'assassin de sa fille.

Agnelet s'était donc appuyé pendant des années sur un alibi très solide fourni par Françoise Lausseure, jusqu'à ce qu'elle avoue avoir menti. Elle n'était pas avec lui à Genève au moment de la disparition d'Agnès à Nice : « J'ai confirmé ce qu'il disait parce que je pensais qu'il était innocent. »

De procès en procès, de séjours en prison suivis de libérations, puis de nouveaux séjours en prison suivis d'acquittements, Maurice Agnelet ne cédera jamais sur deux choses.

D'abord il dit qu'il n'est pour rien dans la disparition d'Agnès Le Roux, et il affirme que le magot dormant dans les coffres de l'UBS est à lui. Forcément, puisque c'est l'argent d'Agnès.

En vérité, il justifie son acharnement à vouloir conserver cet argent en expliquant qu'il est le gestionnaire de la fortune d'Agnès, qui est seulement considérée comme disparue. Son héritage ne peut pas être dévolu. Donc, lui, il gère !

En décembre 2006, Renée Le Roux obtient que sa fille soit reconnue officiellement comme décédée par le tribunal de grande instance de Nice. Agnelet ne peut plus avancer l'argument de la gestion de l'argent d'Agnès. Quand son avocat, François Saint-Pierre, lui suggère de renoncer officiellement à cet argent, qui est devenu en quelque sorte l'héritage d'une victime d'assassinat, et d'adopter une attitude claire, au moins sur ce point, il ne veut rien entendre.

L'étau se resserre au cours de son troisième jugement aux assises, en décembre 2014, lorsque, après plusieurs procès, sur une période de trente ans, Maurice Agnelet est condamné définitivement à vingt ans de réclusion criminelle par la cour d'assises de l'Ille-et-Vilaine.

À Rennes, Maurice Agnelet a eu un comportement déroutant qui a même déstabilisé son avocat. Celui-ci n'a pas compris. C'était comme si son client voulait s'enfoncer un peu plus. Leur relation personnelle va en être affectée, un moment. L'incompréhension est souvent un mal redoutable.

Durant le dernier procès, celui qui ressemblait à une mise à mort pour un taureau suicidaire, le fils d'Agnelet a témoigné contre lui. Le témoin à charge de trop.

Celui qui était devenu un héros de cinéma, grâce à un film, *L'Homme qu'on aimait trop*[2], n'était plus beaucoup aimé par qui que ce soit. Lâché par celle qui fut sa maîtresse et sa femme, lâché par son fils, décrivant un monstre dans son intimité, un père responsable du suicide de son autre fils, Maurice Agnelet va finir par payer pour un crime dont on ne sait toujours pas la nature.

Une dernière fois, il n'a pas pu s'empêcher de prétendre que l'argent dormant en Suisse était son argent. Comme si c'était encore important...

Agnelet a eu 81 ans le 10 février dernier, il a purgé la moitié de sa peine mais ne sait de quoi son avenir sera fait. A-t-il encore envie d'un avenir ? A-t-on envie de lui en offrir un ?

Le juge d'application des peines pourrait avoir des difficultés inattendues avec un détenu qui ne serait pas prêt à tout pour recouvrer sa liberté. Et peut-être même prêt à rien. Il semble que Maurice soit entré depuis longtemps dans une vie qui n'est plus la sienne. Et qu'il n'ait pas envie d'en sortir. François Saint-Pierre est son avocat depuis 1987, il le connaît sans doute mieux que personne, mieux que ceux qui l'ont adoré et que ceux qui l'ont haï.

« C'est un homme cassé qui est allé très bas, au plus bas, et qui ne s'y est pas trouvé si mal. Aussi, à 81 ans, il n'est pas certain qu'il ait envie de remonter. »

2. Film d'André Téchiné, sorti en 2014.

Restait à savoir où continuerait de prospérer l'argent déposé en 1977 à l'agence UBS de Vevey. Agnès était la propriétaire légitime de cet argent, mais il dormait sur un compte appartenant à Maurice Agnelet. À qui allait-il aller ?

Pas à Maurice, c'était certain désormais. L'argent d'Agnès ne pouvait pas devenir l'argent de son assassin. Un homme condamné pour le meurtre d'une personne ne peut pas hériter de cette même personne. Il arrive que la loi n'échappe pas à une certaine logique…

Il restait deux prétendants, quand même. Le scénario de film noir touche le fond à force de s'engluer dans les turpitudes qui flétrissent certaines âmes.

Encore deux candidats. Comme pour une vente aux enchères, sauf que là, on se bat pour une fortune dont il serait plus élégant de se détourner.

D'un côté, Renée Le Roux, 95 ans, la mère d'Agnès. Son argument est que sa fille Agnès avait reçu cette somme, elle n'avait pas de descendant, pas d'époux, sa mère est donc la première personne habilitée à récupérer cet argent.

L'autre *candidat* a longtemps été Jean-Dominique Fratoni. En tout cas jusqu'à sa mort. Depuis, si l'on se réfère à son testament, il lègue cette somme à deux associations helvètes : la Croix-Rouge suisse et la Recherche suisse contre le cancer. Une troisième association, Médecins sans frontières, ayant préféré renoncer à cette possibilité dès 2005.

L'horreur n'en finit jamais. Deux œuvres humanitaires, légataires d'un patron de casino mafieux, qui vont en justice pour récupérer le magot volé à une jeune femme morte assassinée pour cet argent, ce n'est pas commun.

En mai 2015, trois ans après un premier procès qui avait également eu lieu à Vevey, le tribunal cantonal vaudois décidait que Renée Le Roux récupérerait un argent qui devait lui revenir légitimement.

C'était l'argent de la trahison quarante ans plus tôt, c'est devenu l'argent d'une disparue sans tombe et sans explication. C'était aussi un magot qui n'a fait que fructifier depuis 1977. Les 3 millions de francs placés en Suisse par Maurice Agnelet sont devenus, quarante ans plus tard, 3 millions d'euros. C'est beaucoup d'argent. Quelque temps avant de disparaître à son tour, Renée Le Roux restait inconsolable, quand même, d'avoir reçu de sa fille la mort en héritage.

Post-Scriptum

À la fin de l'année 2020 Maurice Agnelet, 82 ans, avait obtenu du tribunal d'application des peines de Caen une suspension de peine pour raisons médicales. Au mois de décembre il sortait de prison et rejoignait son fils Thomas à Nouméa. Dans la nuit du 12 janvier 2021, il mourait dans son sommeil. Lui seul savait où était enterré le corps d'Agnès Leroux et il était parti sans le révéler.

VII

Retours vers le futur

Gina Lollobrigida et Georges Brassens. Deux nouveaux venus dans la liste inépuisable des successions à problème. Ni l'un ni l'autre ne figuraient dans le volume paru en 2019 où se retrouvent tous les cas que nous venons d'évoquer[1]*. Pour Gina Lollobrigida, c'est logique – elle est morte en 2023 – même si nous pouvons remarquer que procès et contestations existaient déjà depuis quelques années. Pour Brassens, mort en 1981, il aura donc fallu 41 ans avant qu'éclate le scandale public et bagarre entre héritiers, ce qui est rarissime. Décidément, on ne sait jamais ce que le passé nous réserve.*

Les deux histoires montrent une fois de plus que rien n'est simple et même que tout peut devenir explosif lors qu' on a oublié de respecter certaines règles de prudence, de clarté dans les dispositions. Quand le passé est trouble, l'avenir peut être bouché, parfois même quarante ans plus tard, nous enseigne l'affaire du testament de Georges Brassens.

1. *Les Héritiers*, Bernard Pascuito, 2019.

Quand le présent est cafouilleux, désordonné, rempli d'infractions à la morale, voire à la loi, et que rien n'a été réglé, les lendemains d'obsèques sont douloureux. Et le futur se présente comme un long couloir parsemé de procès. Il est de toute façon trop tard.

Gina Lollobrigida, la reine et le jardinier

Dans les années 1950 et 1960, quand il n'était pas si facile d'être la plus belle, ses rivales s'appelaient Brigitte Bardot, Sophia Loren, Claudia Cardinale ou Grace Kelly. Elles ne lui faisaient pas peur. Rien n'effrayait cette petite paysanne grandie sous le soleil de la campagne romaine, à Subiaco, où elle était née en 1927 et qui deviendrait à moins de vingt-cinq ans le plus torride *sex-symbol* de l'Italie et du cinéma mondial.

Rien ne l'effrayait et certainement pas le scandale qu'elle a drainé tout au long de sa vie et au-delà, jusqu'aux portes de la basilique Santa-Maria in Montesanto où, le 19 janvier 2003, le tout Rome se pressait dans l'espoir d'assister à ses funérailles. Des milliers de personnes attirées par l'odeur du souffre autant que par le souci d'honorer l'immense star disparue à quatre-vingt-quinze ans. Toutes seront frustrées puisque seul Roberto Gualtieri, le maire de la capitale, des amis politiques de la star[1], les proches et la famille pouvaient assister à la cérémonie.

1. Quatre mois plus tôt elle était candidate aux sénatoriales.

Dommage. Le spectacle du scandale était là, au premier rang. Au pied de la star reposant dans son cercueil, ces quelques acteurs de sa vie, comparses pleurnichant à qui mieux mieux, presque serrés les uns contre les autres, emmitouflés dans leurs craintes, rancœurs, avidité et frustration, et peut-être, qui sait, un peu de véritable chagrin.

Il y avait là Milko Skofic Jr, 66 ans, le fils unique de Gina, Dimitri, 29 ans, son petit-fils et Javier Rigau y Rafols, 62 ans, le mari fantôme. En 2010, cet homme d'affaires espagnol qui fréquentait l'actrice depuis 1984, l'avait épousée par procuration et sans son consentement, grâce à une signature obtenue d'elle en bas d'une feuille blanche. C'est en tout cas la version dont n'a jamais démordu la *jeune mariée* de 83 ans.

Enfin, il y avait aussi là Andrea Piazzola, 35 ans, celui que tout le monde observait et couvrait de tous les fantasmes. Amant, protecteur, protégé, fils adoptif, héritier, surtout, Andrea était entré dans la vie de sa patronne fin 2010, en tant que jardinier, avait grimpé les échelons à une vitesse folle jusqu'à devenir le seul gestionnaire de tous ses biens. S'il n'était pas le seul, il était le principal objet du scandale qui imprégnait l'atmosphère de ces funérailles très originales.

Toute la vie de Gina Lollobrigida, de l'enfance jusqu'aux dernières heures, est un défi à la raison et une ode à la démesure. Née dans une très modeste famille d'ouvriers, elle passe le plus clair de son adolescence à frémir sous les bombes, les éclairs du blitz, et en 1945, alors qu'elle va avoir 18 ans, un bombardement anglo-américain rase la maison familiale. Ses parents ont tout perdu et ils choisissent de se rapprocher de Rome, s'installant dans les faubourgs populaires de la capitale avec leurs quatre filles. La vie était dure, elle devient plus dure encore et Gina, douée pour les arts, se consacre pendant plusieurs mois à vendre le jour des dessins et des petites peintures qu'elle crée la nuit, le tout pour aider ses parents. Ella va même obtenir une bourse pour étudier à l'Académie des beaux-arts, mais ce qui pourrait être un rêve cède le pas à ce qui reste une obsession : gagner sa vie pour aider sa famille.

La guerre finie, elle devient mannequin-photographe, tout un programme. D'abord elle erre de studio en studio à la recherche de quelqu'un qui capturerait le mieux sa beauté, mais pousse aussi l'ambition et la détermination jusqu'à utiliser toutes ses facettes artistiques : brune piquante aux formes généreuses et à la sensualité débridée. Elle met tous ses atouts en avant avec un seul objectif : parvenir un jour à faire exactement ce qu'elle veut. Elle se présente aussi à des concours de beauté, gagne l'élection de Miss Rome et termine troisième de l'élection de Miss Italie en 1947. Elle n'a que vingt ans.

Sa beauté ne laisse personne indifférent et très vite le cinéma s'intéresse à elle. Figurante, puis second rôle, elle multiplie les apparitions. Le cinéma ne l'intéresse pas. Ce qu'elle veut, c'est gagner de l'argent. Un jour qu'un producteur cherche à lui faire signer un contrat pour un premier rôle au cinéma, elle exige un million de lires. C'est énorme pour une inconnue mais ça marche. Elle est engagée.

Ensuite, elle fait une première tentative pour réussir aux États-Unis sans grand succès.

À son retour des États-Unis, elle rencontre et épouse rapidement Milko Skofic, un médecin yougoslave de sept ans son aîné qui abandonne aussitôt son métier pour devenir son imprésario et avec lequel elle aura en 1957, Andrea Milko Skofic Junior, son fils unique.

De la rencontre avec Milko date le démarrage d'une carrière qui va devenir extraordinaire. Plutôt que de jouer sur le travail discret mais sérieux, des choix intelligents de scénarios, Gina cherche à se faire connaître par tous les moyens et, notamment en France, elle organise sa médiatisation de façon extrêmement efficace. Elle participe à des événements mondains, trône en, couverture de magazines populaires. Elle incarne un type féminin, sensuel, voluptueux, un corps aux formes extrêmement généreuses qui correspond à beaucoup de fantasmes masculins de l'époque. Ses choix sont couronnés de succès, et pas seulement en France. Elle est bientôt repérée par de nombreux producteurs européens et américains. Même le milliardaire Howard Hughes lui signe un contrat longue durée pour qu'elle vienne tourner aux États-Unis à partir de 1950. Il est tombé amoureux de la belle Gina en visionnant des photos publicitaires prises par son mari. Howard Hughes lui propose deux billets d'avion pour elle et Milko afin de le rejoindre à Hollywood. En fait, un seul billet d'avion arrive mais Gina part quand même :

« Mon mari m'a fait confiance, il a dit, allez, je ne veux pas que tu dises un jour que je ne t'ai pas laissé faire carrière. Alors j'y suis allée seule. »

Elle va vite comprendre – si elle ne l'avait déjà compris – qu'avec Howard Hughes, les choses ne sont pas si simples. Le coup du billet d'avion aurait dû l'alerter. Mais elle est reçue comme une immense star, dans un luxe impressionnant, ce qui écarte les questions gênantes. À son arrivée à l'aéroport international de Los Angeles, Gina est amenée dans une suite du Town House Hotel, un établissement clinquant de l'époque, sur Wilshire Boulevard, avec à sa disposition une secrétaire et un chauffeur personnel, un coach d'anglais et un professeur de chant. Et lui donne tout de suite un scénario à répéter. Le paradis.

Très vite, elle prend pourtant conscience d'être enfermée dans une sorte de cage dorée, et les visites incessantes d'Howard Hughes confirment les premières impressions : ce n'est pas le talent de Gina Lollobrigida qui intéresse le milliardaire… Il s'acharne, tente de la faire céder par tous les moyens, au point que la situation devient intolérable. « À maintes reprises il a essayé de m'avoir ! Mais il n'a pas réussi. »

Deux mois et demi après son arrivée à Hollywood, Gina en repart. Fière de n'avoir pas cédé, heureuse de continuer d'afficher son indépendance, elle rentre à Rome. Vaincue ? Déçue ? Pas du tout. Avant de la laisser repartir, Howard Hughes lui a offert un contrat d'exclusivité de sept ans pour réaliser trois films par an. Bon perdant.

C'est en Europe pourtant qu'elle va assurer le démarrage d'une carrière cinématographique de qualité. En 1952, elle est Adeline, la diseuse de bonne aventure qui promet un destin exceptionnel à *Fanfan la Tulipe* interprété par Gérard Philippe. Le film est un triomphe, et c'est le premier succès de Gina. Longtemps réduite à sa plastique, cantonnée aux seconds rôles quasi muets de jolie fille, elle prend désormais son envol en devenant la *Bersagliera* de *Pain, amour et fantaisie* de Luigi Comencini, en 1953, qui lui ouvre les portes des studios internationaux. Son rôle de belle roturière au pauvre cœur d'or, lui permet d'entrer dans l'imaginaire collectif et de devenir à 29 ans une diva, une star du cinéma italien. On la retrouve plus tard face à Humphrey Bogart dans *Plus fort que le diable*, de John Huston, en 1953. À cette occasion, Bogart dira, à propos de sa beauté, qu'elle réduit la sensualité de Marilyn Monroe aux charmes adolescents de Shirley Temple.

Elle tourne ensuite *Notre-Dame de Paris* (1956), où elle joue une belle et sensuelle Esmeralda aux côtés d'Anthony Quinn, Quasimodo. Elle va de triomphe en triomphe, multiplie les contrats hollywoodiens astronomiques, gagne un argent fou, et en 1961 c'est la consécration : Gina reçoit le Golden Globe de la meilleure actrice au monde.

Entre-temps, en 1971, après vingt-deux ans de mariage, elle a divorcé de son mari Milko Skofic, avec lequel elle a eu son fils, Andrea Milko Skofic Junior. Le *sex-symbol* devient à part entière une femme libre et indépendante comme elle se l'est toujours juré.

Au début des années 1980, la star a accumulé un patrimoine d'environ quinze millions d'euros et c'est le moment où elle décide de mettre un gros coup de frein à sa carrière. Elle a 45 ans, passe son temps entre sa résidence de Monaco et son manoir italien de la *via Appia Antica*, près de Rome, cherchant d'autres passions. Le cinéma ne l'intéresse plus.

Elle ne reste pas longtemps dans l'expectative et décide de se consacrer à une deuxième carrière : photojournaliste. Gina photographie entre autres Paul Newman, Salvador Dali, Audrey Hepburn, Ella Fitzgerald… Ses livres sont des succès énormes, elle reçoit désormais dans son atelier de Pietra Santa en Toscane, et semble avoir oublié qu'un jour elle ait pu être actrice.

Puis elle se lance dans la sculpture, et y révèle un talent singulier qui va lui permettre d'exposer dans le monde entier, Chine, France, Espagne, Qatar, États-Unis, Russie…

En 1999, à 73 ans, elle se lance en politique et devient candidate aux élections européennes. « Je représente l'Italie dans le monde, pourquoi pas en Europe ? » Elle est numéro 2 sur la liste de l'ancien magistrat anticorruption Antonio Di Pietro, mais n'accédera pas au Parlement européen.

Côté sentimental, c'est le trop-plein. Ou peut-être le désert. Tant d'hommes s'amourachent d'elle, tant d'hommes veulent la séduire, très peu y arrivent. Et en tout cas ça ne dure jamais.

Depuis le divorce avec Milko, elle semble être installée à vie dans un rôle d'Amazone dont rien ne viendrait troubler l'équilibre. Pas même son fils, Milko Junior, auquel elle n'a jamais prêté beaucoup d'intérêt. Depuis l'enfance du petit garçon, les relations n'ont pas été bonnes. En 1957, deux mois après sa naissance, Gina filait vers Hollywood pour y tourner *Anna de Brooklyn*, de Vittorio de Sica, et bien entendu elle n'emmenait pas son fils. Quelques années plus tard, lorsqu'il s'agissait de choisir entre sa carrière d'actrice et ses obligations de maman, le choix était vite fait. Toute son enfance et son adolescence, Milko a été placé dans un internat à Gstaad. Il n'a jamais pardonné à sa mère ses absences et cette indifférence.

« Nous sommes restés vingt ans sans nous parler », avouait l'actrice, qui d'ailleurs n'a même pas assisté au mariage de son fils. Plus tard elle se réconciliera avec lui, au moment de la naissance de Dimitri, son petit-fils. Brève réconciliation, puisque dans les dernières années, fils et petit-fils devaient être frappés de la même interdiction de franchir la porte de Gina.

Elle est libre, seule, indépendante, mais tout ce bel échafaudage va s'écrouler de la manière la plus ahurissante qui soit. En 1984, à 57 ans, elle fait la connaissance, lors d'une fête à Monaco, de Javier Rigau y Rafols, un grand et charmant homme d'affaires espagnol, de trente ans son cadet. Ils deviennent amants et tiennent la relation secrète pendant vingt ans. Finalement, en octobre 2006, ils rendent publique leur relation dans le magazine espagnol *Hola*, et annoncent leur mariage imminent.

Quelques mois plus tard, Gina annule subitement le mariage. Qui a finalement lieu le 29 novembre 2010, mais dans des conditions que la mariée va contester pendant des années : Javier Rigau a organisé la cérémonie en utilisant une remplaçante pour Gina. Soi-disant une stratégie mise en place par les amants afin d'éviter un spectacle médiatique. Rigau affirme que Gina avait volontairement signé tous les papiers nécessaires et accepté de l'épouser par procuration. Le mariage a lieu à l'abri des regards et les mariés, selon Javier Rigau, sont heureux. Ce n'est pas l'avis de Gina Lollobrigida, presque octogénaire, et qui se dit bernée par celui qui est devenu officiellement son mari. Trois fois elle va saisir la justice pour faire annuler son mariage. En vain. Ce qui paraissait impensable est arrivé et a été validé. Gina Lollobrigida, la femme indépendante et farouche, a été mariée par procuration et sans son consentement, grâce à une signature obtenue d'elle en bas d'une feuille blanche.

Tout cela, bien sûr, pour obtenir sa part du magot. Car Gina Lollobrigida est une femme riche, très riche, personne n'en doute. Mais tout cela ne va servir à rien.

En effet, un nouveau personnage est entré dans la vie de la star, en 2010, sans que personne se méfie. Et d'ailleurs pourquoi se méfierait-on d'Andrea Piazzolla, 22 ans, lorsqu'il fait irruption dans la vie de Gina Lollobrigida ? Il est engagé comme jardinier, taille consciencieusement les haies, fait discrètement son travail, s'attire les bonnes grâces du petit-fils de Gina, qui se laisse aller à quelques confidences. Il profite de l'éloignement de Milko, le fils, toujours en délicatesse avec sa mère, pour prendre un peu plus de place dans la maison. En 2011, Milko ne se libère pas alors que Gina doit faire un voyage à New York. Qu'à cela ne tienne, c'est Andrea qui l'accompagnera.

À son retour des États-Unis, Gina va s'empresser de faire le ménage autour d'elle et de se débarrasser vite fait bien fait de ses plus fidèles collaborateurs, des proches de trente ans en qui jusque-là elle avait eu toute confiance : son avocate, Giulia Sitani, brusquement soupçonnée de vol, et Carlo Giusti, son manager qu'elle partageait avec l'autre championne italienne du *sex-appeal,* Sofia Loren, également remercié du jour au lendemain. On ne sait pas exactement ce qui s'est passé à New York (même si on s'en doute) mais les conséquences sont là : Andrea s'est emparé du pouvoir, et très vite il met la main sur la plupart des sociétés et activités de la star.

Après avoir éliminé son entourage professionnel, Gina s'attaque désormais à son entourage familial. Son fils vivait jusque-là, avec sa femme et leur fils, Dimitri, dans un appartement de la villa maternelle. Du jour au lendemain, toute la petite famille est mise dehors, sans sommation. Avec interdiction de remettre les pieds au domaine. Le petit-fils adoré qui vivait depuis 2009 dans la dépendance de la villa est mis dehors à son tour. Pire, la grand-mère fait ériger une grille entre les deux bâtisses lui interdisant l'accès à sa maison. Un bannissement confirmé en 2016, avec un avis d'expulsion de la propriété de sa grand-mère envoyé à Dimitri par la société VC Darte dirigée par… Andrea Piazzolla.

Apparemment celui-ci a fait croire à Gina que son petit-fils se droguait et qu'il réalisait des vidéos pornographiques sur internet.

Andrea est devenu un membre de la famille à part entière mais un membre *persona grata*, lui, exerçant selon lui la mission d'ange gardien. Il organise des vacances, des voyages, des rendez-vous d'affaires, l'assiste dans toutes ses démarches médicales.

C'est grâce à lui par exemple que démarre la demande d'annulation, au Vatican, du mariage avec Rigau. Fin janvier 2013, Gina dépose une plainte auprès de la police de Rome et entame des poursuites en Italie et en Espagne pour s'opposer au mariage, nous savons qu'elle n'aura jamais gain de cause.

À partir de 2015, Andrea Piazzolla, qui ne doute plus de rien, s'installe définitivement avec sa femme dans la superbe villa de la *via Appia Antica* sans que l'actrice trouve à y redire. Au contraire. D'ailleurs, quand le couple aura un enfant, il le prénommera Gina. Évidemment.

La même année, l'ancien jardinier qui possède désormais tous les pouvoirs dépense, achète et vend à son gré. Il vend notamment trois appartements romains près de la *piazza di Spagna* appartenant à l'actrice à une société napolitaine pour 2,5 millions d'euros, somme dont la trace aurait été retrouvée sur le compte bancaire des membres de la famille de Piazzolla. Dans le même temps, une collection de voitures de luxe fait son apparition dans le garage de la villa, entre autres une Ferrari Testa Rossa d'une valeur supérieure à 300 000 euros, une Ford Shelby GT pour près de 100 000 euros, une Lamborghini, une Jaguar et plusieurs motos de la marque Ducati qu'on imagine mal Gina chevaucher à son âge.

Il y a aussi des retraits d'espèces, des virements en son nom et à ses parents, auxquels Piazzolla a envoyé 119 000 euros. Sans compter des séjours dans des palaces sardes, des voyages en hélicoptère, des fêtes pharaoniques. Tout ce train de vie jure avec les habitudes de Gina Lollobrigida tout au long de sa vie. Elle a toujours été très prudente dans ses dépenses, pour ne pas dire avare.

Déjà, en mars 2014, Milko s'inquiétait pour sa mère et avait tenté de faire encadrer ses finances.

Il avait demandé à un tribunal de Rome de nommer un administrateur pour prendre en charge les décisions commerciales de Gina. Paniquée dans un premier temps, celle-ci avait alors promis de déléguer la conduite de ses affaires à Milko, et celui-ci avait donc renoncé à sa requête. Quelques semaines plus tard, revenant sur sa parole, elle avait nommé Piazzolla à la place de son fils comme unique administrateur.

En 2017, face à ce déroulement de faits accablants, Milko revient à la charge, et cette fois il demande que sa mère subisse des expertises psychiatriques. Comme souvent avec les psychiatres, on peut lire dans le résultat des expertises à peu près tout et son contraire. Il est conclu à une parfaite lucidité de l'actrice sur sa carrière, mais en parallèle, les experts notent une déficience psychique et des traits de caractère narcissiques obsessionnels compulsifs et paranoïaques… On pourrait sans doute dire la même chose de beaucoup d'actrices. Milko ne renonce pas pour autant, et l'année suivante il dépose plainte contre Andrea Piazzolla, l'accusant d'avoir extorqué 3 millions d'euros à sa mère entre 2013 et 2018. Ce qui a le don de réveiller la justice italienne, laquelle prend enfin quelques mesures. Elle décide de mettre sous séquestre la propriété de l'actrice et désigne un administrateur de soutien pour gérer la fortune de Gina Lollobrigida, estimée encore à environ 15 millions d'euros. Parallèlement, la justice décide d'ouvrir une enquête sur Andrea Piazzolla pour abus de faiblesse.

En novembre 2019, les autorités italiennes ordonnent à un nouvel administrateur doté de pouvoirs plus importants, de gérer la fortune de Gina. En mai 2020, la juge du tribunal de Rome autorise cet administrateur à saisir tous les objets de valeur dans la maison de l'actrice, y compris les récompenses, les peintures et les bijoux, pour les protéger et éviter qu'ils ne soient dilapidés.

Gina s'obstine et réaffirme sa volonté et sa capacité à gérer son patrimoine, tout en redonnant toute sa confiance à son jeune « ange gardien ». Mais ses protestations ne pèsent pas très lourd lorsque l'on constate qu'une nouvelle mise aux enchères de nombreux objets d'art appartenant à la star a été ouverte.

Le 9 juillet 2020, le tribunal de Rome décide d'ouvrir un procès contre Piazzolla. Insatiable, celui-ci, toujours accompagné de Gina, continue sa tournée des plateaux télé pour profiter encore un peu de son heure de gloire et pour clamer son innocence. Lors d'une émission, à propos de l'argent dépensé pour des voitures de luxe et des déplacements peu en accord avec l'âge de la star, il répond : « Ce qui se passe à la maison est quelque chose qui ne concerne personne d'autre que moi et Gina Lollobrigida. Être inculpé ne signifie pas être coupable. »

En septembre 2021, la justice le rattrape à nouveau. Il est cette fois mis en examen pour avoir fait disparaître près de 350 œuvres d'art, sculptures, antiquités, meubles, du domicile de l'actrice et les avoir placés aux enchères sans autorisation. Le préjudice est estimé à un peu plus de 300 000 euros. Finalement, la vente n'aura pas lieu, la justice étant passée par là.

Peu à peu l'étau se resserre autour d'Andrea. Les enquêteurs le soupçonnent de s'être livré à ce qu'ils appellent un « comportement prédateur » pour s'emparer des œuvres d'art, des antiquités et des meubles de la maison de la Via Appia Antica.

C'est une fin de vie terrible pour Gina Lollobrigida, une fin de vie qui ressemble à celle de Liliane Bettencourt, dispersée entre les experts, les psychiatres, les analyses des uns, les constats des autres. Elle ne semble plus rien comprendre à ce qui lui arrive. Tout le monde parle à sa place, Andrea bien sûr, Milko, son fils, et les avocats. L'avocat de Milko résume : « Piazzolla a volé le consentement de Gina en lui disant que les œuvres seraient saisies par les autorités judiciaires et qu'il fallait donc les vendre très vite. Par ailleurs, Mme Lollobrigida ne peut disposer de ses biens car elle est représentée par une administration de soutien, désignée par la Cour. Elle est lucide dans certains domaines de la vie, ceux liés au travail, aux relations sociales et à la mémoire historique, précise l'avocat de la famille, alors que dans les relations avec les membres de la famille et les secteurs patrimoniaux, selon les experts, elle est comme une fillette de 5 ans. »

Une fillette qui n'en démord pas : son ange gardien est irréprochable. En décembre 2021, elle fond en larmes en direct à la télévision :

« Ma vie m'appartient. Offrir des cadeaux à Andrea et à sa famille ne concerne que moi. »

La justice continue d'avancer. À son rythme. En 2022, un deuxième procès oppose le fils maudit et le chevalier servant. « Ma mère a été manipulée et pillée, clame Milko Jr, la famille de Piazzola a reçu des centaines de milliers d'euros, lui-même en a retiré des dizaines de milliers par le biais de cartes de crédit. »

Piazzola se défend de plus en plus mal. Il dit avoir agi toujours pour protéger Gina, et avec son consentement. Il a bien reçu de celle-ci 600 000 € environ mais c'était pour s'en débarrasser vu qu'elle ne pouvait pas déshériter Milko Jr. On croit rêver. Lui-même n'a pas l'air d'accorder beaucoup de crédit à cette version.

L'étau se resserre sur lui. Un troisième procès se profile. À plus ou moins longue échéance, la prison lui tend les bras. Quand Gina finit par mourir, à 94 ans, il perd son dernier soutien. À l'heure d'ouvrir le testament, quelques jours après les obsèques, Rigau, l'étrange mari par procuration, croit encore à sa chance. Hélas pour lui, le testament olographe de 2017 est confirmé : la moitié des biens revient à Milko (comme l'exige la loi italienne) et l'autre moitié à Andrea.

L'autre surprise, sans doute pas un choc pour Andrea, c'est quand vient l'heure des comptes. Du patrimoine de Gina, 9 millions d'euros se sont envolés. 600 000 € subsistent sur les comptes, dont il faudra donner la moitié pour payer les créanciers. Dans la glorieuse villa de la via Appia, c'est le même dénuement : un faux rubis et quelques écrins vides, des objets de décoration sans valeur, une vingtaine de qualité médiocre, quelques robes, deux ou trois meubles de bonne qualité… On pourrait croire à un cambriolage. C'en est un d'une certaine façon.

Andrea Piazzola ne s'exprime plus, ne se montre plus. Il se tait et attend. Il sait que plus rien, à plus ou moins long terme, ne lui évitera la prison. Il est vrai que tout cela lui a rapporté tant d'argent que ça valait sans doute le coup, pense-t-il.

En juin 2023, il doit faire face à un troisième procès pour « abus de faiblesse » et « blanchiment d'argent », une affaire de Jaguar ayant appartenu à Gina, dont les 130 000 € de la vente se sont retrouvés sur un compte à Monaco géré par Andrea. La fin est proche. Encore que pour lui il n'est jamais temps de désespérer : une grève de la magistrature romaine repousse toutes les échéances, dont celle de juin, de plusieurs mois. En 2024, il sera toujours temps de trembler à nouveau.

Georges Brassens, une si longue attente

Son ami Brel le chantait avec ferveur, « on a vu souvent rejaillir le feu d'un ancien volcan qu'on croyait trop vieux. » Dans le cas de Georges Brassens et de la polémique qui enflamme les passions (tristes) autour du disparu, il n'est pas question que d'amour même si ses héritiers sont aussi son neveu et sa petite-nièce. Et l'adversaire, la fille de son ami intime, aujourd'hui disparu.

Du 31 octobre 1981, date de la mort de Georges Brassens, au mois d'octobre 2022, quand le scandale a éclaté, plus de 41 ans se sont écoulés. Sans que la moindre ombre apparente vienne troubler le souvenir de plus en plus adulé du poète.

Comme il n'est jamais trop tard pour se mettre en colère et que la générosité, dans les affaires d'héritage, est le plus souvent mauvaise conseillère, au mois d'octobre 2022, Serge et Ève Cazzani, le neveu et la petite-nièce du chanteur, se lancent dans une âpre bataille pour, arguent-ils, « défendre la mémoire » du poète.

En quoi, plus de quarante ans après, cette mémoire est-elle brusquement menacée ? Doit-on comprendre que jusque-là tout se passait bien ? Et qu'un évènement inattendu a tout changé ?

Il faut aller chercher les raisons de la colère dans l'annonce surprenante et tout à fait insolite de l'organisation d'une vente aux enchères de centaines d'objets ayant appartenu à Brassens. Une vente organisée par Françoise Onténiente, la fille de Pierre, secrétaire et fidèle ami de Brassens dont il avait hérité quelques biens. Pierre Onténiente étant décédé en 2013, Françoise, sa fille unique, a hérité à son tour. La question qui se pose, entre autres, avec l'annonce de cette vente surprise, est de savoir si elle a légalement le droit de disperser des biens culturels précieux dont elle ne serait que la dépositaire par défaut. Car il n'y a pas que LE souvenir, il y a aussi LES souvenirs matériels. Plus de 400 lots mis en vente par l'étude Gros & Delettrez. Brassens aurait pu continuer à dormir tranquille pendant mille ans encore si, en octobre 2022, ce mauvais bruit de bataille n'était venu troubler son souvenir. Une bataille judiciaire, sans doute ce qui pouvait arriver de pire au poète. Tout cela parce qu'il a jusqu'au bout fait parler son sens de la fraternité.

À sa mort, en 1981, à la suite d'un cancer généralisé, le chanteur laisse des millions d'admirateurs inconsolables, des amis affligés, des proches figés dans leur chagrin. Il laisse aussi un grand nombre de souvenirs, de biens divers, et on apprend tout de suite que son éternelle générosité n'a pas failli dans les derniers moments de sa vie. C'est ainsi que Pierre Onténiente, le secrétaire particulier, bras droit et ami intime, hérite d'une maison ainsi que de l'usufruit d'une seconde maison dans Paris. C'était la volonté de Brassens, et elle ne pouvait surprendre personne de ceux qui l'avaient bien connu. Générosité, fidélité, reconnaissance, étaient les mots-clés de sa vie.

Dans ces deux maisons, l'une située impasse Florimont à Paris, là où Brassens avait longtemps vécu, et l'autre, située rue Santos-Dumont, dont le secrétaire avait simplement hérité de l'usufruit, étaient conservés des milliers de documents ayant chacun une valeur modeste ou exceptionnelle.

On y trouve toutes sortes de manuscrits de chansons, de lettres de fans ou d'amis, de pin's, d'affiches… il y a aussi et surtout une sorte de journal personnel écrit entre 1964 et 1981, des carnets de notes prises par Georges Brassens, des manuscrits de chansons… Il y a encore une vingtaine de pipes, des costumes de scène, des affiches ou encore des cartes postales. Entre autres.

Lorsque Pierre Onténiente disparaît en 2013, c'est sa fille, Françoise, qui hérite de son père. Et des biens laissés par Brassens ? C'est l'une des questions primordiales autour de la bataille judiciaire qui s'engage.

Comme un début de réponse, Françoise Onténiente se plaint que ses ennuis avec la famille de Brassens aient commencé tout de suite après la mort de son père :

« Depuis 2013, ils ne me lâchent plus. »

Selon elle, si les héritiers naturels du chanteur s'étaient tenus sur la réserve tant que son père était vivant, ils n'ont plus du tout l'intention de respecter les dernières volontés de Brassens maintenant que Pierre Onténiente est mort.

« C'est une trahison de l'amitié qu'avait mon père avec Georges. Mon père gardait tous ces documents parce qu'ils étaient à lui. Qu'on me considère comme une voleuse, c'est d'une violence extrême pour moi et la mémoire de mon père. »

Il est facile de comprendre son étonnement, encore qu'on n'ait pas la preuve que pendant toutes les années écoulées depuis la mort de Pierre Onténiente, les neveux et petites-nièces de Brassens aient harcelé à ce point Françoise Onténiente. Il est également difficile de juger des droits des uns et des autres lorsqu'on sait que la maison qui a été léguée à Pierre Onténiente et qui contient un certain nombre de documents, comme celle qui lui a été donnée en usufruit, sont des héritages incontestables. Sans qu'il soit précisé si tout ce qui se trouve à l'intérieur de ces maisons : lettres, photos, documents, journaux, etc., est également légué à Pierre Onténiente.

Qu'en est-il de l'usufruit lorsque celui-ci a fini de s'exercer ? Toutes ces questions n'ont jamais semblé se poser pendant trente-deux ans, tant que Pierre Onténiente était vivant. Après, elles se sont posées, de manière discrète d'abord, semble-t-il, puis de plus en plus insistante si l'on en croit Françoise Onténiente.

On peut comprendre, encore une fois, le souci des héritiers naturels de veiller à ce que les volontés de Brassens soient respectées, certes, mais aussi que l'ensemble des documents si précieux abandonnés à la garde de son secrétaire particulier continuent d'être protégés comme ils l'avaient été tant que celui-ci était vivant. C'est logique, mais il semble que la relation entre les Cazzani et Françoise Onténiente n'ait jamais été bonne, ni franche, et encore moins cordiale.

Il semble que tout le dilemme tient à cette mauvaise entente, cette hostilité même. Là où on s'inclinait bon gré mal gré devant la figure de l'ami fidèle, on a vite affiché son ressentiment face à la fille que Brassens n'avait pas choisie.

D'ailleurs, on apprenait en octobre 2022 que Serge Cazzani avait déjà déposé une plainte pénale pour abus de confiance et vol en 2015, deux ans à peine après la mort de Pierre Onténiente, contre sa fille. La plainte ayant été finalement classée sans suite, ce qui aura des conséquences.

Les hostilités vont reprendre avec une violence inouïe à partir du mois d'octobre 2022, à l'annonce d'une vente aux enchères organisée à l'Hôtel Drouot à Paris le 22 octobre par Françoise Onténiente. La date n'ayant pas été choisie au hasard, puisqu'elle correspond au cent-unième anniversaire de la naissance de Georges Brassens.

Stupéfaction. Immédiatement, Serge et Ève Cazzani saisissaient la justice pour demander l'interdiction en référé de cette vente. Au fil des heures, ils apprenaient que plus de quatre cents lots (404 exactement) avaient été mis en vente par l'étude Gros & Delettrez.

Parmi ces centaines de lots, des manuscrits, une vingtaine de pipes, des costumes de scène, des affiches ou encore des cartes postales, mais aussi des objets plus intimes sont également proposés, on va le découvrir grâce à l'assignation en référé déposée au tribunal judiciaire de Paris. Par exemple, des carnets personnels remplis de réflexions sur les femmes, sur les copains d'abord, autant que sur les curés et les cons, que ce libertaire aimait brocarder.

Des mots jetés en hommage, à leur décès, à ses amis Bourvil, Jacques Brel, ou même aux animaux de tous poils dont il aimait s'entourer. Romans en cours d'écriture, ébauches de chansons inédites, correspondance amoureuse, des objets et œuvres divulgués et diffusés pour la première fois, c'est toute l'intimité de Georges Brassens, tout ce qui était la vie privée de celui-ci, qui est jetée en pâture et pour de l'argent, selon les héritiers. Ils ne pourront jamais s'y résigner, préviennent-ils. Ève Cazzani précise même : « Il ne s'agit pas que de simples souvenirs de famille, on comprend grâce à certains documents le processus créatif de Georges Brassens. »

Selon Ève Cazzani encore, en première ligne depuis qu'elle a obtenu de son père le pouvoir de le représenter, tous ces documents, ayant appartenu à Georges Brassens, appartiennent légalement à ses héritiers directs et naturels. Pendant des années, Françoise Onténiente a travaillé à dissimuler tous ces biens. « Ça s'appelle du vol. »

Très offensive, Ève Cazzani ajoute que selon elle, Françoise Onténiente a préparé son coup de force pendant des années. « Elle pense obtenir un, deux ou trois millions d'euros, c'est tout ce qui l'intéresse. Mais certaines pièces font partie du patrimoine français. »

Après une tentative de médiation demandée par le juge et qui avait échoué, une audience se déroulait le mercredi 19 octobre 2022.

Le délibéré du référé tombait le lendemain : la vente aux enchères prévue était suspendue, le temps que le débat sur la propriété soit jugé au fond. Suspendue et non interdite comme l'auraient souhaité les Cazzani. La nuance est importante.

Ce jugement du tribunal que nous avons pu lire éclaire plusieurs points nébuleux jusque-là, puisqu'il reprend les arguments des uns et des autres, avant de trancher.

Pour ce qui est de la demande d'interdiction sous astreinte de toute exploitation des lots de la vente intitulée « Brassens à Gibraltar », Serge Cazzani se prévalant de sa qualité de neveu, légataire universel de feu Georges Brassens, fait valoir qu'il a découvert au mois d'octobre 2022 l'organisation par la maison de ventes Gros & Delettrez d'une vente aux enchères consacrée à « Brassens à travers Gibraltar[1] », portant sur 404 lots de nature diverse, concernant notamment des œuvres inédites, des manuscrits, des photographies, des vêtements et objets personnels de Georges Brassens, présentés dans un catalogue et ce avec l'aide de Françoise Onténiente.

Il rappelle qu'il a adressé une mise en demeure par courrier du 6 octobre 2022 à la société Gros & Delettrez, s'étonnant de ne pas avoir été consulté au préalable en sa qualité de légataire universel de feu Georges Brassens, et lui demandant de procéder à toutes formalités d'annulation des présentations des 404 lots et de la vente aux enchères.

Il déplore aussi, après le décès de Pierre Onténiente, la dissimulation par la fille de ce dernier des archives de feu Georges Brassens, auxquelles les Onténiente avaient accès du fait de l'usufruit

1. Surnom donné par Brassens à son ami, Pierre Onténiente, solide comme le rocher de Gibraltar.

sur le bien immobilier abritant le siège de la société d'édition. Selon lui, Serge Cazzani s'est heurté, après ce décès, au refus de Françoise Onténiente de lui laisser récupérer les archives, œuvres et documents de feu Georges Brassens. Elle lui aurait seulement restitué comme elle y était obligée, l'appartement situé 46, rue Santos-Dumont, l'usufruit ayant pris fin avec le décès de son père. Mais il avait été entièrement vidé, alors que selon lui, Serge Cazzani est le seul propriétaire de l'ensemble des biens meubles ayant appartenu à Georges Brassens en sa qualité de légataire universel. D'autre part, à l'occasion de l'exposition « Brassens ou la liberté » à la Cité de la musique en 2011, la commissaire de l'exposition, Mme Deroudille, a pu attester avoir vu et consulté des archives ayant appartenu à Georges Brassens, entreposées dans cet appartement occupé alors par Françoise Onténiente, au 46, rue Santos-Dumont, lesquelles sont retournées en fin d'exposition au domicile de cette dernière.

Serge Cazzani affirme que Mme Onténiente s'est donc sans légitimité approprié les archives personnelles de son oncle. Et il a fait signifier ces manquements par courrier du 10 octobre 2022, revendiquant sa propre légitimité pour ce qui concerne la propriété de tous ces biens. Serge Cazzani ajoute qu'il n'a pas été réalisé d'inventaire des œuvres et objets laissés dans les lieux situés au 46, rue Santos-Dumont. Que dans le cadre d'échanges après le décès de Pierre Onténiente, Françoise Onténiente a décliné sa demande de réaliser un état des lieux alors qu'il n'avait pas la connaissance de l'étendue du patrimoine dont il avait hérité et a refusé de lui restituer les documents manuscrits, livres et partitions de Georges Brassens, dont il lui avait dressé copie par courrier du 17 juin 2013, tout en transportant des biens, œuvres et documents de Georges Brassens sans inventaire, dans son propre bien en Normandie. Qu'elle n'a pas donné suite à ses multiples demandes de restitution, notamment par courrier recommandé de son conseil le 28 mai 2015. Que cette situation l'a amené à déposer une plainte le 29 décembre 2015 pour abus de confiance et vol, dont il n'a appris le classement sans suite qu'au cours de la présente instance *(sic)* ce qui l'a conduit au vu des éléments nouveaux constitués par la tentative de vente aux enchères, à déposer une nouvelle plainte avec constitution de partie civile devant le procureur de la République auprès du tribunal judiciaire de Paris le 14 octobre 2022.

En l'absence de réponse de Françoise Onténiente à ses courriers réclamant l'annulation de la vente, et en l'absence de solution amiable aux différends qui les opposent, il justifie son action en référé par l'imminence de l'exposition suivie de la vente programmée des lots. Il s'agit d'une urgence, dit-il.

Une fois exposés les arguments de Serge Cazzani, la parole était à la défense. Françoise Onténiente et la société Gros & Delettrez présentent leurs arguments, rappelant que la vente du 22 octobre 2022 porte sur la collection Gibraltar constituée de lots recueillis, réunis et conservés compulsivement par Pierre Onténiente de son vivant, puis par sa fille après son décès. Que Georges Brassens avait confié à Pierre Onténiente la gestion de son œuvre posthume, l'autorisant à disposer de ses « papiers » (notes, ébauches, brouillons et inédits), selon ce qu'il jugera bon. Que, par ailleurs, beaucoup de manuscrits ont été régulièrement distribués à ses amis par l'artiste lui-même et ont fait l'objet de ventes antérieures de proches de l'artiste en 2017 et 2020. Sans que cela ait posé problème à qui que ce soit. Et en tout cas pas à la famille Cazzani.

Ils rappellent qu'il n'a été réalisé par M. Cazzani aucun inventaire au décès de Georges Brassens, ni aucune démarche pour s'inquiéter auprès des proches de l'artiste disparu des souvenirs que ces derniers conservaient. Ce n'est que trente ans plus tard que ce dernier a dénié la propriété de Pierre Onténiente sur les souvenirs recueillis et conservés par ses soins. D'ailleurs, aucun de ces souvenirs n'était conservé dans le bien immobilier du 46, rue Santos-Dumont. La plainte pour vol et abus de confiance déposée par M. Cazzani a ainsi été logiquement classée sans suite le 9 mai 2016 après les auditions réalisées par les services de police et à la suite des attestations produites par Françoise Onténiente pour établir la propriété desdits documents visés par la plainte.

Selon Françoise Onténiente M. Cazzani a continué, en 2018 et encore aujourd'hui, à se servir de la justice pénale pour contraindre Françoise Onténiente à une restitution sans même diligenter la moindre action civile avant ou après le décès de son père.

Enfin, les défendeurs affirment que certains lots sont visiblement constitués de biens ou objets créés après le décès de l'artiste ou comportant des dédicaces et envois à Pierre Onténiente ou à son épouse, détenus et conservés au 7-9, impasse Florimont. Que Pierre Onténiente puis sa fille, après son décès, se sont toujours comportés comme les véritables propriétaires, étaient connus comme tels par les tiers, justifiant du caractère non équivoque et public de la possession, conforté par de nombreux témoignages mais aussi par le caractère paisible de cette possession du vivant de Pierre Onténiente, et depuis l'entrée en possession par sa fille, notamment après le classement sans suite intervenu en mai 2016.

On apprenait aussi que cette bataille judiciaire avait commencé très tôt après la mort de Pierre Onténiente. Par courrier recommandé du 17 juin 2013, en réponse à un courrier de Françoise Onténiente en date du 14 juin 2013, annonçant le décès de Pierre Onténiente survenu le 13, et l'intention de sa fille de libérer la maison située au 46, rue Santos-Dumont à la fin du mois de septembre 2013, M. Cazzani écrivait notamment à Françoise Onténiente que le délai de trois mois pour libérer le bien permettait de préparer un état des lieux qui détaillerait, outre le bien immobilier, les multiples souvenirs de Georges Brassens laissés à disposition de son père afin de ne pas le priver « de ses grands souvenirs avec Georges », se référant aux objets mobiliers présentés à l'exposition « Brassens en liberté », aux documents manuscrits adressés en copie, ainsi qu'aux archives déposées impasse Florimont ou au 46, rue Santos-Dumont, siège des Éditions musicales.

Françoise Onténiente ne l'entendait pas ainsi. Dès le 1er juillet 2013, elle répondait à Serge Cazzani que son conseil lui avait confirmé que les prétentions de ce dernier, relatives aux biens et aux objets qu'il souhaitait récupérer, étaient parfaitement injustifiées. Et le jour même au tribunal, la défense représentée par Alexis Fournol, avocat, redit qu'il n'est produit au débat aucun inventaire de la succession de M. Georges Brassens après son décès ni aucun état des lieux ou inventaire réalisé dans les biens immobiliers légués impasse Florimont en toute propriété pour le bien situé au 46, rue Santos-Dumont en usufruit, de même qu'aucun état des lieux amiable n'a été dressé au sein de ce bien avant la restitution des clés par Mme Françoise Onténiente à M. Serge Cazzani.

On en vient alors à la plainte déposée le 29 décembre 2015 devant le procureur de la République du tribunal de grande instance de Paris des chefs d'abus de confiance et vol. Serge Cazzani soutient que le legs particulier consenti à M. Onténiente ne portait pas sur les biens meubles se trouvant dans les biens immobiliers objets dudit legs, d'où la plainte. Laquelle a fait l'objet d'un classement sans suite le 9 mai 2016 au motif que les preuves n'étaient pas suffisantes pour que l'infraction soit constituée.

Une nouvelle plainte avec constitution de partie civile a certes, été déposée par M. Cazzani auprès du doyen des juges d'instruction devant le tribunal judiciaire de Paris en date du 14 octobre 2022 à l'encontre de Françoise Onténiente, pour abus de confiance et recel. L'argument de Me Fournol, avocat de Françoise Onténiente : « En faits de meubles, la possession vaut titre. Néanmoins, celui qui a perdu ou auquel il a été volé une chose peut la revendiquer pendant trois ans à compter du jour de la perte ou du vol. En l'occurrence, il semble que le délai pour revendiquer est expiré depuis longtemps.

Après avoir écouté les uns et les autres, le tribunal décidait de suspendre la vente prévue le 22 octobre 2022, jusqu'à ce qu'il soit statué au fond sur la propriété des 404 lots par décision judiciaire exécutoire rendue au fond.

Serge Cazzani disposait d'un délai d'un mois à compter de la présente décision pour saisir la juridiction compétente au fond du litige de revendication de la propriété de ces lots, sous peine de caducité de la mesure d'interdiction prononcée. C'est ce qu'il s'est empressé de faire.

Le tribunal ordonnait donc le séquestre des 404 lots.

Quand on évoque l'estimation financière d'un, voire plusieurs millions d'euros, faite par les Cazzani, Françoise Onténiente répond qu'il s'agit d'une estimation « stratosphérique, surréaliste ». Elle insiste sur le fait qu'elle se sent harcelée depuis plusieurs années, et notamment depuis la plainte pénale déposée par Serge Cazzani. Et elle laisse entendre que selon elle, les héritiers père et fille sont loin d'être désintéressés.

« Il ne s'agit pas d'argent, mais d'un bien culturel immense », selon Ève Cazzani. Elle affirme même que dans ces quatre cents lots, bien au-delà de simples souvenirs de famille, on apprend énormément sur Georges Brassens grâce à certains documents, et notamment son processus créatif. La petite-nièce du chanteur affirme que loin de vouloir gagner de l'argent avec ces documents irremplaçables, « nous souhaitons que ces archives puissent être protégées, à la BNF par exemple, et consultables par tous ».

La tardive générosité des Cazzani, qui n'avaient jusque-là pas offert grand-chose à qui que ce soit, fait ricaner côté Onténiente. Il n'est pas besoin de s'intéresser à cette affaire depuis des décennies pour comprendre qu'il existe quelque chose d'irréconciliable entre les parties. Chacun a ses raisons.

Pour Françoise Onténiente, son héritage est celui de son père qui le tenait de Brassens. Attendre plus de quarante ans pour le contester, c'est odieux. Et puis, si Georges Brassens avait voulu faire une distinction entre immobilier et mobilier il l'aurait fait. Ce ne fut pas le cas. Surtout, s'il y avait le moindre doute alors, il fallait faire un inventaire. En 1981, pas trente ans plus tard.

Pour les Cazzani, Françoise Onténiente a tiré avantage de la merveilleuse amitié entre son père et Brassens pour se servir sans vergogne, vidant, peu après la mort de son père, la maison de la rue Santos-Dumont (léguée en usufruit) pour transporter objets, vêtements et documents dans sa propre propriété. Et voilà qu'elle voudrait les vendre, désormais !

Mon père a aussi donné beaucoup de documents et objets qu'il conservait depuis toujours ainsi que des lettres personnelles, répond Françoise Onténiente.

On n'en finit pas. On n'en finira jamais. Chacun a ses raisons et c'est le cœur du psychodrame qui se joue publiquement. Entre Brassens, celui qui donnait tout, même ses partitions, et parfois jusqu'à sa chemise, et Pierre Onténiente, celui qui gardait tout, jusqu'au moindre bouton de canadienne, il y avait une solide amitié mais aussi un fossé dans la manière de regarder la vie. Aujourd'hui, c'est autour d'une crevasse que s'affrontent les héritiers, armés comme souvent dans ce cas, de ressentiment, de rancœur et de rancune, de besoin d'en découdre. Pire que la vie.

Conclusion

L'amour en héritage

« Que les morts seraient encombrants s'ils revenaient », selon François Mauriac[1]. Les morts nous encombrent déjà bien assez dès qu'ils ne sont plus là. Les dégâts sont importants et, tout le monde l'aura compris, ils ne sont pas seulement matériels. Le temps des explications est passé, celui de la frustration est arrivé.

« Il m'est encore insupportable de ne pas avoir pu te dire au revoir, papa, le sais-tu au moins ? » Les mots de Laura Smet hantent le cœur et résonnent par saccades. Ils figurent la douleur de ses semblables, privés de l'essentiel par la disparition. Car le lien est coupé entre des êtres qui se sont aimés profondément, souvent, depuis toujours parfois, dans la difficulté ou pas.

C'est une des leçons de ce livre qui réunit les vivants et les disparus à un moment décisif de leur relation, alors qu'il est trop tard pour que s'instaure un dialogue. La mort est passée par là, il n'y aura plus d'explication, de revendication, de justification.

1. Le roman dont est extraite cette phrase a pour titre *Le Désert de l'amour*. Tout un programme.

Il fallait parler avant. Si l'on veut continuer le dialogue, il faut aller devant les tribunaux affronter un souvenir, en sachant que notre principal interlocuteur sera définitivement absent.

Il faut parler avant. C'est le mot d'ordre des avocats qui sont régulièrement confrontés à ces situations déchirantes à un moment où il n'est plus temps d'apaiser. Dire les choses, expliquer, entendre les éventuelles récriminations. Consoler avant l'heure. C'est rarement le cas. On trouve dans ces récits des enfants blessés, des hommes perdus, des femmes cinglantes, des vivants pathétiques, des morts incertains qui ne se ressemblent plus. On voit couler des larmes de crocodile qui semblent parfois plus véridiques que les vrais chagrins, on distille de petites phrases qui font mal en se donnant l'air de prier pour l'âme du disparu.

Tout cela est dérangeant au point que l'on ressort de ces morceaux de vie épuisé par tant d'obscénité, parfois mortifié par ce que nous apprennent quelques âmes.

La faiblesse de certains hommes, incapables de protéger, de leur vivant ou après leur mort, celles ou ceux à qui ils sont censés tenir le plus au monde relève de l'abandon.

Écraser un enfant, quel que soit son âge, le dépouiller au nom d'une aventure nouvelle qui voudrait effacer le passé, avec pour seul mobile l'avidité, relève de la pathologie.

Dans ces pages, nous avons touché à la diversité de l'impudence avec tout de même des thèmes qui reviennent comme des standards indémodables.

Faire parler les morts, c'est s'assurer qu'ils ne diront pas – ou plus – de bêtises. Ils parlent vrai, soudain. Et pour cause... Considérer que l'héritage est, selon les cas, une réparation, une reconnaissance, voire une récompense. De jeunes veuves qui ont été des deuxièmes, troisièmes ou quatrièmes épouses ne prononcent pas les mots mais on entend derrière leurs soupirs évoquer leur sens du sacrifice qui mérite bien récompense.

Les enfants considèrent qu'hériter est un dû et la loi française leur donne en partie raison. Une fois que l'on a respecté le droit, chacun peut faire ce qu'il veut de son argent, et cela les enfants ne l'entendent que rarement. « Certains ne l'acceptent pas, dit Richard Malka[2]. Les enfants ont du mal à comprendre qu'ils doivent se débrouiller tout seuls. Les parents doivent l'éducation, mais une fois qu'ils sont adultes... C'est quand même de l'argent qu'ils n'ont pas gagné ! »

Les enfants, c'est vrai, ne sont pas toujours gentils, surtout quand ils sont en position de force. Ils n'en ont jamais assez, veulent que leurs parents vivent comme eux, selon leurs principes. C'est le monde à l'envers. À défaut de souhaiter leur mort, ils veulent les empêcher de vivre. Et quand un intrus ou une intruse a fait irruption, la vengeance peut aller jusqu'à tenter d'envoyer en prison le soi-disant méchant de l'histoire. Plus modestement, certains vont jusqu'à expulser d'un appartement et d'une vie une belle-mère encombrante pour laquelle le défunt n'avait pas pris les précautions nécessaires.

---

2. Avocat du photographe François-Marie Banier dans l'affaire Liliane Bettencourt.

Prendre les précautions nécessaires est devenu avec l'évolution des mœurs une règle non écrite. Au point que certaines belles-mères n'ont même plus besoin de crier famine pour justifier leur refus de partager un héritage. On retrouve désormais beaucoup moins de compagnes jetées à la rue, alors que le défunt n'est pas encore enterré, que de *maîtresses-veuves* triomphantes à la sortie de l'étude du notaire. Tout était déjà prêt, organisé, pensé. C'est si bien réglé que l'on finit par avoir des doutes. Qui a pesé à ce point sur la volonté du défunt ? Qui l'a influencé suffisamment pour qu'il corrige ou refasse son testament, parfois sans trop le savoir ?

Les enfants, les femmes, les hommes, les belles-mères, les beaux-enfants, les morts, les vivants. Et l'abus de faiblesse, la réparation, l'ingratitude, la vengeance, l'avidité, le remords, ces thèmes dangereux, douloureux. Tous ensemble, mêlés et emmêlés pour une fois, ils remplissent ce livre et ils incarnent la tragédie de l'héritage.

Il ne fallait surtout pas arriver sur ce terrain miné avec des idées préconçues. Il n'est jamais facile de parler de la mort, alors, la succession, vous pensez. Ce moment de l'existence où tout bascule. Après la perte irrémédiable, le risque d'une autre perte, celle de la preuve d'amour que l'on attendait en héritage. Parce qu'au fond c'est cela que l'on cherchait depuis toujours, à travers les errances, les conflits, les mots murmurés, les reproches emmurés. Cela et avant tout cela même si ce n'est vraiment clair qu'en écoutant les héritiers de Brel et de Sagan raconter leur histoire.

« Il représentait pour moi la seule solution pour rester en vie sur cette planète », dit France Brel quand elle évoque son enfance. Tous les pères du monde aimeraient entendre ces mots un jour. Elle, au moins, a reçu son héritage au plus jeune âge.

Remerciements

France Brel et son mari, Francis de Laveleye, Denis Westhoff, Micheline Pelletier-Decaux, Fabien Lecœuvre, Jacques Pessis. Ce n'est jamais facile de parler de ceux qui ne sont plus là, surtout à propos d'héritage, et quand cela touche à des êtres chers. Ils l'ont fait avec une vérité et une tendresse qui allaient très bien ensemble. Marguerite Yourcenar, qui pensait que l'on oublie trop vite les morts, serait rassurée, ceux-là ne sont pas près de tomber dans l'oubli.

Il y a beaucoup d'avocats dans ce livre, et c'est une chance. Je ne saurais assez dire à quel point je leur suis reconnaissant du temps consacré, y compris dans des moments où ils n'en ont pas, c'est-à-dire tout le temps. Merci à Isabelle Wekstein, Jean-Michel Darrois, Alexis Fournol, Richard Malka, Francis Pudlowski, Emmanuel Ravanas, François Saint-Pierre, Stéphane Valory.

Merci à Pierre-Yves Lesage, notaire, pour ses précisions et ses apports si précieux. À Brigitte Jensen pour ses relectures.

Table

Bernard Pascuito
dans notre collection poche

La Dernière vie
de Romy Schneider

Didier Deschamps
La victoire et rien d'autre

Belmondo
Entre deux vies

La Dernière vie de Romy Schneider

« Ce sont des moments qui transpercent et vous marquent pour toujours. Que resterait-il de tout cela ? De Romy Schneider ? De son histoire ? De son destin de princesse désenchantée ? Quarante ans plus tard, tout est à la même place. Rien n'a vieilli, même pas quelques photos passées. Le sourire de Romy, sa beauté noble, les tempêtes de son cœur, ses films que l'on n'en finit pas de revoir, son sourire enchanteur, ses admirateurs qui rajeunissent, tout existe encore, comme avant. Mieux qu'avant. Romy est moins tourmentée. »

Didier Deschamps – La victoire et rien d'autre

« Un cas ? Un mystère, de toute façon, dont on espérait percer l'armure en allant à la rencontre de ceux qui l'ont mieux connu, amis ou non. J'avais le sentiment pendant tous ces mois de piétiner. Et puis l'étai s'est desserré. La face cachée de Didier Deschamps, c'est celle d'un homme multiple, riche de ses contradictions, fortifié par ses blessures, hanté par ses rêves, toujours inassouvis. Pour lequel l'éternité ne dure qu'un instant. »

Belmondo – Entre deux vies

« Nous essaierons de nous dire aussi que, depuis un matin ensoleillé du mois d'août 2001, il n'avait plus été le même, tout à fait. Comme si sa vie s'était interrompue une première fois et que la deuxième sirène, fatale et définitive, ne compte pas que ça. Elle compte, pourtant, parce que même fatigué, affaibli, il incarnait toujours une certaine jeunesse à la fois désinvolte et rebelle, le charme talentueux, l'art et la légèreté. »

PAPIER CERTIFIÉ

Achevé d'imprimer par BUSSIERE,
en décembre 2023
N° d'imprimeur : 2075604

Dépôt légal : janvier 2024

Imprimé en France